闻香识花妖

东方莎莎 著

SPM
南方出版传媒
花城出版社
中国·广州

图书在版编目（CIP）数据

闻香识花妖 / 东方莎莎著. -- 广州 ： 花城出版社，
2015.7
ISBN 978-7-5360-7634-1

Ⅰ．①闻… Ⅱ．①东… Ⅲ．①散文集－中国－当代
Ⅳ．①I267

中国版本图书馆CIP数据核字(2015)第176733号

出 版 人：詹秀敏
责任编辑：林　菁
技术编辑：薛伟民　凌春梅
装帧设计：张红霞

书　　名　闻香识花妖
　　　　　WEN XIANG SHI HUA YAO
出版发行　花城出版社
　　　　　（广州市环市东路水荫路 11 号）
经　　销　全国新华书店
印　　刷　广东天鑫源印刷有限责任公司
　　　　　（广州市海珠区工业大道南瑞宝路）
开　　本　787 毫米×1092 毫米　16 开
印　　张　16.25　32 插页
字　　数　250,000 字
版　　次　2015 年 7 月第 1 版　2015 年 7 月第 1 次印刷
定　　价　35.00 元

如发现印装质量问题，请直接与印刷厂联系调换。
购书热线：020－37604658　37602954
花城出版社网站：http://www.fcph.com.cn

自序：花妖的来历

东方莎莎

上网的人，大多数都有自己的网名。我的网名叫做"花妖"，来自《笠翁对韵》中"水怪对花妖"一句。小时候，我常在搞古典文学研究的老爹监督下背这背那，《声律启蒙》是必须背诵的内容之一。有时正苦背时，看见老妈端饭菜上桌，我就感觉口水滴在下巴上了。于是，不耐烦自编两句发泄不满："饿对饱，满对空，饭碗对烟囱。"心想，等着老爹的一记暴栗上头吧，结果老爹哈哈大笑："还知道饭碗对烟囱，押到韵的，免打，开饭。"

花妖之名，还来自于我对香水的狂热之爱：我收藏了几千瓶世界各地的香水，有名的、无名的；男版的、女版的；标准版的、小Q版的、试管的等等，让我如游走在世界大花园里，让见过的亲朋目瞪口呆。我给报刊写过香水专栏，开过各种香水讲座，包括许多年前被淘宝邀请开过辨别真假香水的讲座，后来那讲座中我的某些观点被人引用到百度香水百科里。我此生最大愿望是开一个小小的私人香水香料博物馆，哪怕只有一间屋子，可以让来参观的朋友们和我一起分享香气带来的愉悦，平息生活中无数的悲伤与愤怒。用时下最时髦的话说：有梦想，就是这么任性。

我们常说"三姑六婆"这个词，古代三姑者，通常指尼姑、道姑、卦姑，尼姑道姑是指庙里和道观里的女性，卦姑，则指专门给人占卜算卦的女性。曾经我遇到一个卦姑，她给我算了一卦，说上辈子我是个仙女，统管王母娘娘的瑶池中的花花草草。我一听，乐坏了，原来我是园丁啊，

而且还掌管整个昆仑山上的花花草草。这昆仑山上，有西王母最古老的瑶池：德令哈市的一淡一咸的褡裢湖，有最绿林碧水的瑶池孟达天池，有最广阔美妙的瑶池青海湖，有海拔最高的瑶池黑海，那是昆仑河的源头啊。

上辈子花花草草都归我管，这辈子还是这么愿意和香气亲近，原来是两辈子的缘分呢。这辈子和我有着深厚感情的瓶瓶罐罐里，我深信住了不少花之精灵。

对香水的热爱，源于从小爹妈给我的香气启蒙。老爹喜爱养花，曾经和农学院毕业的堂弟一起研究种植过不少鲜花和其他芳香植物。老妈更是爱花，五十年代末，老爹被打成"右派"，先是从北京师范大学被发配至内蒙集宁一中，后又被精简离职从内蒙回到重庆，当过一段时间的无业游民。全家祖孙三代就靠老妈一人的工资过活，后来又添了我，日子过得更加紧巴。上半个月往往过得还凑合，下半个月就要靠借贷。老妈常瞒着家人去卖血，用健康换来一点白糖和广柑，还有几张钞票，她也总是忍不住挤出一点去买几支花。那香气仿佛是支撑她活下去的一根空中拐杖。就这样，稀饭可以薄一点，但家里总有香气，阴冷的冬天，有腊梅暗香浮动；热闹的春天，有栀子花清幽扑鼻；烦躁的夏日，有桂花让我们气定神闲；萧瑟的秋日，有菊花吐蕊抚慰我们忧伤的心。我是一个被爹妈用香气惯坏了的孩子，所以当我过上一段北国生活时，那无花的寒冷首先就冻僵了我的心。香水，是我把童年生活拉回到眼下的一条纽带，我坚信空中传输的力量；香水，也是我的一种自我救赎，赎回我远离爹妈的那些日日夜夜；香水，更是我心灵的一种感情寄托，亲情、爱情、友情，总有一种香气携着它们直达内心深处。

这本书便是我的香水与人生的小故事。

瓷器娃娃造型的香水瓶

形式各异的香水瓶造型

目录

红楼余香

《红楼梦》里的香道艺术

1

给宝玉送上女儿香

23

送一瓶 "4711" 给水溶

27

送给刘姥姥一个大大的感叹号

33

送晴雯两款兰花香

37

香气人生

盐，温暖流动于血脉中

43

药香沁人

59

心水香，送老爹

79

我那并不完美的故乡和亲人

91

虎子爷

97

旺火

103

我是贝尔塔

109

甘甜的梦

123

公共澡堂的记忆

129

愿爱不要昙花一现

135

关于死亡

141

香思袅袅

乌兰老额吉

155

海之恋

167

给鲁迅与许广平送一支"笔"

173

槐花几时开

185

醉在流溪河

189

水乡的气味

195

丝路花雨三重地

201

致敬,灯塔

213

收藏澳门

225

香港的标志

231

数字趣谈

237

名不惊人死不休

243

红楼余香

《红楼梦》里的香道艺术

咱们中国人用香的格调是远远高于法国人的。让法国人读《红楼梦》，只看用香的片段，他们绝对会自惭形秽。

一

当柠檬和柑橘鲜活的清香一碰着我的鼻头，它们立即就被我的呼吸所俘虏，再调皮的果香也只得乖乖地跟着我，以前滚翻的姿势游荡进我的鼻腔，然后我允许它们在我的肺部当了一回检阅官。当然，若能当回清道夫则更好，因为我们在拥挤的大城市呼吸的空气实在太污浊了。我们的身体和精神都承受着经济的飞速发展所带来的环境污染的恶果。

接着登场的是白花黄蕊的橙花，它充满幽雅的贵气，却气息平和柔软，绝不咄咄逼人；略带苦味的香气，又让我忍不住多嗅上几回。它具有治愈系的能力，让我的心灵和情绪都能得到安慰和宁静。

芫荽和小豆蔻也相约而来，但它们只是将辛辣而浓烈的气息作了短暂停留，把我体内一切不正之气旋风似的一卷，就飘然而去。

当上面那些作为前调的果香和花香隐身幕后，保加利亚玫瑰、茉莉和铃兰这才一起上演桃园三结义，玫瑰的热烈、茉莉的清雅、铃兰的甜美，各自展示芳容，又相互衬托其美，这中调也非常精彩。

花果热闹够了，绿茶如仙子，裙裾飘飘款款走来，拥着它的还有檀香、麝香、雪松、龙涎香和一些珍稀熏木，只是花草树木和动物香都稍微退后一步作为陪衬，让绿茶作为舞台的主角，这个画面定格的时间是长久的。这就是坚实而稳固的尾调，也称做后调。

您可能会问，这么多花啊果啊，是在谈论花园吗？是啊，这就是一个花园，时而热闹，时而沉静，它叫做宝格丽"绿茶"，一款曾经颠覆香水界的由茶为主导香的香水。

一款复合香水都有前调、中调和尾调，前调大概在喷出来的前五分钟就渐渐隐去，接着是中调，氤氲鼻息十分钟后也由尾调代替，尾调就是牢固地攀爬和沉淀在您身体和衣服上的香味，您只有真正喜欢一款香水的尾调，也才是真正喜欢了这款香水。

前调可以比喻成一个人的相貌，中调可以比喻成一个人的声音，而尾调可以比喻成一个人的品性。您会为一个人的相貌或者声音而马上着迷，但久而久之却因为他或者她的品性而弃之唾之，可见这尾调是多么重要。品香如品人。

我在宝格丽"绿茶"之香中神游，无意间瞭到半人高的书堆上的《红楼梦》，这一绿一红，在我心中顿时撞出了火花。突然我想：曹雪芹的江南盛产绿茶，龙井和碧螺春是老爷太太小姐们的常用茶。即便是后来他来到了帝都，绿茶也该是他生命中的主打茶。他用文字打造了大观园，这是一个由江南园林和帝王别院杂交而来的空中花园，黛玉那么弱的身子骨在其中也是喝的绿茶龙井。在第八十二回中，就这样写道：

> 黛玉微微的一笑，因叫紫鹃："把我的龙井茶给二爷沏一碗。二爷如今念书了，比不的头里。"紫鹃笑着答应，去拿茶叶，叫小丫头子沏茶。

其实，绿茶虽然好，有防癌、明目、清肝的功效，但喝它需要一个强大的胃，像黛玉那种饮食和睡眠功能都很弱的人，喝红茶和熟普洱倒是更合适。当然，黛玉喝绿茶，其中也有对江南故土的一份缅怀之情。

黛玉和宝玉在大观园中品茶、品花、品香，却不曾想到以后这世界上会生出一些与茶有关的香水，若是香水也进入红楼梦、进入大观园，那妙玉之流不单把茶玩个转，又得将香水把玩个够了吧？我想曹雪芹也

就不止写现在的章回了。

不过，香水缺席的《红楼梦》，仍旧有各类奇花、异草、稀木编织的惊喜，它们依旧是这香道中的主打内容。

对于平民百姓来说，开门七件事是柴米油盐酱醋茶。对于已经小康的人们来说，除了这七件事，恐怕还要加上：琴棋书画诗酒花香。花包含着各种鲜切花艺术，香则是直接燃烧各种花草树木，或者燃烧由各种花草树木和动物香制作的固体合香，也有把香草香花袋子、香木做的香珠挂在身上、戴在手上熏身体的，或者直接把香袋香珠放在衣柜熏衣物。

在《红楼梦》第十九回里有这样的描述：

> 宝玉……只闻得一股幽香，却是从黛玉袖中发出，闻之令人醉魂酥骨。宝玉一把便将黛玉的袖子拉住，要瞧笼着何物。黛玉笑道："冬寒十月，谁带什么香呢。"宝玉笑道："既然如此，这香是哪里来的？"黛玉道："连我也不知道。想必是柜子里头的香气，衣服上熏染的也未可知。"宝玉摇头道："未必。这香的气味奇怪，不是那些香饼子、香毬子、香袋子的香。"

这里传达出一些信息，那就是除了冬季身上不挂香袋子外，其他季节，尤其是爱流汗的夏季，是必须带香在身上的。另外，无论何时，衣柜里是有香木香花做的香饼子、香毬子熏染衣服的。

这香，按照我的理解，应该是黛玉身体里自然溢出的药香，因为她总被中草药滋润包围，宝玉又认为药香是最高境界的香气，自然就气息相通了。

我当心理咨询师那会儿，常给找我诉说烦恼的男男女女支招：不知道到底喜欢不喜欢他（她），接受不接受他（她），那就拥抱他（她）一下，就清楚了。男女之爱，气息相投是重要因素。身体散发出来的自然的味道，你如果接受，就成功了一半。

当然，宝玉喜欢黛玉身上的香气的描写是有意义的，有承上启下的作用，自然带出恋爱中的黛玉的醋意心理：宝钗有冷香丸啊，你宝玉有没有暖香来配呢？我有的只是俗香，哪有人家宝钗由罗汉、真人、亲哥哥、亲弟弟用花朵霜雪炮制的奇香呢？爱情都是自私的，不希望别人来分享。尽管黛玉动不动就吃醋的脾气让人觉得累，但一个父母双亡、寄人篱下的孤独少女，越寂寞越表现得尖酸，爱得越深越表现出刻薄，也就让人同情和嘘唏了。

曹雪芹这里用了一个词叫"醉魂酥骨"，其实，岂止黛玉身上的香气让宝玉醉魂酥骨？那分明是对黛玉的爱让他觉得醉魂酥骨。两小无猜、不知不觉滋生的爱，有多深？有多重？也许连他们自己当时也在懵懂中吧。

二

曹雪芹是制造爱情的高手，更是制香高手。在《红楼梦》第五回里，他把熏香、香茗、佳酿都玩到了最高境界。

话说宝玉梦游太虚幻境，闻一缕幽香，不知所焚何物。警幻仙姑告知他，此香非尘世之物：

> 乃系诸名山胜景内初生异卉之精，合各种宝林珠树之油所制，名"群芳髓"。

仔细研究，这个"群芳髓"和香水倒是有异曲同工之妙，因为一款香水，在初调、中调和尾调中，都要选用几十种或者上百种花草树木和动物香来配。这"群芳髓"可以算是用来焚烧闻香的固体香水。

紧接着，警幻又介绍小丫鬟端来的散发奇香的清茶：

> 此茶出在放春山遣香洞，又以仙花灵叶上所带之宿露而烹，此茶名曰"千红一窟"。

也就是说，除了茶叶本身，泡茶的水也很有讲究，那夜宿在各种仙

草上的露水也沾染着各自花草的香味呢。可不是吗？我们中国的茶道，对水历来有要求，山泉水为上，井水为中，江河水为下。曹雪芹又升华了一下：仙草上的露水为上上品。

随后，警幻又描述那叫做"万艳同杯"的酒：

此酒乃以百花之蕊，万木之汁，加以麟髓之醅、凤乳之曲酿成。

百花之蕊和万木之汁好理解，但这个麟髓之醅、凤乳之曲却要靠想象了。麒麟和凤凰是我们中华民族图腾的吉祥物，游走于我们的精神世界中，但动物之香在现实中确实存在。比如很多香水的尾调用来定香固香的龙涎香、麝香、灵猫香就是其中几种。

拿龙涎香来说，南亚一带的渔民在海里发现了一些固体蜡状漂流物，大小不等，刚捞起来时有一股强烈的腥臭味，但干燥后却能发出持久而特殊的香气，将之点燃更是香味四溢。有人觉得这是龙睡觉时流出的口水，所以把它叫做龙涎香。后来，沙特阿拉伯科特拉岛的渔民们发现了这个东西的秘密。

这个岛屿上的渔民主要以捕获 20 米左右的抹香鲸为生。有一次，一位老渔民在剖开一条抹香鲸的肠道时，发现了一块龙涎香。后经海洋生物学家的深入研究发现，原来，当吞食大乌贼和章鱼这类大型软体动物后，这些动物口中坚韧的颚和舌齿在抹香鲸胃肠内积聚，刺激了肠道，肠道就分泌出一种特殊的蜡状物，将食物的残核包起来，慢慢地就形成了龙涎香。有点类似于贝产生珍珠那样。有的抹香鲸会将凝结物呕吐出来，有的会从肠道排出体外，仅有少部分抹香鲸将龙涎香留在体内。

留在抹香鲸体内和刚排泄出来的龙涎香价值不高，一定是那些经过百年以上海水的浸泡，将杂质全漂出来，才能成为龙涎香中的上品。所以，从龙涎香的颜色可以区分它的价值，白色的龙涎香品质最好，然后是浅灰色、灰色、褐色、浅黑色。

当前，天然龙涎香的国际市场，完全由香水大国法国控制，每公斤的收购价堪比黄金。世界龙涎香交易最盛时每年据说在 600 公斤，随着人类对抹香鲸的大量捕杀，龙涎香的资源逐年减少，现在每年的贸易额已经减少到 100 公斤。一些人工龙涎香代替了天然龙涎香。

香水的前调和中调一般都以各种花草精油来配，但花草类的植物香料香气保存时间不长，所以尾调一般都用动物香料和树木香料混合而成来固香。分出级别后的龙涎香，被磨成极细的粉末，溶解在酒精中一段时间，再配成 5% 浓度的龙涎香溶液，用于配制香水尾调。

那麟髓之醅、凤乳之麴显然是曹雪芹杜撰了，但他肯定了解一些动物香料的来历和使用方法，因为我国中医界对动物香料已经有很长的运用历史，比如《本草纲目》中就收入蜂蜜、麝香等。曹雪芹制造的太虚幻境其实并不完全虚幻，就这些芳香之物的形成，也是他从现实世界移植过去的，只不过又加了一些想象进去。

曹雪芹把所有的香美醇都给了太虚幻境，也表露了他对这个肮脏尘世的厌恶。"你们东府里除了那两个石头狮子干净，只怕连猫儿狗儿都不干净。……"柳湘莲的话，也代表了曹雪芹的心声。

三

《红楼梦》中曹雪芹除了借警幻仙姑之手制造奇异的香、茶、酒，还借薛宝钗之口制作了异香异气的海上方"冷香丸"。

第七回中，薛宝钗给周瑞家的描述冷香丸的方子：

> "……真真把人琐碎死。东西药料一概都有限，只难得'可巧'二字：要春天开的白牡丹花蕊十二两，夏天开的白荷花蕊十二两，秋天的白芙蓉蕊十二两，冬天的白梅花蕊十二两。将这四样花蕊，于次年春分这日晒干，和在药末子一处，一齐研好。又要雨水这日的雨水十二钱，……"周瑞家的忙道："嗳哟！这么说来，这就得三年的功夫。倘或雨水这日竟不下雨，这却怎处呢？"宝钗笑道："所以说哪里有这样可巧的雨，便没雨也只好再等罢了。白露这日的露水十二钱，霜降这日的霜十二钱，小雪这日的雪十二钱。把这四样

水调匀，和了药，再加十二钱蜂蜜，十二钱白糖，丸了龙眼大的丸子，盛在旧瓷坛内，埋在花根底下。若发了病时，拿出来吃一丸，用十二分黄柏煎汤送下。"

这弄不好是需要十来年功夫制作的丸药，在宝钗那里有幸一两年得了，服后口腔或者身体飘出一种凉森森甜丝丝的幽香，惹得宝玉也闹着要吃。

这绝非曹雪芹故弄玄虚，以我作为中医世家的后辈略懂得的一点医学常识来讲，薛宝钗是一个火体质的人，她的咳嗽是属于热咳类，所以要用清热解毒去燥的材料来综合。花蕊类是属于凉性物质，那些大自然的雨霜露雪等也是凉性物质，加之那黄柏，更是一味清热解毒祛湿的良药。再说这药还要埋在树根底下，地下更是阴冷之地。可见这薛宝钗的火气之重。花蕊黄柏都是芳香之物，吃了冷香的植物，自然现出"凉森森甜丝丝的幽香"。为什么都是白色的花呢？我想是曹雪芹需要制造冷白的效果吧，因为白色在色彩中属于冷色调。

其实在香水制造中，比这冷香丸更为繁杂的程序都是有的。比如由法国著名影星苏菲·玛素（Sophie Marceau）代言的香舍丽榭大道香氛，是香水鼻祖法国娇兰公司1996年推出的，这款蕴含大自然精华并凝结着娇兰人智慧与辛勤劳动的香氛，单就含羞草一项，就是从40多款不同种类的含羞草中寻找出来的，它源自法国南部草原，充满阳光气息。使用它的独特意义，在于香水调制历史上首次采用如此娇弱易碎的花瓣作为香氛清香成分的骨干。

所以，娇兰公司创办人、老娇兰的第五代孙菲立普·娇兰（Philippe Guerlain）说："一款伟大的香氛是我们时代最完美的映证。"香舍丽榭大道香氛通过重重花香迷雾，才成为一款反映时代、引领时尚的香氛。

又比如法国莲娜·丽姿公司（Nina Ricci）在1996年推出一款别具一格的绿色淘气小精灵（Les Belles de Ricci），专为活泼的美少女而设计，清新气息是设计师选择香调的出发点，他们突破香水传统，大胆选用法国普罗旺斯的番茄、嫩绿的番茄叶子、清爽的番茄花为主要原料。一改以木味为尾调的老式做法，而以清新的果味为主。番茄叶酸溜溜的清香成分被运用到初调中，中调以干净的番茄花为主要原料，又汇聚番茄、蓝浆果、无花果、旱金莲、雪松及意大利塞蒲路斯木果作为尾调，令香水活泼而清爽。要知道，打破传统是多么不易，这其中经过了多少的挫折和失败，只有香水设计师们自己才知道。

再比如纪梵希的魅力玫瑰香水，是调香师们在世界众多品种的玫瑰花中，选出保加利亚千叶玫瑰、摩洛哥玫瑰、格拉斯玫瑰、土耳其玫瑰、茴香玫瑰、麝香玫瑰等十几种玫瑰加以调配，有的是必须在晨露中采摘，有的是需要尚嫩的玫瑰花骨朵，各种条件都满足，才制造出一款奢华馥郁的玫瑰香水。

而香水制造出来，并不是直接涂抹或者喷洒在身上的，真正的香水大师们，喷香水是直接朝眼前的空中喷洒一次，然后人朝前一步旋转一圈，让空中的喷雾均匀地洒在头顶和衣服上，若有若无的香气才是最高境界。

可以说，那薛宝钗的冷香丸，是能吃的固体香水；那些反复调配才成功的香水，则是喷洒在身上的液体的冷香丸。中西方制香用香，道理是一样的。

四

动物香、树木香、花草香、果香，都是香水中不可缺少的一部分。而在《红楼梦》里，这些东西更是满眼都是。

第一回中，花的情节就迫不及待地出现了，那便是贾雨村在甄士隐府中做客，相谈正欢，因严老爷来拜，甄士隐忙出去应酬，书房只剩下贾雨村无聊地翻弄书页。这时窗外有一个女子在咳嗽，他起身探头去看：

> 原来是一个丫鬟，在那里撷花，生得仪容不俗，眉目清明，虽无十分姿色，却亦有动人之处。雨村不觉看的呆了。

这丫鬟便是叫做娇杏的。我们试想，如果娇杏此时不是在撷花，而是在洗刷马桶夜壶，或者正在杀鸡杀鸭清洗动物腥臭的内脏，那贾雨村还会看呆了吗？该是唯恐避之不及吧？不管娇杏此时是为主人还是为自己撷花，不管她摘的是茉莉还是玫瑰，有花丛映衬的她一定是美的，有花给她当背景，一定是为她加分的。这美让贾雨村看呆了，他把目光射出去，这光对娇杏来说是有感觉的。就像我们被任何人盯久了，都会有感觉一样。所以娇杏发现窗内有人看她，也猛抬头看了对方，发现对方虽然敝巾旧服、极其贫窭，但面阔口方、剑眉星眼，又想起主人说他非久困之人，好奇心驱使，又回头看了贾雨村两次。恰好这腰圆背厚的贾雨村是个多情种，还有几分自恋，他断定娇杏有意于他，狂喜不尽，还把她当作巨眼英豪，风尘中的知己。所以在日后得志做了县太爷后，上任时又路见娇杏买线，便一封密书讨了她来做了二房。一年后，娇杏肚子也争气，生了个儿子，儿子半岁时，雨村嫡妻因病离世，娇杏被扶做了正室夫人。

娇杏，谐音"侥幸"，这个在《红楼梦》中第一个出现的丫鬟，是曹雪芹花了很多心思却刻意不费笔墨来写的，一个使唤丫头成了主子，而被她侍候过的主子小姐英莲却沦为奴婢。娇杏代表整本书的中心思想：世事变幻，人生无常，最好的也许是最坏的，最坏的也许不一定有那么糟，有时候真假难辨。

而这个看似不重要却实际上非比寻常的娇杏，出场的方式却是以撷花开始。以花为背景，以花为媒介，以花烘托人物内心世界，以花彰显人物性格，是曹雪芹惯用手法。

这荣宁二府中人们说着花言巧语，女人打扮得花枝招展，男人多半是花花公子，都过着花天酒地的日子，彻彻底底是一个花花世界，一处花柳繁华地。

但有一种香文化却是曹雪芹独创的，他借林黛玉和贾宝玉之手完成，那就是葬花。

从古至今，人们采香、制香、闻香、吃香、熏香……都有各种手法，可是送这些香魂最后一程，却是曹雪芹用文字表达出来的。在第二十三回中，有这样的描写：

> ……只见一阵风过，把树头上桃花吹下一大半来，落得满身满书满地皆是。宝玉要抖将下来，恐怕脚步践踏了，只得兜了那花瓣，来至池边，抖在池内。那花瓣浮在水面，飘飘荡荡，竟流出沁芳闸去了。
>
> 回来只见地上还有许多，宝玉正踟蹰间，只听背后有人说道："你在这里作什么？"宝玉一回头，却是林黛玉来了，肩上担着花锄，锄上挂着花囊，手内拿着花帚。宝玉笑道："好，好，来把这个花扫起来，撂在那水里。我才撂了好些在那里呢。"林黛玉道："撂在水里不好。你看这里的水干净，只一流出去，有人家的地方脏的臭的混倒，仍旧把花糟蹋了。那畸角上我有一个花冢，如今把他扫了，装在这绢袋里，拿土埋上，日久不过随土化了，岂不干净？"

这宝玉黛玉真是天造的一对，连落花的最后归宿，他俩都想到一起了：一个不忍践踏花儿，就想到把花儿水葬；一个觉得水有可能被污染不干净，早就挖了专门的花冢，给花儿们绢袋裹身来个土葬，质本洁来还洁去，一抔净土掩风流。

我们一般只顾着享受花香、熏香，在享受的过程中，万般的讲究各种程序、手法，然而享受过了，谁还会注意那些残花、灰烬的归属？曹雪芹却创造了一对真正懂香的璧人，用葬花的方式道尽人生的残酷：依今葬花人笑痴，他年葬侬知是谁？一朝春尽红颜老，花落人亡两不知。

五

香道在我国作为一种文化，肇始于春秋，成长于汉，完备于唐。而到了宋代，爱香人士已经到了亲力亲为、痴迷无限的地步。

亲自上阵制香是中产阶级生活的必修课。赠香品、香方，既是锦上添花，也是雪中送炭。品香和互相探讨制香心得，更是文人雅士必需的生活场景。

在台北故宫博物院里，珍藏着一帧《制婴香方帖》，是制香高手黄庭坚当时凭记忆为朋友录写的一个制香的配方。生前与苏轼齐名的黄庭坚，不仅是北宋著名文学家、书法家，盛极一时的江西诗派开山之祖，还在制香方面做出过很多贡献。那时，听琴需要焚香、赏画需要焚香、写诗需要焚香、安神需要焚香、醒酒需要焚香、解乏需要焚香，室外需要焚香，室内需要焚香。而且，这焚香因生活内容不同香料也不同。如同我现在去参加热闹的晚会，我会用东方香型的香水，因为热烈而神秘；如果我是去静静欣赏一场古筝演奏会，我会喷木香或者花香的香水，显得清雅淡泊。如果我去幼儿园和孩子们玩耍，我会淡淡地喷一点果香型的甜美香水。孩子们喜欢甜味，会更加亲近我。

北宋末年和南宋初年，与张孝祥一起号称"词坛双璧"的另一位承前启后的重要词人张元干，他在《浣溪沙》一首词中有"花气蒸浓古鼎烟，水沉春透露华鲜"。讲的就是宋人最喜欢、最流行、最科学的"花熏香"法蒸成的合香。其具体方法是，用沉香片或者檀香片为花骨，上面一层层铺以带露水的各种鲜花，如梅花、栀子花、茉莉、素馨、橙花、橘花，蒸透之后，树木香沾染着花香，成了奇妙的复合香料。需要的时候入炉焚烤，四季花香缓缓从各种古铜鼎的烟孔中袅袅升腾，不管是阴天或者雨天或者雪天，都可与花园约会。宋人陈敬在《陈氏香谱》中对各种"花熏香"的制作有详尽的介绍。

除了花香型的合香，复合果香的制作也很巧妙，把喜欢的果子，比如梨子、温梓挖去果核，放入沉香末、檀香木、苏合香末等一起蒸制，然后把这些东西打成粉制成香饼子、香丸子阴干后入鼎焚烧。

那么宋代的底层人士难道不用香吗？答案是否定的。制作合香的材料是可以根据经济能力而有所选择的，用荔枝皮、甘蔗渣、橘子皮和一些随手可以采摘来的鲜花如苦楝花，也可以制作出价格低廉的不错的焚香。

其实，早在汉代，古人就已经意识到单品香的局限，比如单焚檀香，久了会影响睡眠，无法安神。所以开始转而使用多种香料配伍而成的合香，以取长补短。香方种类也日益丰富，合香成了传统香品的主流。

喜香，是人与生俱来的天性，比逐臭之人要多得多。作为防病祛病的材料，香是物质的；如果作为祭祀、文人雅士之乐的香，它又是精神层面的。有型的香木、香丸、香粉、线香、塔香等等，和无形的香味、作用、寄予的期望，是沟通现实世界和灵魂世界的媒介。尤其是品香中的仪式感，让人的精神境界得以升华。

历代典籍中提到香道的文字颇多，除了上面提到的《陈氏香谱》，还有宋人洪刍写的《香谱》，它是至今为止最为详尽、保存得最为完整的香药谱录类著作。据说他写成了五卷，只保存下来两卷。其中对于历代用香史料、用香方法以及各种合香配方，均广而录之。洪刍虽然没有他那"制香用香达人"的舅父黄庭坚那么有名气，但他在《香谱》中首创香之品、香之异、香之事、香之法等四大用香类别，成为其后各家香谱的依据。黄庭坚的很多香道经验，给了外甥洪刍第一手资料。耳濡目染，洪刍也成了制香高手。

可惜的是，由于蒙古大军大肆进军中原，并威逼至广东，南宋灭亡，宋少帝与丞相陆秀夫以及十万军民悲壮跳海，许多优秀的文化、习俗也随之葬入大海。当时北方游牧民族的部分粗鄙习俗代替了宋代的高雅艺术。虽然后来明朝有所复兴，但光是香道这一脉就再也无法和宋代相比。明清基本是用单一香品或者拼凑香，文人雅士也再无兴趣制作复合香了。

在《红楼梦》的许多章回中，可谓是香气四溢，但这些香最多也就是拼凑起来的香。当然，就这样的现实，曹雪芹还是让其中许多人物都成了用香的行家。

在第五回里，这样描述：

> ……大家来至秦氏房中。刚至房门，便有一股细细的甜香袭人而来。宝玉觉得眼饧骨软，连说："好香！"

后来秦可卿自己也说："我这屋子大约神仙也可住得了。"这是对自己屋子的品味、格调的自信。这其中就有香气带来的底气。虽然我们并不知道这细细的甜香是熏香还是鲜切花，但一定是精心用了香的。这也为宝玉眼饧骨软进入太虚幻境作了铺成，也才有之后梦里和可卿的柔

情缱绻，那岂不是更加让他眼饧骨软之事？

在第六回，话说刘姥姥被周瑞家的引来见王熙凤：

> 上了正房台矶，小丫头打起猩红毡帘，才入堂屋，只闻一阵香扑了脸来，竟不辨是何气味，身子如在云端里一般。

这和秦可卿处的香不一样，那里是细细的甜香，这里却是扑来的一阵香，让人如坐云端。这香气也如凤辣子一般泼辣热烈。

可以肯定凤姐这里是用的熏香，因为在第十三回里的开篇这样写道：

> 这日夜间，正和平儿灯下拥炉倦绣，早命浓熏绣被，二人睡下，屈指算行程该到何处，不知不觉已交三鼓。

因丈夫贾琏送黛玉去扬州看望身染重疾的林如海，凤姐觉得无趣，早睡也难以入眠，把被子熏出浓浓的香气，也是一种思念的转移大法吧。

第十八回，元宵之际，为迎接贾元春回来省亲：

> 园内各处，帐舞蟠龙，帘飞彩凤，金银焕彩，珠宝争辉，鼎焚百合之香，瓶插长春之蕊，静悄无人咳嗽。

之后元春游园，又有"鼎飘麝脑之香，屏列雉尾之扇"的描写。这里的百合之香，就是单品香或者拼凑香，可能是干燥的百合花瓣、百合花枝，也可能是众多种类的香木花叶的集合。比如出自大秦国的郁金香花叶，或者是出自西域的迷迭香，也有可能燃的是南海诸山中的木蜜香，或者都不是这些香，是我根本不知道的一些香木花叶品种的集合。也就是说此百合非彼百合，只是众香花木合在一起焚烧而已。但总之是香烟缭绕，久久不散。

这"百合香"在《红楼梦》里不止一处出现，比如在第四十一回结尾，刘姥姥喝多了误入宝玉房中，并醉卧床榻，袭人没死活地推醒她：

忙将鼎内贮了三四把百合香，仍用罩子罩上。

一把一把地往鼎中添香以熏走酒气，可见这香是常用之香，并不算昂贵。

而那"麝脑之香"，可能是以龙脑香为主加了麝香成分的香制木。

有朋友问我，麝香和龙脑香（即冰片）在民间都说是容易导致孕妇流产的药物，妃子自己是多么希望怀上龙种啊，妃子的娘家人是多么希望妃子怀上龙啊，这是可以达到鸡犬升天的最快路径啊。所以，能不能给妃子闻麝香龙脑香一类的芳香之物呢？万一妃子怀了龙种被这些香一熏给流产了，那责任人是不是要被治罪？

其实这是一种误传，实际上，这麝香和龙脑香，只要不内服，对于孕妇是安全的，加了一些麝香和龙脑的名贵熏香更不会引起孕妇流产。

还有一点可以证实贵妃们是用得麝香和冰片一类芳香药的。在第二十四回里，贾芸为谋差事，要给凤姐送礼，先是找开香料铺的母舅卜世仁各赊四两冰片和麝香，卜世仁装穷不赊。后来遇到专放重利债的紧邻倪二，倪二意外豪爽地借给他十五两多银子，他这才买了冰片和麝香给凤姐送去：

"……往年间，我还见婶子大包的银子买这些东西呢。别说今年贵妃宫中，就是这个端阳节下，不用说这些香料自然是比往常加上十倍去的。因此想来想去，只孝顺婶子一个人才合适，方不算糟蹋这东西。"一边说，一边将一个锦匣举起。

凤姐正是要办端阳的节礼，采买香料药饵的时节，忽见贾芸如此一来，听这一篇话，心下又是得意又是欢喜……

看来，各个节日，不管是贵妃宫中，还是荣宁二府，都是离不得麝香和龙脑香的。毕竟是顶级的香料，身份的象征呢。

元宵当点灯之后，元春一行人归省，宫里的人有销金提炉焚着御香，还有太监捧着香珠的。那烧着的御香和捧着的香珠，自当是更高级别和品质的香木。我想也许是众香之首的顶级金丝楠或者顶级沉香棋楠香吧。

元春省亲，自然要带一些宫中的恩赐之物回来，给贾母的是除了金玉如意各一柄之外，还有"沉香拐柱一根，伽楠念珠一串……"这沉香拐柱实际应该为沉香木拐柱，少一个"木"，意义就大不同。拿沉香树和檀香树来比较，檀香树整棵树都是香气扑鼻的，而沉香树不一样，它只有中间部分是幽香沁人的，其余外围部分没有香味。而称做"沉香"的更是珍贵，它是沉香树天然伤口上的结痂部分，是沉香树经过创伤之后分泌出来的特殊油脂，是顶级的天然香料。由于这些创伤部位几乎不可能像一根拐棍那么长，因此结出的沉香更不可能有拐棍那么长。所以这拐杖也就是用沉香树做成的，运气好的话，上面会带一些沉香物质。至于伽楠念珠，当然是沉香的上上品——棋楠香制成的，不管是手珠、持珠还是挂珠，体积重量虽都不如沉香拐柱，但价值也许比后者高得多。棋楠香属于千金难求的上佳香料。当然，皇宫除了真情实意较少，是要啥有啥的地方。

以香料香木为御赐品是常事，在《红楼梦》第十五回，北静王水溶也送宝玉"前日圣上亲赐鹡鸰香念珠一串，权当贺敬之礼"。研究红学的专家说这鹡鸰香是曹雪芹的杜撰，世上并无这一款香料。我以为把它当一款雕刻了吉鸟祥瑞的香珠即可，以突出它的工艺了得而已。

在第二十八回，贵妃端午赏节礼，赐宝玉和宝钗的礼物其中有红麝香珠，其他人还有香如意、香袋之类。那红麝香珠无非是麝香浸泡或者熏染了的红木珠子吧。

我国从古至今的用香都代表着一种健康、一种优雅、一种品味、一种信仰、一种美好，香料首先是从大自然中最熟悉的植物入手，比如各种花、草、根、果：桂花、玫瑰花、郁金香、艾草、丁香、藿香、香附子、柠檬、柑橘等，比如各种树木树脂香：白檀香、沉香、乳香、枫香脂等。动物香料品种不多，主要有四大类：龙涎香、麝香、灵猫香、海狸香。这些香料最初都是防病治病用，后来发展成精神生活的必需品。

而在香水制造鼻祖之一的法国，香水的起源竟然与恶臭有着密不可分的关系。拿十八世纪的巴黎来说吧，不管是王公贵族，还是平民百姓，无论他们身上穿着多么华贵的时装、佩戴多么无价的首饰，也掩盖不住其身上散发的恶臭。当时法国医生认为身上越臭越健康，人们迷信医生，所以他们一生中几乎不洗澡。医生如果要你洗澡，那说明你有病了，洗澡竟然成了一种医疗手段。据说法国国王路易十四，从1647年到1711年的64年间只洗过一次澡，简直是耸人听闻。

除了身体臭，整个城市也臭，因为巴黎连皇宫都没有厕所，而且人去世之后，就浅埋在居住地附近，那是怎样的一种空气污染啊，无法形容。有资料表明，巴黎当局从1785年开始，花了两年时间，才把以往近千年堆积的200万具遗骸转移到巴黎南部的采石场深埋。

为了与臭抗衡，法国才开始研制适合他们自己的香水，起先最受欢迎的是动物香料，因为动物香料味道很浓，比较能够压倒臭气。但十八世纪中叶之后，巴黎建起了一些公共浴室，厕所也兴建起来，人们才把偏爱从过于浓郁的动物香料转到清新的植物香料上来。

可见，咱们中国人用香的格调是远远高于法国人的。让法国人读《红楼梦》，只看用香的片段，他们绝对会自惭形秽。但法国人对各种植物香料的利用比原产国要深入执著得多，比如咱们中国的老鹳草、保加利亚的玫瑰、埃及的茉莉、印度的檀香、意大利的柠檬、南斯拉夫的橡树苔、印尼的广藿香等，都在法国香水领域各领风骚。老鹳草，相传是药王孙思邈发现和首用的风湿良药，也是芳香植物，当今，如果不是学植物学或者中医药的人，怕对它还是一头雾水呢。

<h1 style="text-align:center">六</h1>

翻开《红楼梦》，处处都离不开花，离不开香。

比如第五回：

> 因东边宁府中花园内梅花盛开，贾珍之妻尤氏乃治酒，请贾母、邢夫人、王夫人等赏花。

第三十七回：探春开社作诗，"迎春又令丫鬟炷了一只'梦甜香'。原来这'梦甜香'只有三寸来长，有灯草粗细，以其易烬，故以此烬为限，如香烬未成便罚。"

第四十三回，宝玉为了祭奠因他而死的金钏，在金钏生日这天，和茗烟一口气骑马跑了七八里路，他问：

这里可有卖香的？"茗烟道："香倒有，不知是哪一样？"宝玉想道："别的香不好，须得檀、芸、降三样。

檀香，众所周知是名贵香料。芸香，别名七里香、芸香草，不仅有特殊的香味，而且还是珍贵的药材。降，即降真香，也叫紫藤香、鸡骨香，刚开始烧的时候不觉得有香味，但和其他香一起烧，则芳香无比。李时珍说它是治疗刀伤出血、痈疽恶毒的良药。

比如第五十三回，为迎除夕，荣国府"当地火盆内焚着松柏香、百合草"。

到了大年十五之夜。

这边贾母花厅之上共摆了十来席。每一席旁边设一几，几上设炉瓶三事，焚着御赐百合宫香。又有八寸来长四五寸宽二三寸高的点着山石布满青苔的小盆景，俱是新鲜花卉。

这"炉瓶三事"即插香几中间放一个香炉，或瓷、或玉、或铜；两旁放有装香匙火铲等用具的箸瓶，也有铜、漆、瓷之分；还有一个香盒子，用来存放香块、香屑或香面。

这荣宁二府是用香的大府，花在香料上的银子也是一大笔开销。

在第五十六回，为了给府里创收，李纨和探春合计：

"如今香料铺并大市大庙卖的各处香料香草儿，都不是这些东西？算起来比别的利息更大。怡红院别说别的，单只说春夏天一季玫瑰花，共下多少花？还有一带篱笆上蔷薇、月季、宝相、金银藤，单这没要紧的草花干了，卖到茶叶铺药铺去，也值几个钱。"

因为香料有市场，所以连荣府大奶奶——长孙媳李纨也想着做点生意帮补一下府上。

第八十八回：鸳鸯叫小丫头把小绢包打开，拿出来道："这素纸一扎是写《心经》的。"又拿了一子儿藏香道："这是叫写经时点着写的。"惜春都应了。

替贾母抄写佛教的《心经》，点的香都要用藏香，很有仪式感。这藏香的来历可不一般，据诸佛菩萨密续经典记载，藏香是加入了心之良药肉豆蔻、肾之良药草豆蔻、肺之良药竹黄、肝之良药藏红花、命脉良药丁香、脾之良药砂仁，以及麝香、红白檀香、黑香、冰片、当归等数十种中药草，并且更加入珍贵天珠、金、银、铜、珍珠、珊瑚及喜马拉雅山圣地之高山药材，其中部分香更加入各种加持甘露丸，实在是弥足珍贵。

《红楼梦》中还有一种香不能忽视，那就是静静的木香。它们不用熏，不用点，只与空气和时光一道，散发着它们经年不变的气味。这荣宁二府的枯与荣、繁与败、清与浊，它们都尽收眼底。

第三回中，有这样的描述：

> 林黛玉扶着婆子的手，进了垂花门，两边是抄手游廊，当中是穿堂，当地放着一个紫檀架子大理石的大插屏。

紫檀，第一次出现在书中。这种主要产于我国台湾、广东和云南南部的珍贵树种，不仅因为木质坚硬是建筑和家具的最好材料，还是一味香料和中药。《本草纲目》里这样记载：紫檀，味咸，性微寒，无毒，可摩涂突发皮肤瘙痒，起丘疹或脉浮，赤烂蜕皮。刮末能敷刀伤，止血止痛。可消肿毒，治金疮。我国是最早认识和开发紫檀的国家，也因此，开发挖掘过度，现在濒临灭绝。唐朝诗人王建"黄金捍拨紫檀槽，弦索

初张调更高”的名句，给这种帝王之木画了很准确的肖像。

接下来，还是这第三回，黛玉进入荣国府，到了正经正内室的堂屋：

> 大紫檀雕螭案上，设着三尺来高青绿古铜鼎，……地下两溜十六张楠木交椅，又有一副对联，乃乌木联牌……

短短几句描写，紫檀、楠木、乌木都齐全了。

据《博物要览》载："楠木有三种，一曰香楠，又名紫楠；二曰金丝楠；三曰水楠。南方者多香楠，木微紫而清香，纹美。金丝者出川涧中，木纹有金丝。楠木之全美者，向阳处或结成人物山水之纹。"我自己有一个祖传的金丝楠手镯，在阳光下，木纹里金色的丝线与阳光一会面，立即闪烁出道道金光。那种清雅之味传染到包过它的手帕以及装过它的盒子，香气多年不散。而楠木也是中药，《本草纲目》中说它可以治疗聤耳出脓、心胀腹痛、足部水肿。

而真正的乌木，就是阴沉木，是楠木、红椿、麻柳等多种树木因自然灾害，如地震、洪水、泥石流等埋入淤泥中，在缺氧、高压状态下，经长达成千上万年的碳化过程形成的，尤以金丝楠阴沉木最为昂贵。乌木兼备木的古雅和石的神韵，有"东方神木"之称。古人云："家有乌木半方，胜过财宝一箱。"

在第四十回中，凤姐、刘姥姥一行人来到探春房中，探春素喜阔朗，三间屋子不曾隔断。

> 当地放着一张花梨大理石大案，案上磊着各种名人法帖，并数十方宝砚，各色笔筒，笔海内插的笔如树林一般。

这几句话就把探春的男儿性格写出来了。此时，花梨木也出现了，这种珍贵树种有甜甜的木质香，并夹杂着淡淡的花香，还能够抗菌、利脑、安神。花梨木的最高等级的品种当属海南黄花梨，几乎到了绝迹边缘，所以现在冒牌货居多。

《红楼梦》不但囊括了最高等级的花香，也把珍贵木香和动物香不动声色地描述了。

此外，还有多个场合说到"香"的：有薛蟠生日，古董行的程日兴为他寻来了"暹罗国进贡的灵柏香熏的暹猪"；有贾珍为儿媳秦可卿选的棺材樯木板，"纹若槟榔，味若檀麝"；有四月二十六芒种节，女孩子们用花瓣柳枝、绫锦纱罗祭拜饯行花神，因芒种一过，夏日来临，众花皆卸，花神退位；有菊花叶儿桂花蕊熏的绿豆面子，合欢花浸泡的酒；有宝玉向平儿推荐的"不是铅粉，这是用紫茉莉花种，研碎了兑上香料制的"脂粉和"上好的胭脂拧出汁子来，淘澄净了渣滓，配了花露蒸叠成的"胭脂膏；更有那史湘云，枕着一包芍药花瓣，盖了一身芍药花瓣，在石凳上"香梦沉酣"，等等。

不断往香炉添香是丫鬟们一天的常态，平时烧的是素香，节日烧的是馥郁名香御香。这也是为了烘托荣宁二府乃至大观园的奢华之风，用刘姥姥的话说，是一顿花二十多两银子，够庄稼人过上一年，和之后被抄家引起的家道败落的景象形成强烈反差。

明末清初的戏剧家李渔认为："此（指焚香）非僮仆之事，皆必主人自为之。"那这样看来，《红楼梦》中关于香道文化的描写便有了一点缺憾：包括宝玉和黛玉在内的公子小姐们，还大都不具备这个层面上的香道性灵双修，一是因为他们只把香作为背景，凡是遇到点香焚香之时，皆叫丫头们完成。二是他们结诗社、赛诗、品花、赏雪，却偏偏没有品香、交流制香心得和互换自制香饼的雅趣，这也侧射出在曹雪芹所处的清朝中末期，这种香道文化已经不再流行。

黄庭坚在其《品香四德》中说：中国文人雅士以香席的形式，净心契道、品评审美、励志翰文、调和身心。

这四德就现在也很适合我们的心境。不过，宋人那些花木共蒸的制香雅事，今人终是无法再重新拾起。一声长叹。

如果您敏感，且具有一点神秘气息，那选"阴阳"香水就对了。

　　喜欢被绿茶浸润，就来拥有宝格丽"绿茶"吧，它清雅的气息适合春夏的旋律。

　　优雅迷人、浪漫娇媚的女子，在休闲时可以试试"香舍里谢大道"，约会？当然也适合。不过穿正装上班时别用哦。

　　"绿色淘气小精灵"属于娇小可爱的女子，她有点任性，率真而聪慧。

　　适合所有季节的一款香水，是纪梵希"魅力玫瑰"，只要您喜欢玫瑰的气味，就大胆选择它吧，它还能为您解郁呢。

　　"比翼双飞"也是一款人人可用的名香，但是否能将它典雅轻盈的气质表现出来，就要看各自的功力了。

　　"蓝色牛仔"适合有个性、我行我素的男女，它的松木香气让人变得有些空灵。

阴阳香水

雅克·法特的"阴阳"香水是法国的品牌，有些历史，设计师雅克·法特先是和迪奥这样的品牌一样做高级女式成衣，很有影响力。直到 1953 年才开始出品第一款香水。

很多中国元素被外国产品用作主题，比如这个太极图，是地道的中国产物。这款花果香调的女香，开瓶是黑醋栗、葡萄柚和小苍兰的复合香气，随后，牡丹、玉兰和桃子登场。这初调和中调都将花的轻柔之香与果的醇厚之香搭配得很巧妙，一如太极图的完美结合。当花果之香蹁跹舞蹈之后，琥珀、麝香和椰奶携手来固香。花是绽放之态，果是聚合之势，一放一收，也是阴阳之转换。而牡丹、玉兰、琥珀、麝香都可入药。

宝格丽绿茶为首的宝格丽群香

香榭丽舍大道香水

爱慕女香的前调,除了除了柑橘、梨子、橙花、紫罗兰等花果香,还有巴西红木的木质芳香。中调有红浆果、康乃馨、洋槐等花果香,尾调有雪松、香草、零陵香豆、檀香的芳踪。适合千娇百媚的女性。

　　瓶子宛如一个绝代芳华的女子的,是透纱女香,适合温婉可人的女士。前调是橙花、栀子花、肉豆蔻,中调有鸢尾花、晚香玉、核桃和忍冬,尾调是铁梨木、维吉尼亚雪松、龙涎香。

　　而魅力玫瑰女香,光是玫瑰这一项就是在几十种玫瑰中选出来十几种加以调配的。

　　派(π)男香,拥有木质清香, 它是由中国柑桔、枫树香、迷迭香、松针调配而成。

纪梵希群香

以"比翼双飞"和"绿色淘气小精灵"为首的莲娜丽姿群香

以蓝牛仔为首的范思哲群香

给宝玉送上女儿香

对于贾宝玉来说，我送他的一定是女香。因为他曾说，女人一嫁了汉子，"染了男人的气味，就这样混账起来，比男人更可杀了！"这男人的气味不仅能传染人，让女人混账起来，而且被传染的女人更变本加厉地混账起来。所以，宝玉是拒绝再增添男人气味的。

香水设计师和制造商把香水分为男女型，但我们在实际使用过程中，其实可以不受男香女香的限制，只要您非常喜欢一款香水的尾调，因为尾调是留在身上最持久的气味，又不讨厌它的前调和中调，就可以拿来恣意享用。只是要注意三个问题，一是日用或者夜用要分清，晚宴用香是以浓烈性感为主调，日间主要以清新淡雅为首选。二是穿着打扮要与香水合拍，比如您穿着如仙的蕾丝长裙，长发飘飘，轻点兰花指，却散发出皮革味和烟草味十足的某款粗狂男香之气，就属于错搭；如果您换成猎装，踩着高腰皮靴，是一个英姿飒爽的女子，那么您喷上皮革味和烟草味十足的某款男香，就像从您的身体里散发出来那么自然。三是人自身的气质和香水的个性也必须一致，就算是互补也要补得天衣无缝。比如一个长得五大三粗的猛张飞般的男子，给他喷一身甜美花香，那他便成了辣手摧花的怪物，人见人躲闪。如果换成木质花香型的香水，则能让他的轮廓稍微圆润一点，眼光不那么咄咄逼人。

那么对于贾宝玉来说，我送他的一定是女香。因为他曾说，女人一嫁了汉子，"染了男人的气味，就这样混账起来，比男人更可杀了！"这男人的气味不仅能传染人，让女人混账起来，而且被传染的女人更变本加厉地混账起来。所以，宝玉是拒绝再增添男人气味的。

我送给宝玉的第一款香水，便是乔治·阿玛尼的"寄情水"女香。

这宝玉天生是个痴情种，他的情感如果无女儿收留，他就痴呆了。当听到紫鹃说黛玉要回南边老家了，他傻了。金钏的生日，他策马飞驰出府七八里的无人之处，找随从茗烟指定要檀、芸、降三香来祭拜。晴雯临终前，他来关怀，大胆接受晴雯提议，和她互换了贴身的小袄。晴雯后来忌日，他关起门来写诗焚烧祭奠。就连袭人谎说要被家里赎出去，他也慌了手脚，赶紧答应袭人一切条件，为的是袭人不走。女儿圈是他赖以生存的营养土，离开了这片他认为是无价宝珠的土壤，他就枯萎了。

1995 年出品、第二年就获得两项菲菲香水大奖的"寄情水"，有着细腻幽香、柔情似水的三调。前调由牡丹、香蕉叶、麝香葡萄酒、紫罗兰和一些果香组成，质感丰富，如同宝玉丰沛的情感。尤其是麝香葡萄酒，是可以让他微醺的气味，如同醉在这些女儿们的情意之中。中调由茉莉、铃兰、伊兰、百合作为主打，花香四溢，就像繁盛时期的大观园，仿佛看到怡红院、潇湘馆、蘅芜苑、稻香村、秋爽斋等等，处处生机盎然。尾调加入苏合香脂、龙涎香、麝香，让花香更加柔美典雅，更加韵味十足。这些药香也是宝玉心中香的最高境界。

宝玉还有一句名言："女儿是水作的骨肉，男人是泥作的骨肉。我见了女儿，我便清爽；见了男子，便觉浊臭逼人。"中国历史和文学，把多少从男人身上洗下来的脏水都泼给了女性，夏桀时的妹喜、商纣王时的妲己、周幽王时的褒姒，甚至唐玄宗时的杨玉环，总之都是男人口中的红颜祸水。谁会像宝玉这样公然为女儿说话？在这个男权主义的封建专制社会里，宝玉作为官宦子弟，一介男儿，竟然说出这样离经叛道的话，公然高举起反对男尊女卑的大旗，势必要被贾政之流往死里打，最后逼得宝玉只好出家，去佛门求安静。

当然宝玉眼中的好女儿也是有局限性的，结了婚沾染了男子气息的女人和那些世故的老年妇女，不是美珠，而是死鱼眼睛了。可见宝玉是多么看中有青春朝气的女儿们啊。所以我还要送一款女儿瓶型的香水给宝玉，让他日日清透，时时爽快。

这是纪梵希的"透纱"女香，身着拖地长裙的美人，头戴流云发簪，扭动细腰，步步莲花。前调中轻盈婉约的栀子花，有泻火除烦、清热解

给宝玉送上女儿香

毒之功效。中调中的忍冬花，即金银花，有消炎去湿毒的作用。尾调中的愈创木，更有止咳镇痛之奇效而被冠有"生命之树"的美誉。宝玉是需要这些药香来医治他内心的创伤的，因为他发现这个以男权为中心的肮脏世界里，处处是封建礼教的枷锁，要么为功名而强争，要么为钱财而掠夺。第一个使他惧怕和生厌的就是他的亲生父亲贾政，时时以《大学》《中庸》中的条条款款来管制他。还有身边的亲戚贾珍贾琏薛蟠之流，是贪婪淫秽的代名词，让他浑身不自在。他只好移步花房，在女儿国中寻找自己的灵魂所依。因此他不止一次表达自己的奇妙幻想：

> "只求你们看守着我，等我有一日化成了飞灰，——飞灰还不好，灰还有形有迹，还有知识的。——等我化成一股轻烟，风一吹便散了的时候儿，你们也管不得我，我也顾不得你们了，凭你们爱哪里去就完了。"

宝玉不是曹雪芹塑造的英雄和圣人，相反，他的遭遇在神话世界中就很凄惨：女娲为了补天炼成了 36501 块顽石，36500 块石头都用去补天了，唯独剩下一块没用，丢弃在青埂峰下。这顽石虽然已经通灵，却自觉无才补天，日夜悲鸣。而贾宝玉正是含着这块通灵宝玉来到尘世的，他的秉性自然异于常人，与这个他身处的时代格格不入。他的父亲贾政叫嚣着，与其看到他明日弑君弑父，"不如趁今日结果了他的狗命，以绝将来之患"。这哪里是父子？完全是有深仇大恨的敌人啊！而在他的母亲王夫人口中，也没有什么好听的话："我有一个孽根祸胎，是家里的混世魔王。"连宠爱着他的祖母贾母，也伙同王夫人、王熙凤等在婚姻中逼死他最爱的人林黛玉。

宝玉的灵魂是孤独的，当他的精神知己黛玉和晴雯魂归天际，他再也难找到停靠灵魂之地。他有反抗，但也是怯弱而消极的；他有幻想，但缺乏实际的抗争计划。最后终是应了他对黛玉说的当和尚的话，去他的空想世界报到去了。

宝玉就像一颗沙漠中的种子，被黄沙狂风扼杀了。不过他的魂埋在沙土里，等哪天地下水源接通，会不会又生出新的希望来呢？

"寄情水"适合春夏秋三季，柔情似水、细腻温婉的男女都可一试。上班、休闲都能用，但它不能作为夜场香水。

　　"透纱"除了夏季少用，春秋冬皆适合。这款东方花香型香水温暖又清透，日间和夜场都能挑大梁。

阿玛尼"寄情水"女香

纪梵希"透纱"女香

送一瓶"4711"给水溶

"4711"是有 200 多年历史的"化石级"古龙水，开场的香味鲜活而透明，就像洗完澡后清爽干净的味道。随后是花香上场，但这花香不张扬，只是淡淡地飘在眼前，温润而轻盈。最为巧妙的是，当印度檀香、海地香根草、麝香、广藿香、橡树苔和雪松携手来固香时，也好似踮着脚尖、毫不喧哗，这些轻柔且充满灵动感的香气，还时不时扶一下前面的果皮苦味，但都是不落痕迹、似有似无的。

　　我承认自己有时挺无聊，一看这个标题，知道自己又干了一件无聊的事。

　　我也承认自己得了一种病——香水病：每每对着我收藏的那几千款香水，我觉得它们对应的就是现实和艺术中的各种人物。我常常扮演圣诞老人，拿我收藏的香水送给我认为适合它们个性的人。

　　于是，从小到大于我床头柜和书房各置放一套《红楼梦》，又惹出一段香水故事。

　　香水是有生命和形象的，调香师在研制一款香水时，一定有自己心目中的人物。比如世界顶级时装名牌纪梵希（Givenchy）的创办人胡伯特·纪梵希（Hubert de Givenchy），1957年研制出了一款香水，就是按照他心目中的女神——著名影星奥黛莉·赫本（《罗马假日》女主角）来设计的，并将这款香水首先送给了女神。有趣的是，当赫本知道这种代表她的香水竟然任何女性都可享用时，她跟纪梵希开玩笑说："这是interdit（不可以）的！"纪梵希干脆就把女神的话用来做了香水的名字。L lnterdit香水诞生近六十年了，仍是世界上炙手可热的香氛，还常常卖到断货。

　　在古龙水中，我最喜欢4711。

"什么？古龙水？那有金庸水吗？有少林水吗？有武当水吗？"朋友信口说来。

其实，并没有一款香水叫做古龙水，古龙其实只是代表一种香型，它是以柑橘、橙花、迷迭香、熏衣草等配制的香精含量在3%至5%的低浓度香水。属于中性香水，男士们用得更多。

喷一点"4711"在我手掌上，首先到访我鼻息的是橙子、柠檬、桃子和罗勒清新的果酸香气，好像清晨在山野中推开木门迎面扑来的一阵微风，我眼前就慢慢走来了一个"头上戴着洁白簪缨银翅王帽，穿着江牙海水五爪坐龙白蟒袍，系着碧玉红鞓带，面如美玉，目似明星，真好秀丽人物"的北静王水溶。当茉莉、百合、仙客来和保加利亚玫瑰这又一波明晰而敞亮的醒脑芬芳袭来的时候，仿佛就听见水溶向贾政夸赞宝玉："令郎真乃龙驹凤雏，非小王在世翁前唐突，将来'雏凤清于老凤声'，未可量也。"他是真正欣赏和喜欢贾宝玉的。宝玉上来参见，他连忙从轿内伸出手来挽住。见了宝玉的玉，"一面极口称奇道异，一面理好彩绦，亲自与宝玉戴上，又携手问宝玉几岁，读何书"。我们现在许多官员连自己的事情也不"亲自"做，这水溶能"亲自"给宝玉戴玉，何其难得啊。而且他一眼看透，宝玉确实是比贾政要强多少倍，是不可小视的新生代力量。

在红楼梦所有男人中，水溶也是我认为最清爽的一位男儿，皇宫里面几乎都是为了王位，呈现着相互倾轧、相互算计到你死我活的状态，宁静而平和的人少之又少。特别是"不以王位自居""不妄自尊大"，这两点别说在封建王朝的王公贵族里面是凤毛麟角，就是现在已到二十一世纪，拿腔拿调的人都多的是。可见水溶是多么可贵的一位形容秀美、情性谦和的人物啊。他是曹雪芹在统治阶级最高层埋下的一颗希望的种子。

水溶年未弱冠，却明白"吾辈后生，甚不宜钟溺，钟溺则未免荒失学业"。而我们现在做父母的，又有多少把子女娇惯得不成体统？水溶不但谦和，还明事理。

而"4711"冰爽古龙水同样出自皇家，它不但是德国国宝级皇室专用品，而且还曾经是法国皇室和俄罗斯皇室的最爱香水！这款有 200 多年历史的"化石级"古龙水，开场的香味鲜活而透明，就像洗完澡后清爽干净的味道。随后是花香上场，但这花香不张扬，只是轻轻地飘在眼前，温润而轻盈。最为巧妙的是，当印度檀香、海地香根草、麝香、广藿香、橡树苔和雪松携手来固香时，也好似踮着脚尖、毫不喧哗，这些轻柔且充满灵动感的香气，还时不时扶一下前面的果皮苦味，但都是不落痕迹、似有若无的。

"4711"的性格和水溶的性格多么相像，让人的情绪得到舒缓和放松。

据说"4711"这个数字也大有来头，相传是拿破仑在横扫欧洲时，在德国留下的门牌号码，所以一直沿用至今！在拿破仑时代，驻科隆的法国士兵回故乡时，也经常拿"4711"送给妻子和恋人。

200 多年来，"4711"的外观一直保持着它的原貌，是为了让它的优良传统得到继承，并给长期使用它的消费者保留美好记忆，蓝色配黄色的瓶身，设计复古典雅，气质非凡，又让人感到亲切。

"4711"冰爽古龙水的配方是严格保密的，我们知道的只是一些大概的花果木成分。它像个万能的魔法师，让人不仅享受到芬芳的气息，还能提神、醒脑、止痛、去汗，是一款具有多种功效的修护香水。

"4711"的涂香方法和其他香水有所不同，最为经典的用法，是将它倒在手上，然后两手轻搓揉，再把手上的溶液擦到身体各部位。然后看看镜子中清新怡人的自己，满意地笑了。

一款清雅干净的香水，是该配一个清爽洁净的人的。北静王水溶和它相得益彰。

有红学家说"水溶"一名是错误的，应该写作"世荣"，还为此打起笔墨战，据理力争。我不是专门研究红学的学者，我之所以还是写成其中某些版本的"水溶"，是喜欢这两个有水的字，似乎它们更适合北静王的温和谦逊的性格。

红学家们希望从《红楼梦》的研究中弄清楚清代曹雪芹所处的那段历史，找出书中人物与原型的相似和差距，以及曹家与皇室的恩怨关系。我个人并不赞同找原型这一方法，因为艺术来源于生活，却高于生活，有的艺术形象是多个人物的综合、揉捏，再加上作者的想象书写出来的，硬把作品中的谁，说成是生活中的谁，是比较牵强附会的事情。红学家们研究的结果大多认为北静王水溶的文学原型是雍正之弟、怡亲王——允祥。所幸得出的结论是，允祥是位难得的好王爷，文武双全。

作为雍正政坛上的常青树，允祥尽心扶持辅佐雍正这位兄长，对朝廷忠心耿耿，虽然是一位掌握着朝廷财政大权的重要人物，却十分清廉。在知道自己身患恶疾安排后事时，明确表示随葬品中金玉珠宝一律不要，只以自己用过的巾帕和常佩戴的香囊入棺木中。得势不张狂，为人低调。他和雍正的兄弟情始于青少年时代，允祥14岁生母去世，被交给德妃——即雍正的生母照顾，雍正比允祥大8岁，这对兄弟有了晨夕聚处的机会。

民间对雍正的评价并不高，我从小就听老爹讲那些传说：康熙的遗嘱本来是传位十四太子的，但有人把"十"改为"于"，最后就成了传位于四太子，这四太子就是雍正。其实想想看，这也是属于"黑"雍正的说法，因为作为介词的"于"，繁体字应该写作"於"，基本没可能一两笔改成"於"。再说这么大的事情，在某太子之后一定还应该写上太子之大名。雍正的名声虽不好，但允祥却能因为人之道、为官之法得当，而善始善终，荫及子孙。据说他虽然因为公务繁忙不能常陪伴在自己的6个妻妾身边，但回到家对她们都非常好。尤其是对自己的原配，没有因为有了新人就嫌弃旧人，9个孩子有7个是和原配生的。

如果北静王水溶的原型真的是允祥的话，曹雪芹的那些溢美之词就用对地方了。而且，我发现了数字的巧合，这"4711"4个数字加起来等于13，允祥不正是十三阿哥吗？所以有的事情，越说越像回事。

休闲踏青、在家读书、亲朋小聚、上班上课、旅行出差，无论男女，无论年龄，只要您喜欢清爽的感觉，就可选择"4711"。春夏更适合，夜场别碰它。

4711 古龙水

送给刘姥姥一个大大的感叹号

一款香水不仅名字叫做"感叹号"（Exclamation），连瓶子都做成感叹号的样子，实在是让人感叹：真敢干！它出自香水帝国的科蒂集团（Coty），诞生在 1988 年，至今仍旧是一款颇受欢迎的香水。我有把它送给刘姥姥的冲动，是因为刘姥姥的语言和动作，都可以用感叹号来标识。

　　一款香水不仅名字叫做"感叹号"（Exclamation），连瓶子都做成感叹号的样子，实在是让人感叹：真敢干！它出自香水帝国的科蒂集团（Coty），诞生在 1988 年，至今仍旧是一款颇受欢迎的香水。我有把它送给刘姥姥的冲动。

　　您也许会问：难道这款香水只适合刘姥姥这样的人物？

　　那倒不是，只要您的鼻子不排斥它的粉香，都是可以使用的。由于价位不高，我有时候自己喷起来也毫不手软。之所以我偏偏把它送给刘姥姥，是因为刘姥姥的语言和动作，都可以用感叹号来标识。

　　比如："老刘，老刘，食量大似牛，吃个老母猪不抬头！"为讨大家欢心，刘姥姥不惜自黑，她是有牺牲精神的。

　　又比如，当听了凤姐说的茄鲞的制作方法时，她摇头吐舌地说："我的佛祖，倒得十来只鸡配他，怪道这个味儿！"弄个茄子菜，竟然要十几只鸡作为它的辅料，通过刘姥姥之口，自然看出荣府奢侈之风了。

　　在潇湘馆刘姥姥光顾说话，不小心摔了一跤，贾母问是否扭了腰，要不要让丫头们给捶一捶。刘姥姥说道："哪里说得我这么娇嫩了？哪一天不跌两下子，都要捶起来，还了得呢！"

　　她的这些夹杂着动作的语言，给荣府带来了一股乡野的别样气息。有时虽然粗俗，却有旺盛生命力。

刘姥姥五进荣国府，是荣府从繁盛到衰败的最佳见证人。她个性鲜明，既保持着乡间农民的本色：吃苦耐劳、知恩图报，又不是井底之蛙，到底见过一些世面，也被乡绅邀请做过客，所以言辞机智，亦庄亦谐，谋略在胸，但又不是那种特别有心机的人。

由于日子艰难，已到冬初，可是很多冬事却未办。想起女婿家的长辈和王熙凤家的长辈连过宗，刘姥姥就怀着矛盾的心情，第一次带着外孙板儿进入荣府。见了周瑞家的，一句"你老贵人多忘事"，就拉近了多年不来往的关系。见了王熙凤，凤辣子一张利嘴反说多年不往来是穷亲戚弃厌他们，刘姥姥得体地反驳说："我们家道艰难，走不起。来了这里，没的给姑奶奶打嘴，就是管家爷们瞧着也不像。"终于让凤辣子拿出二十两银子和一吊钱给她救了急。这的确是如她所说，世道再艰难，荣府都是"瘦死的骆驼比马大"，这随便给二十两银子，就够庄稼人过上一年。

刘姥姥二进荣府，带来了枣子倭瓜和野菜，按她的话说："好容易今年多打了两石粮食，瓜果菜蔬也丰盛。这是头一起摘下来的，并没敢卖呢，留的尖儿孝敬姑奶奶姑娘们尝尝。姑娘们天天山珍海味的也吃腻了，这个吃个野意儿，也算是我们的穷心。"刘姥姥懂得回馈，头年被接济，丰收了，第二年自然是要来谢恩的，这是善良之人的品德。

这二进荣府，得到凤姐和贾母的欢迎，死气沉沉的园子里，正需要有个外人来解闷。聪慧的刘姥姥对贾母以"老寿星"相称，贾母高兴，以"老亲家"回敬。其实比起岁数来，寿星之名应该是刘姥姥，她比贾母大，此时已经七十有五，身体其他部件都好，只有左边的槽牙活动了。而贾母说自己都不中用了，眼也花，耳也聋，记性也没了。底层人民日子虽然过得清苦，但山野的粗茶淡饭和日日的劳作，倒也成了一种锻炼。

刘姥姥在荣府的两三天，见识了这里奢华的螃蟹宴，一餐可养活庄稼人一年；使用了老年四楞象牙镶金的筷子，却被她比喻成"比俺那里的铁锨还沉"！

游园戴菊花的时候，凤姐整蛊她，将一盘子花横三竖四地给她插了一头，贾母和众人都笑得不得了，说她被凤姐打扮成老妖精了，要她拔

下花来摔在凤姐脸上。但诙谐的刘姥姥竟说："我这头也不知修了什么福，今儿这样体面起来！"还说自己年轻时也爱花儿粉儿的，今天做个老风流也好，非常机智地化解了一场尴尬。

刘姥姥二进荣府，是曹雪芹笔下的重头戏。荣府里的骄奢淫逸，她都清醒地用庄稼人的眼光来衡量，她嘴里说着阿弥陀佛，以乡间的俚语，自然的、清新的、生动的，有时也是粗鄙的，但都表达她的感喟、感慨、感怀，甚至是百感交集的情绪。

后三回进荣府，是高鹗续笔的，此时的荣府已经衰败了，但她还是遵守诺言，担起凤姐托孤的任务，救巧姐于危难中，具有侠义心肠，并没有因为荣府的败落和凤姐的去世而成为势利眼。

当然，刘姥姥毕竟在底层经历了岁月的风霜，她有些圆滑，有些世故，有些会拍马屁，为讨贾母和凤姐欢心，不怕出丑，水惜自黑。但这个人物形象是丰满的，是立体的，本身就是一个大大的感叹号。

"感叹号"女香，曾经获得过 1989 年的菲菲香水大奖，但瓶子的做工比较粗糙，就像刘姥姥那双劳作的手。它的前调是绿植、杏子、桃、佛手柑，有人说一开场像过去儿时吃的薄荷糖。我想这是因为绿植的气息就像清晨广袤原野上的青草香，带有沁凉之感。然后新鲜而清脆的水果，也不示弱地散发出似乎还挂着露珠的果香。

中调是玫瑰、茉莉花、缬草花、欧铃兰、鸢尾根组成的微甜的芬芳，尾调以檀香木、龙涎香、肉桂、麝香、香草、雪松压阵，青翠感渐失，木质的粉甜香气占了上风。它适合穿着混搭风格的人，性格不拘小节的人。虽然是女香，喜欢这款香水味的男士也可以用，它可以表现出一个人自然随意的特质。

"感叹号"女香

虽然样子做成了感叹号，但香水三调基本还算中规中矩，四季皆可用，上班休闲都适合。不拘小节、性格外向、热情欢乐的男女用它更为有趣。

送晴雯两款兰花香

这款香水因为有馥郁且时尚的花果
香气，而被假货仿货竞相拿来作为主角，
但我依旧觉得，里面的兰花是专为晴雯
调配的，而且"真我"的名字也非晴雯
莫属。试问，当今社会，有几人能释放
出一个"真我"？满世界见到的更多的
都是人云亦云、一窝蜂似的毫无自己思
想的假人。

　　提到晴雯这个《红楼梦》中模样最美、嘴巴最不饶人的大丫头，眼前就浮现起她撕扇、补裘的经典形象。她喜欢唇枪舌剑，即使对手是宝玉，也丝毫不让，命里是丫鬟，骨子里却反对奴性。对于像袭人这样为了爬上主子席位投机钻营的货色，她不仅嘴巴不饶人，还打心底里瞧不上。遇到偷窃平儿虾须镯的坠儿，最讨厌穷人没骨气的晴雯便又打又骂喊着："撵出去！"

　　我们都知道炉膛里烧得红彤彤炸得噼啪响的炭，晴雯的脾气用平儿的话说："晴雯那蹄子像快爆炭。"形象地把晴雯的火爆性格描画出来。晴雯分明就是另外一个身份不同的林黛玉，黛玉更多是用眼泪反抗，而晴雯则用语言当利剑，哪里有假丑恶，就把利剑刺向哪里。曹雪芹是用她来声援同样是孤军奋战、同样反对恶势力的少数进步派。

　　晴雯不同于袭人，她和宝玉之间的关系恰巧是干干净净的，但却被袭人变相挑唆、被王夫人无故加害，在重病中就被赶出去。宝玉深知，晴雯是属于过刚者易折的性格，那"猪窝"一样既脏又臭的地方，迟早会要了她的命。宝玉言词中的"猪窝"，不单指她姑舅哥哥醉泥鳅的家，恐怕在曹雪芹眼中，更是指向封建势力的黑洞。宝玉为晴雯所遭遇的不白之冤感到委屈和不平，但又无能为力。

　　这么一个刚烈的女子，在宝玉眼里却是"抽出嫩箭来的兰花"。兰花是我国的四君子之一，和梅竹菊一样，是美丽、高洁的代名词，李白有诗曰：幽兰香风远，蕙草流芳根。兰花最是香得长久，美得自然。而宝玉偏偏把这有"王者之香"雅号的兰花赠予晴雯，说明在内心深处宝玉把晴雯看成自己的精神知己。而晴雯配得上这兰花之名，她教宝玉装病不读书的小插曲，和她重病中为宝玉补裘，就是对这一精神知己有声和无声的支援。

而我今天想送给晴雯的第一款香水，便是获得 2001 年香水菲菲奖的迪奥的"真我"女香。这款香水因为有馥郁且时尚的花果香气，而被假货仿货竞相拿来作为主角，但我依旧觉得，里面的兰花是专为晴雯调配的，而且"真我"的名字也非晴雯莫属。试问，当今社会，有几人能释放出一个"真我"？满世界见到的更多的都是人云亦云、一窝蜂似的毫无自己思想的假人。

诚然，真的东西不一定都善都美，晴雯也有缺点，不是尽善尽美之人。但美和善的东西，一定离不开"真"字这个前提。

迪奥"真我"女香，初调是桃子、梨子、柑橘、柠檬、李子等饱满的果香，这些五颜六色的果子，一出场就在为成熟而雀跃。花儿们也被感染，兰花、玫瑰、茉莉、小苍兰、紫罗兰、晚香玉也一起上场，将各自的风采奉上。尾调交给黑莓、雪松、檀香、麝香和香草，它们知道如何把这些花果们的欢声笑语定格在阳光下。

这其实就是一个活脱脱的晴雯形象，笑得爽朗，骂得坦然，我就是我，看得惯的，我有情有义；看不惯的，休怪我无情无义。

这款"真我"香水，其实满大街都是，有正品，有仿货，在港澳和其他国家，它的购买率也是挺高的，人们都喜欢一窝蜂。厂家和卖家自然是高兴的。但我觉得假如是一个必须满口谎言的人，一个总是虚情假意的人，最好是远离这款香水，因为人与香水的气质不搭，就糟蹋了这款香水。把这款香水的内涵曲解了，就不能释放出它要表达的晴朗天空下的笑声了，这样，散发着香水味的载体也变得奇形怪状、模糊可笑了。

在《红楼梦》里，奴性十足的人颇多，花袭人是典型的一个，常戴

送晴雯两款兰花香

着"温柔和顺"面具的她，善于打心理战，为了让宝玉死心塌地留下她，她先用骗词探听虚实，然后要宝玉依照她几件事，才肯留下来，欲擒故纵，把宝玉死死掌控在手中。袭人为了排除异己，在王夫人那里设计间接陷害晴雯、芳官、四儿，导致她们平白无故地被赶出府去。晴雯死后，宝玉把一株海棠暗喻成晴雯，袭人就一改平时温和的假象，露出狰狞的面目："那晴雯是个什么东西？……他总好，也越不过我的次序去。就是这海棠，也该先来比我，也还轮不到他。……"袭人是王夫人内定给宝玉的人，但只要宝玉不按照封建主义的轨道行驶，她就要出来干预规劝。她不但是封建思想的受害者，更是坚定的维护者，可恨又可怜。

而晴雯虽然是丫头，是奴才，但她连主子宝玉也敢得罪，有一次她不小心把扇子骨摔折了，被宝玉骂了"蠢材"，她就反唇相讥："二爷近来气大得很，行动就给脸子瞧。……要嫌我们就打发我们，再挑好的使。好离好散的，倒不好？"

当袭人来劝和，摆出半个主人的架势，把宝玉拉在一起称起"我们"，她更是气不打一处来，毫不留情揭露袭人见不得人的丑事。哪怕宝玉要把她撵出去，她也决不动摇，绝不做驯服顺从的哈巴狗。后来还是以宝玉主动拿扇子给她撕，才换回了她的笑声。这撕扇一节，不能理解成俏丫头在年轻男主子面前的撒娇逞能，应该是宝玉渐渐明白了晴雯和自己一样，具有反对封建假道学、追求人间平等的思想，这是他俩内心的一次牵手。

晴雯至死也不改自己心怀坦荡、不屈不挠的性格，在她生命垂危之际，宝玉去探望她，她的一番表白，畅快淋漓，又让人肝胆俱痛："只是一件，我死也不甘心的：我虽生得比别人略好些，并没有私情密意勾引你怎样，如何一口死咬定了我是个狐狸精！我太不服。今日既已担了虚名，而且临死，不是我说一句后悔的话，早知如此，我当日也另有个道理。不料痴心傻意，只说大家横竖是在一处。不想凭空里生出这一节话来，有冤无处诉。"她不但剪下两根指甲送给宝玉做最后的纪念，还和宝玉互相换了贴身的袄儿，而且告诫宝玉这一切不必撒谎，可以大胆告诉袭人之流。她最后的心声也同样是坦坦荡荡、光明磊落的。

她要把浸润着宝玉气息的贴身之物，以贴身的方式带到另外一个世界去，同样，她也希望自己的形容在这个世界消失之后，宝玉还能被她的体温所包围。一个勇敢的晴雯，和黛玉焚稿完全是两种风格，两种个性。虽然被冤枉太不甘心，但这一番交换，心意已经表明，也可以瞑目了。

真的感谢曹雪芹塑造了晴雯这样一个具有反抗奴性和假道学的精彩形象，她和黛玉一样是死寂的大观园里一抹难得的希望之光。所以我要送给晴雯的第二款香水，是萧邦（Chopard）的"希望"女香，这同样是一款中调含有兰花精华的香水，而且这款香水的名字，我觉得赠给晴雯是非常适合的。

"希望"女香的三调丰满热烈，初调随着透明纯净的克里门汀草、忍冬、清甜芳香的野草莓、中国醋栗，以及舒爽甘美的洋槐和巴西红木香，传递出花果木香恣意混合的最初诱惑。接续而来的是野百合、芍药、兰花、铃兰、紫罗兰、樱草花的通透花香，在辛辣味的粉红胡椒的矛盾中，更添春意盎然之态。尾调以鲜丽的薄荷花与乳香、檀香、广藿香等配合，使得木质的温润气息更加浓郁、细腻、滑润。

"希望"女香在 1997 年一推出就让人惊艳不已。瓶身晶莹剔透、光灿夺目，具有钻石一样的外型，切割的各个立面，闪耀着淡蓝色的光艳，它冰清玉洁，如同对不朽的创造力与永恒之美的光辉给予钻石级别的点赞。

当今社会，仍有不少奴性十足的软骨头，不惜失去人格、国格，对着凡是能给予自己一点好处的人摇尾乞怜。晴雯这个人物在今天依旧有很重要的现实意义，她是希望之心，是希望的火种。

如果您心怀坦荡,生活态度积极向上,为人行事光明磊落,是一个有真性情的人,那么,"真我"女香一定会让您更加熠熠生辉。

　　人生任何时候也不能失去希望,哪怕是在灰暗的冬季,您也要想到,在茫茫大雪中,仍旧有寒兰在吐蕊。"希望"女香是一款更适合秋冬季节的香水。如果您在约会进行时,也请喷上它吧,心想事成的几率会更高哦。

萧邦［希望］女香

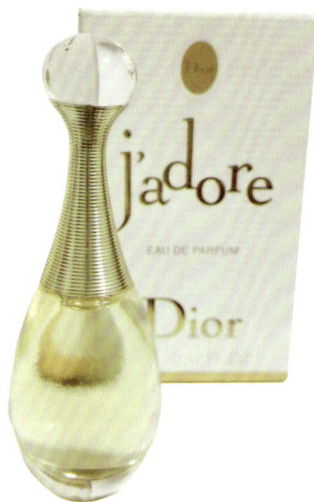

迪奥"真我"女香

盐，温暖流动于血脉中

最近我得到一款含盐分的新香水，它是 Calvin Klein 的 "Reveal"，即 "展露" 女性淡香精。含盐分的香水它不是第一款，但我喜欢它的直白、勇敢、不躲闪。开场白就是盐巴发言，大胆表明态度，立即抓住了我的嗅觉。海盐原矿成分被大胆运用其中，咸香四溢，然后不同层次的胡椒：粉红胡椒、黑胡椒、白胡椒等纷纷登场，清新中有微辣，宛如海边正在朝阳中奔跑的性感女子，有微微的汗意。

最近我得到一款含盐分的新香水，它是 Calvin Klein 的"Reveal"，即"展露"女性淡香精。含盐分的香水它不是第一款，但我喜欢它的直白、勇敢、不躲闪。开场白就是盐巴发言，大胆表明态度，立即抓住了我的嗅觉。海盐原矿成分被大胆运用其中，咸香四溢，然后不同层次的胡椒：粉红胡椒、黑胡椒、白胡椒等纷纷登场，清新中有微辣，宛如海边正在朝阳中奔跑的性感女子，有微微的汗意。

初调之后，是层层鸢尾花瓣在暖阳下次第开放，还有在海水中净化百年的龙涎香，将自身特有的馥郁香气和海盐、鸢尾花香揉捏在一起；而最后露面的是温暖感性的檀木、开窍通络的麝香，以及浓淡皆宜的香根草，这三种来自东方的香料和前面同样来自东方的鸢尾花，组成了一款具有东方悠长韵味的香水，加之盐巴从闪亮登场的宣誓，到若有若无地退居幕后，展示了一个感性的东方、温暖的东方，那极简而精湛的瓶身，裸色和金色的配搭，有如天鹅绒柔软丝滑般的触感，如同东方美女的肌肤。

这款海盐初调的香水，使我想起一个小故事。

从前有个皇帝问厨子："你说，这世界上的东西什么最美味？"厨子毫不犹豫地回答："盐。"皇帝认为厨子在捉弄他，要砍厨子的头。厨子不慌不忙地说："皇上，让我最后给您做一餐御膳，您吃了觉得我不对再杀我不迟。"这是一桌无盐的宴席，皇帝尝到了无盐的滋味，也知道了无盐即无味，就免了厨子一死。

在我们这个蓝色的星球上，71%为海洋，海水含盐分，是咸的。托着我们的大地之下，更有无数的盐泉，我们中国人是首先开采盐泉的人。盐，在我们的生活中，举足轻重。而我们的血脉中，更离不开盐。

我对盐巴的气味也许比一些人更加依恋，那是因为我外婆家族曾经是自贡的制盐家族。一般人提家族，大多提自己父辈家族。我这里写的是母系的家族，一个与盐巴有着深切而复杂关系的家族，一个让我充满敬意而感到温暖无比的家族。

一

遥远的1853年4月，紫薇花已经从桃红色的小圆球花苞中蜂拥出片片肥嫩的花瓣，那些鸡冠似的花争先恐后绽放出春色，如雄鸡报晓。洁白的花蕊戴着小黄帽对世界探头探脑。而柠檬树上说不出是紫中带白色还是白色带紫的小花朵也等不及了，它要和紫薇花、山茶花、樱桃花，以及其他一些叫不出名字的鲜花一起，来个争奇斗艳。这是西南四川的4月，春在莺歌燕舞。

而处在华东的南京，本是湛蓝的天空常常笼罩着乌云，花儿们哭丧着脸收敛了美丽，因为它们听到太平军的铁蹄声由远而近，还有震天响的喊打喊杀声不绝于耳。曾经勇猛的八旗、绿营，竟然都不是太平军的对手。之前被派去镇压的将领，不管是广西提督向荣、巡抚周天爵、广州副都统乌兰泰，还是钦差大臣赛向阿、两江总督徐广缙等等，在太平军面前都成了纸老虎。这使得太平军从广西向湖南、湖北、江西和南京迅猛进军，直至攻克南京建都，与清政府分庭抗礼。硝烟四起，两淮的路断了，桥断了，更重要的是盐路也断了。开门七件事：柴米油盐酱醋茶，少了最重要的一件，两淮和两湖的百姓已经无力揭锅了。

远在京城的咸丰皇帝更是一筹莫展，这是他继位第三年。才23岁的他，算是个勤于政事、明诏求贤的皇帝。此时他也焦头烂额，坐卧不安。一贯广开言路的他，为盐巴的事也多次招众臣子进宫商议。臣子们七嘴八舌，出谋划策，各抒己见。终使得咸丰皇帝一纸文书，拉开了历史上首次"川盐济楚"的序幕。

春天的四川自贡，不但繁花似锦，而且掀起了空前的经济繁荣，老盐井远远不够用，新盐井立即如花盛开。人们像鼹鼠一般，挖地三丈，只为了和那咸咸的味道相拥。香樟树球形的树冠在天空中划出优美圆润的弧线，它们和直立的盐井架相映成趣。香樟的特殊香味和盐巴的咸味混合在一起，让人在兴奋中有些虚幻之感。好日子不期而至，甚至令人不敢立即相信。但飘渺是短暂的，因为盐巴的气味在吐纳间渐渐让人气息稳定，回归踏实。

盐业的兴旺促使一批新盐厂、新井灶和新盐商崛起，而我外婆的祖先也在其中。他们扩大已有的盐厂规模，用在乡下的部分田地做抵押，挪出资金开掘新井灶。从之前的半商半农彻底向商人转变，从农田向盐田进发，这是一个质的飞跃。犹如上世纪七八十年代改革开放中，广东这前沿阵地上的农民洗脚上田进城经商做生意一样。另外，敢于招商引资，或者说对外来资金合理运用，也是我外婆祖先们的一大进步。因为那是对"自己有多少钱，才可以办多大事"的祖训的一种颠覆。机会说来就来了，看你能否抓住。

自从清政府恢复明末被战火破坏的盐业生产以来，采取任民自由开凿盐井、井灶私有化的政策，政府只需要征盐税，自贡的盐业生产得到长足的发展。虽然由于地理位置偏僻、蜀道运输艰难等关系，它无法和两淮的盐业抗衡，但由于地下盐泉资源丰富，制盐历史悠久，自贡盐业在西南还是地位显赫的。

盐井对于现代人已经不是什么稀罕物了，然而谁最先发现它的呢？这一点许多人不太清楚。古代有个名人叫李冰，他兴建都江堰的事迹无人不晓。就是这位伟大的水利专家，在2000多年前，为了给水患严重的蜀国开凿都江堰工程，偶然发现了盐泉，他带领工人用锄头、凿子、擂木、铁锸等工具，人工开设了长15米、直径2米的广都盐井，从此拉开中国盐井的序幕。这一幕拉开后，衍生出无数精彩的故事。

到了1835年，自贡人为一口叫做"燊海井"的盐井开凿成功而欢呼，因为它是世界上第一口超过千米的盐井。而在"燊海井"诞生十年之后，美国的钻井技术才只能达到 518 米，俄罗斯和其他欧洲国家的钻井水平则更加落后。这个里程碑式的钻井工程，被联合国教科文组织评价为：世界油气盐井的钻井之父。

我无数次梦见我外婆的祖先们，在早起和晚睡时，在各种节日里，对那位伟大的蜀郡太守李冰敬香叩拜，这也是外婆常常给我提起的一幕。

外婆的祖先来自江浙，据说是在两湖两广填四川的时候，一大家六兄弟中的三位兄弟来到四川开拓。以竹竿划地为界，圈地为家。

江浙虽然相对富裕，江浙人虽然大都喜欢固守家乡，但是总有些人好动，好探险，好猎奇，也有些别人不了解的心理和志向，或者还有些不为人知的必须走的理由。总之，如我外婆的先祖们，背井离乡的因由后辈虽然并不清楚，但是千里迢迢由东向西迁徙是既成事实了。

残酷的战争竟然让自贡盐业得到繁荣，盐是人们每日的必需品，不是奢侈品，需要就得发展。不管是自贡的盐井厂主、盐业工人，还是盐商，望着方块泥田里那晒出来的白花花的盐巴，如同望着白花花的银两一样笑逐颜开。他们感谢上天的恩赐，竟然把这么好的东西深埋在他们居住的脚下，才让他们有如此这般红红火火的光景。

东边的战事持续了十几年才结束，收起了刀光剑影，对于老百姓和常年征战的士兵们来说是一件好事，谁喜欢守着被吓得魂飞魄散的日子啊？饱受战争疾苦的人们，对"安宁"二字的解读比和平地区的人们要有深度得多。

只是随着两湖全部复归两淮，沉寂了十几年的淮盐又重新进入两湖地区。清政府轻轻地一挥手，就毫不留情地将战时立下汗马功劳的川盐赶出了这大片区域。淮盐和川盐在较为和平的年代，谁是嫡出庶出就一目了然了。随着行销地域的大量减少，川盐开始滞销，盐商转行，自贡很多井灶因投资人撤资而歇业，人去井空。

此时，咸丰皇帝已经故去，他在位十来年，内外交困，不但太平天国起义之火越烧越旺，英法联军也铁蹄压境。咸丰派兵抵抗，但最后失败，以签订丧权辱国的《北京条约》告终。而他自己，也在 31 岁那年驾崩，临去之前，不忘托孤。于是有了历史上著名的"顾命八大臣"。

但是，咸丰对朝廷多股政治势力估计不足。最后导致恭亲王奕䜣（外号：鬼子六）和两宫太后联合发动宫廷政变，即"辛酉政变"，摧毁了八大臣集团，继而出现慈禧太后专权的局面。皇太后"垂帘听政"的状况，竟然影响中国历史近50年，这是咸丰生前做梦也想不到的。

两淮暂时消停了，以两宫太后和"鬼子六"共同执政的清政府，好像得了健忘症，一夜间就忘记了川盐曾经"济楚"这回事。他们似乎找回了战时走失的亲儿子，把优惠的政策全部倾斜给了淮盐。淮盐开始复活，以势不可挡之速度发展。而四川盐业因尔后的军阀混战和繁重的苛捐杂税，竟然从金光大道走到了举步维艰的地步。自贡盐商也经常对清政府说"不"，但越发艰难的事实已经无法改变。

十九世纪七十年代到二十世纪三十年代，自贡盐业彻底陷入低谷，就像遭遇陷落性地震一样，那些日落日出，那些风和日丽，那些鸟鸣蛙叫，恍如隔世，60多年的沉沦，仿佛曾经的辉煌只是一个梦。60岁以内的四川人，当时听到老人们讲四川盐业尤其是自贡盐业的风光，都觉得老人们在吹牛。因为那荒芜的盐田，已经看不到白色的光艳，只有土地的伤疤横陈，确实拿不出太多证据。那时摄影业也不发达，没有多少影像可以作证。

值得庆幸的是我外婆的先祖，在辉煌时期没有像其他一些大盐商们那样挥金如土，没有沾染鸦片大麻，没有招摇过市，并不是孤注一掷在盐业上，还涉足其他产业，所以也就没有像某些大家族一样一朝暴富，一朝全军覆没。我外婆的先祖不但送后辈留洋海外学习，还在自己的庭院里面自省，一边积蓄力量，等待更好时机，其间还发展了其他一些小产业，比如建粮仓出租，利用自家井盐生产泡菜、盐肉和咸鸭蛋等。

漫长的等待需要耐心，需要不断磨枪，需要信念支撑。

机会是给有准备的人的，1937年抗战爆发，海盐生产和运输都遭到日本鬼子飞机大炮的破坏，国民政府看到自贡盐场的潜力，要求这里年产食盐增加15万吨。从1938年起，自贡盐场又从冬眠中醒过来，这次的发展更加迅猛。大批的外来的本地的资金投入到新盐井和天然气井的开凿上，自贡也再一次迎来了全面繁荣的黄金时代，荒草丛生的盐田上又泛出白花花的盐巴，那咸咸的味道亲切而真实，让呼吸到它们气味的人们情绪饱满。这一时期就被称为第二次"川盐济楚"。自贡盐业经过60多年修身养性，总算是梅开二度了。

我的思绪穿过时光隧道重新回到民国三十三年（1944年）的6月，在自贡举行的那场著名的盐商"全国国民节约献金"会上，我看到我外婆的父亲与兄长正和其他盐商们一样，穿着长衫，目光炯炯有神，他们正在为国家慷慨解囊，他们说：国难当头，这片土地上的任何一个国民，都没有理由袖手旁观。在短短一个多月，自贡便募得上亿元资金，成为"全国之首"。

可是命运惊人相似，1945年抗战刚一取得胜利，国民政府和多年前的清政府一样，就开始嫌弃川盐这个庶生的儿子，颁布命令，让淮盐重新进入两湖，川盐全部退回原先的运销区，自贡的经济两起两落。1948年七八月间，"扶淮抑川"政策已经下达，川盐彻底停止官收，这对当时正经历严重通货膨胀的盐井投资者和盐商们来说，不啻于将盐撒在了伤口上，痛彻心扉。

既然四川的食盐在抗战中为稳定大后方做出了特殊的贡献，也是功臣，为什么国民政府不能在抗战胜利之后，为川盐保留两湖地区的运销区呢？自贡盐井投资者和盐商们为此皆愤愤不平。需要就拿来，不需要就一脚踢开，毫无情义可讲。大家感到又一次被政府伤害，又一次被命运作弄。

不过自贡的部分盐井投资者和盐商们对于自己的命运其实早有预料，时代赋予的机遇似乎也注定要由时代来收回，个人的抗争总显得微不足道。他们深知，两淮盐商历来就是中央政府的大金库，他们掌控了中央的钱袋子，政府似乎对他们无计可施。川盐只能起到垫底的作用，最多也只是个救火队员。胳膊拧不过大腿，许多人也只能认命，而无力抗命。

好在外婆的父亲看清自贡盐业第一次腾飞和落幕的经验教训，在抗战还没有结束的自贡盐业的第二个黄金时代的末期，就卖了盐井。当时很多亲人反对，很多外人也不理解，都说有钱不赚等于笨蛋。急流勇退的外婆的父亲说道：钱是挣不完的，够花就行。我们家族的铜臭味已经够重了，我想再加点书香。抗战一结束，他鼓励几个儿子漂洋过海，开始他们留学的人生。自己则以六十高龄之躯，带着老伴去祖籍杭州乡下定居，自贡盐业的第二次低谷没有威胁到他们的生存。

外婆的妹妹，我叫做五外婆，已经先于父母去了杭州，并遇到了她心爱一辈子的韩公子。外婆的兄弟们大多去了海外，只有一个兄弟之前读的军校，参加了抗日的部分战役，后来被调去了合川。外婆和外公与这位兄弟感情最好，也离开了自贡，带着家人迁徙到合川。外婆这位军人兄弟我该叫舅公，他特别喜欢女儿，而外婆又特别喜欢儿子，后来舅公把我外婆最小的女儿，也就是我的母亲过继了去，他的小儿子则过继给了我外婆。

二

时光回放到1856年那个炎热的夏季的晚饭后，那是自贡盐业第一次辉煌的第三个年头，外婆家族的祖先们正在自家院落讨论该不该吸纳从陕西来投资的两位商贾的巨额银票。

当时自贡几家大的盐业手工工场，在极盛时拥有卤井数十眼，各柴煤灶以及天然气锅六七百口，常年雇佣各类工人都达千余人。

而外婆祖先家族当时在自贡最多算是一个中小型的制盐手工场，有五眼井，三眼深，两眼较浅。所有资金也来自家族内部的合伙，因为祖训就是靠自己，不张扬，稳扎稳打。

对于吸纳外来资金，家族成员分为三派，一派投赞成票：计划要打的一眼新井估计又得花三四万两白银，还得增加至少五六十名新工人。用别人的钱，共同致富，是多么好的事啊，其他大的盐业手工工场都是吸纳外来资金共同合伙干的，还求多多益善呢。另一派则投反对票：这是违背祖训啊，家族的事情哪用外人插手？宁愿慢慢发展，不能欲望太盛，走急了，会摔跟斗啊。还有一派持观望态度，有不愿出头的，也有根本没主意的，于是，只悄悄耳语，不大声发言。

我外婆的曾祖父叫乃王，这名字出自老子《道德经》第十六章中"知常容，容乃公，公乃王，王乃天，天乃道，道乃久，殁身不殆"一句。是乃王祖先的爷爷给取的。那位先祖爷爷把《道德经》视为做人做事的宝典，他十分欣赏这一句的含义：认识宇宙永恒法则就能包容一切，包容一切就会大公无私，大公无私可为天下君王，天下君王应合天理法则，天理法则必符合"道"，符合"道"就能长久，终身没有危险。他认为本家族虽然是平凡百姓家，但百姓家里也应该出包容一切的人。所以他为五个男孙分别取名为：乃公、乃王、乃天、乃道、乃久。

乃王先祖那年37岁，已经从其父那里接手家族的总管两年，他的父亲65岁时宣布把家族总管之重担交给这个二儿子，因大儿子乃公老实巴交，只懂盐田上的技术活，最多也只相当于一个现代的技术员之职。其他的儿子包括堂兄弟的儿子们，似乎都担不起这个重担。这个二儿子乃王，遇事沉着冷静，有纵观全局的能力，而且不走歪门邪道，用现在的话说：正能量充足。所以，他接任总管，是服众的，因为他的确出众，有号召力和说服力。

乃王先祖一锤定音：接纳陕商资金！因为开掘新井，自家的资金明显短缺，乡下的大部分田地已经去典当行做了抵押，还留有几块薄田，是家族的口粮田，那实在不能再买卖和抵押。"兵马未动，粮草先行"，就算所有盐田事务全部亏尽，家族也还能有一口稀粥渡过难关。

可问题又来了，这两位赵姓陕商是堂兄弟，是一起接纳呢，还是只接纳一位？

家族成员又分为三派，一派投全部接纳票，理由是：接纳一位，不接纳另一位，是制造敌对势力。再说，钱多好办事。另一派只答应接纳一位：万事不必太猛，先试试水深水浅再说。还有一派仍旧是两边摇摆不定的，持观望态度，只悄悄耳语，不大声发言。

这时，一个稚嫩童音从角落里飞出来："大赵伯伯是个好人，小赵伯伯是个坏蛋，那天我看到他把钱告花儿（姓钱的叫花子）踢了好几脚尖，

51

血都踢出来了。"

"啪！"一声耳光脆脆地响起，童音的"呜"声跟着响起，黏黏的，然后拉长。

"哭？还有脸哭？给我把嘴巴闭到起！"这是娃儿的妈妈凶巴巴的声音。

"你打他啥子嘛，娃儿家这么小。"这是乃王先祖的大哥——乃公先祖在小声责怪自己的夫人——小名叫三妹儿的，并搂过儿子用手掌轻轻地揉着他红红的小脸。

"你惯实（娇惯）嘛，大人说话哪有小娃儿家插嘴的道理？"三妹儿又吼丈夫。

乃公先祖是个"耙耳朵"——有点怕老婆，三妹儿是典型的重庆妹子，泼辣能干，管教儿子非常严格。但她是刀子嘴豆腐心，打了儿子，背后自己经常哭得一塌糊涂，但当着众人面却凶得红眉毛绿眼睛的。

"小毛的话我倒是感兴趣得很，小毛来，你继续说，小赵伯伯为啥子踢了钱告花儿好几脚尖？"乃王先祖朝小毛招手。

小毛此时不到十岁，长得虎头虎脑，但相当聪慧。他怯生生看着自己老娘，不晓得怎么办。三妹儿仍旧有火："二叔叫你去，你就去嘛。这下又不敢了吗？"小毛听老娘这么一说，赶紧从父亲怀中挣脱出来，跑到他乃王二叔身边。有二叔撑腰，他就把眼泪一抹，对着长辈们说起那天的事情经过："钱告花儿饿慌了撒，见到穿着绫罗绸缎的两个赵伯伯走过来，就上去要钱。小赵伯伯嫌钱告花儿脏兮兮的，就骂：'明明是穷得丁当响的叫花子，还偏偏姓钱，老子就偏不给你钱，除非你把姓改了。'钱告花儿说：'姓是祖先给的，朗个能改哟。'小赵伯伯就踢了他好几脚尖，喊他滚蛋。还是大赵伯伯劝到起，拉走了小赵伯伯，又给了钱告花儿一把钱。对了，还买了几个包子送他呢。"

"小毛讲得好，二叔要奖励你。"乃王先祖喜爱地摸摸小毛的头，然后对大伙说，"看人看事都看细节，小毛这孩子不简单，孺子可教也。这小赵欺负弱小，万万不能合作。"

"大小赵是堂兄弟，我们要一个不要一个，如何编理由嘛？"家族中有人担心地说道。

"容我三思，大伙儿也想想。"乃王先祖宣布休会。

乃王先祖不会仅仅以一个小孩子的讲述就定夺全局，那小赵的恶习确实是令很多人都生厌的，仗着他父辈开典当行发了财，来到自贡就耀武扬威到处惹事。乃王先祖心里有了主意：这个人断不能合作。

过了几天，乃王先祖亲自去大小赵先生住的客栈拜访，送去上好的泸州老窖，和其他一些当地名吃，直截了当希望和大赵合作。婉拒小赵的理由是，庙太小，兄弟几个不必在一棵树上吊死，网撒得开一点，鱼捞得更多。

小赵立即火了，当场就甩脸子给乃王先祖看："咋啦？我的钱你不要，嫌少还是嫌脏？我告诉你，你家在自贡也只是个三流的盐业家族，我一开始就不同意和你家合作，是我堂兄看上你家做事本分，左右给我做工作我才勉强同意。这你倒高高在上挑三拣四的了。好，走着瞧！"

他不听乃王先祖的道歉，夺门而去。

"我那兄弟脾气急，乃王兄不必介意。"大赵赶忙赔罪。

"没事，大赵兄，不怪他，只怪我们底子薄，不敢做太大的买卖。就这，我还是顶着违背祖训的罪名呢。"乃王先祖叹了一口气。

大赵先生是个正经做生意的人，一两天功夫就和我乃王先祖商量好诸如资金投放、利润分成、风险共担、责任到人等等事宜。

当今的生意场，招商引资是太常见不过的手段，对于外来投资，大家都持非常欢迎的态度。可是一两百年前，对外来资金合理运用，也确实是我外婆祖先们的一大进步。因为那是对"自己有多少钱，才可以办多大事"的祖训的一种颠覆。

但这接纳大赵，否定小赵的做法，就明里和暗中都与小赵结下了梁子。小赵把资金注入了另外一家比外婆先祖们更大的盐业家族，大家都铆足了劲地干。

某一天，一口旧井的采卤楼架平白无故就塌了，两名采卤工摔伤，负责井上事务的乃公先祖仔细检查，发现塔架子的竹子被人暗中砍断。

乃公先祖赶紧请大夫给受伤的工人医治，又把出事的前后汇报给乃王先祖。

乃王先祖去看望受伤的两名工人，他们都是自家井上的有经验的老工人了，从来没有出过差错。现在一个断了小腿骨，一个被竹子插穿胳膊，他们都神志清醒，幸无生命危险。

"少东家，我觉得是有人破坏啊。"断了小腿的老工人说。

乃王先祖安慰工人好好养伤，一切治疗费用和养家费用由工场负担。回到井上，乃王先祖和乃公先祖以及工场的负责人又一起仔细调查此事。

井盐生产有一个需要分工协作的繁杂工序，劳动分工也多达四五十种。比如在井这一方面，就有凿井、治井的山匠；在灶方面，置火圈的有灶头、煎盐的有烧盐匠；在卤笕方面有笕山匠，运卤的有担水匠等。各部门还分别置有掌柜、经手、管事、外场等管理人员，按部就班，各司其职，管理体系较为完善。

采卤楼架有四根竹子用于主要支撑，中间还有交叉的副支撑，都用绳索和铁丝绑好，其中四根主要支撑竟然都有被砍过的痕迹，是从里面方向斜着向外砍的，平砍不容易刺穿身体，斜砍断裂的竹子形成尖刺，就正好刺伤一位工人的胳膊。还好是胳膊，要是脑部脸部，后果不堪设想。

乃王先祖果断报官。衙门来人一一盘查询问，无果。

这事成了悬案。

乃王先祖暗中增设巡逻，告诫大家提高警惕。

相安无事三个月，就在大家淡忘采卤楼架被砍这事了，另外一眼井的汲卤管和输卤管同时发生人为断裂，这次没有人员伤亡。自查，无果。

这事还没有平息，又有一妇人拉着两个幼小孩子到外婆家族开设的盐店来闹，说是喝了店里的盐冲的盐开水，孩子们就拉肚子已经拉得奄奄一息。经过证实，这妇人确实来买过盐，但并没有证据是盐让孩子们拉肚子。但官府要取证，为了民众安全，店铺暂停营业。饮食安全就算是先人们也注重啊，一时间，谣言四起，外婆先祖们开设的其他盐店也无人问津，门可罗雀。

一连串的问题，让外婆先祖们忧心忡忡。尤其统管大局的乃王先祖，陷入纠结中。他仔细回顾这几个月的怪事，是以前从未出现过的，好像一切都在拒绝小赵之后发生的。他第一直觉怀疑小赵从中作梗。但这事不能和大赵说，没证据，乱怀疑会影响和大赵的合作。再说人家到底是兄弟，胳膊多少会往里拐；甚至也不能大张旗鼓和家族中其他人说，免得人多嘴杂走漏风声，打草惊蛇。

乃王先祖和自己的父亲以及两个嘴巴严的叔伯商量，决定暗中调查，先派心腹去盯住那闹事的妇人。

地方不大，派去的人在这妇人家附近白天黑夜蹲了一个星期，终于查清，闹事的是一寡妇，正是这小赵暗自的相好。

乃王先祖决定把此事告诉大赵，由他出面，暗中调解。

当然，乃王先祖还是很大气地给小赵备了一份厚礼，请大赵传话：当初不接纳他的资金与之合作，实在是工场的实力不够，过日子都不容易，大家各奔各的前程为好。之前的事情相互不追究。加之这小赵在陕西的夫人家里很有来头，小赵也是个惧怕夫人的主。大赵劝他："不要再闹了，这相好的事要是闹到夫人那里，有你好看。再说你要搞垮乃王家的生意，也等于是搞垮你哥哥我的生意。看笑话的是其他人。"

大赵也算是知道自己堂弟的痛处在哪里，那小赵收了乃王先祖的礼，觉得气也出了几口，面子也挣回来了，就没再闹了。当然他自始至终都没承认之前的采卤楼架被砍、汲卤管和输卤管同时发生人为断裂与他有关。乃王先祖也决定不予追究。

自贡盐业的第一次高潮，让我外婆的先祖们在兴奋又担忧的浪尖上就这样舞蹈了十几年。

东边战事停火，淮盐复苏，自贡盐的行销区域又退回到西南。大赵和其他外来商人一样，看不到希望，也撤资回陕西做其他生意去了，但他陕西的各个盐店，还继续保留和我外婆先祖合作。

六口盐井只保留了最大的一口还在继续运转，其他五口如死火山一样荒芜了。乃王先祖也在65岁时把家族的重担交给了兄长乃公的儿子智夫，即侄儿小毛。他自己的儿子即我外婆的爷爷明夫，对经商完全不感兴趣，做了一名教书先生。乃王先祖对儿子沉入书堆倒还蛮高兴。

外婆先祖有遗训，凡是儿子的名字需从《道德经》中选字，所以乃王先祖给后辈四个儿子和侄儿取名是从第三十三章"知人者智，自知者明，胜人者有力，自胜者强"这一句中取的，分别叫智夫、明夫、力夫和强夫。

我外婆爷爷的堂兄智夫先祖主事的四十年间，自贡盐业没有任何浪花，死寂一片。好在他头脑灵活，尽管官盐停止收购了，盐井上的盐巴滞销，他叫工人们转行养起了鸭子，鸭子生蛋，用自家井上的盐腌成咸鸭蛋销售，鸭子也可以做成盐水鸭出售，这个盐水鸭还是求教于江浙的亲戚而成的。实行多种经营，在智夫先祖主事的盐业低谷阶段得到较大的发展。

智夫先祖后来又将重担交给了堂弟明夫的儿子，即我外婆的父亲叫做以清的，这一辈的男孩子名是我外婆的爷爷即明夫先祖取的，取自《道德经》第三十九章"昔之得一者，天得一以清，地得一以宁，神得一以灵。谷得一以盈，万物得一以生，侯王得一以为天下贞"。明夫先祖生了三个儿子：以清、以宁、以灵，将以宁过继给没有儿子只有女儿的堂哥智夫先祖。以盈、以生、以贞，则是后面的两个弟弟生的。

我外婆的父亲以清先祖，继承和发扬了伯伯智夫先祖的多种经营理念，在发展养鸭场和咸鸭蛋作坊以及盐水鸭作坊的同时，还经营需要盐巴的泡菜制作坊，另外还修建粮仓以出租，就是现在我们所说的出租仓库。

他接班支撑了近二十年，终于等到自贡盐业梅开二度。那是1937年抗战爆发之时，江淮海盐生产和运输线被小鬼子飞机大炮炸断了，自贡盐业又担起大任。

以清先祖对家族的贡献其实不在于他在盐业低谷的多种经营和第二次高潮的指挥得当，而是急流勇退，见好就收。他熟读《道德经》，深深地知道"物壮则老，是谓不道，不道早已"。虽然当时家族中很多人不理解，甚至恶语相向。但新中国成立后，当看到一些盐业工场被公私合营收为国有，而且工场主成分被划为资本家，有的挨了枪子，有的被批斗致死。我那些分散到各地低调过着普通生活的先祖们，个个在心里为以清先祖点赞。

　　以清先祖在偏僻的乡下过着简朴的生活，六十之后开始吃素，竟然躲过了几次浩劫。他于90多岁驾鹤西去，那一年，几个伟人也相继去世。听五外婆说，他老人家是在这一年的年末破例喝了三杯酒，平静而满足地在睡梦中离去。

　　在2000多年的自贡井盐开采史中，我外婆这样的盐业家族多如牛毛。据记载，历代盐工在自贡先后钻井13000多口，以平均300米计算，等于凿穿了400多座珠穆朗玛峰。而我外婆先祖这样的盐业家族，在开采盐井的同时，实际上也凿穿了一条血脉流通的渠道。我们这些后辈可以顺着这条温暖咸甜的渠道，游进先祖们的思想和灵魂中，总是可以得到一些珍贵的精神食粮。

热情似火、热爱运动、性感奔放、身材高挑的女子，试试这款"展露"女香，一定有意想不到的效果。从季节上讲，春夏更适合。

以含有盐分的"展露"女香
为首的 CK 部分香水

CK 之"展露"女香

药香沁人

《红楼梦》第五十一回结尾，贾宝玉曰："药气比一切的花香果子香都雅。神仙采药烧药，再者高人逸士采药治药，最妙的一件东西。这屋里我正想各色都齐了，就只少药香，如今恰好全了。"

我深以为然。同时也必须补正其说，因为很多的花与果皆可入药，比如香水中的常用花种玫瑰与茉莉、珍贵花种鸢尾与铃兰，还有果子如青苹果、番茄、覆盆子和佛手柑等等，有了它们，才构成药香入世的丰润与馥郁，和离尘的清雅与淡泊。

　　《红楼梦》第五十一回结尾，贾宝玉曰："药气比一切的花香果子香都雅。神仙采药烧药，再者高人逸士采药治药，最妙的一件东西。这屋里我正想各色都齐了，就只少药香，如今恰好全了。"

　　曹雪芹借宝玉说出的这番话，我深以为然。我收藏香水几十年，懂得了其实每一款香水中的经典香气，尤其是尾调（也说基调、后调）中固香的大都是药香，比如沉香、檀香、麝香、苏合香、广藿香、安息香、龙涎香、没药等等。但同时我也必须补正其说，因为很多的花与果皆可入药，比如香水中的常用花种玫瑰与茉莉、珍贵花种鸢尾与铃兰，还有果子如青苹果、番茄、覆盆子和佛手柑等等，有了它们，才构成药香入世的丰润与馥郁，和离尘的清雅与淡泊。

大伯的小小诊所

　　追根溯源，我的父辈祖上是做中医中药的，不过我爷爷、老爹、兄长都没有做成家族本行，要讲因由这又是另外几段令人嘘唏的故事。但大伯和几个叔叔是真正继承了家族衣钵。

　　大伯是我老爹的堂兄，从小浸淫在家族的草药香里，受长辈的指点多，16岁就坐堂诊病。新中国成立后，他又考入医学院学西医，自然比一般的大学生医药实践知识丰富。毕业留校，大伯就成了系里的骨干教师。1957年的政治运动，成了某些小人公报私仇的工具，他们借着"组织"的名义，清理自己前途上的绊脚石和假想敌。于是大伯和我老爹的遭遇一样，被打成右派发配到边城。我老爹是被打到小城的学校农场接受改造，大伯是直接被弄到一个非常闭塞和偏远的山区农村接受贫下中农监督。说是监督，其实没有人监督，因为那个自然村涵盖了几匹山，村里几十户人家散落在各山腰和山脚。他的到来，村支书是召集了村民们来传达上面精神的，也算是在那个很少有外人来的小村子里引起了关注。尤其是他随身背的药箱，成了缺医少药的乡民们的仰望之物。吃五谷杂粮的人，谁能不生个病？上面竟然派个现成的郎中来，村民们心中暗暗欢喜。和那些被集中管理、集中监督的"地富反坏右"相比，我大伯到这山村算是不幸中的万幸。

村支书和几个壮劳力在一块巨石旁边稍微平整的地上，为大伯搭起了一个茅草屋，大伯就有了新家。平时，大伯也和村民们一起参加生产队的劳动，但谁家有病人，大伯就去医治，陆陆续续救治了哮喘严重的周大爷、闭经的冯家媳妇、慢性肠炎的白家奶奶等等。而他用的大都是易得的既是食物又是中草药的方子。

比如给周大爷治疗折磨他几十年的哮喘，大伯主要用的是外敷法：用白胡椒、桃子仁、杏仁各6克，生糯米10粒，研成细末用生鸡蛋一个调匀敷手脚心，直到把周大爷从半卧不起调理到可以下地干活。

33岁就闭经的冯家媳妇，之前生的一个娃4岁坠崖摔死了，她很想再怀孩子，可是伤心过度竟然闭经了。大伯给她号脉之后，问清楚她以前来例假也会痛经，认为她是属于癥瘕积聚，就是血液瘀滞在子宫里形成了瘤体。大伯就让她每天抓两把山楂熬水加红糖服用，两个月之后，冯家媳妇的月经通了，还排出许多淤血块来。众人齐齐称赞。大伯说，这也不是他的发明，在前人张锡纯所著的《医学衷中参西录》里，就有这样的记载："山楂，若以甘药佐之，化淤血而不伤新血，开郁气而不伤正气，其性尤和平也。"大伯发现冯家媳妇还是属于气血不足一类，有些贫血的征兆，于是又给她开了黄芪和当归，每天30克与6克的比

药香沁人

61

例熬水喝。四个月后，冯家媳妇终于怀上了娃。大伯被村民们称为"送子观音"。

白家奶奶常年被慢性肠炎折腾，一天要拉肚子六七遍，老人家有时动作慢一点，就拉裤裆里了，直接影响到生活和家人的相处，家人都说她臭，气味难闻。大伯就用干燥的玫瑰花水煎服给白奶奶喝，喝了四五日，白奶奶就减少到一天只拉两三遍。继续坚持喝了近一个月，白奶奶多年的肠炎痢疾就彻底痊愈了。大伯说，在《本草纲目拾遗》中，就记载了玫瑰花煎汤可驱逐肠道中的污秽气血。这一点并不是很多人知道。

这些乡民当初在定成分的时候都是被定的贫下中农，所以，偶尔有上级来检查时，大伙都说我大伯对贫下中农是有深厚阶级感情的。此地民风淳朴，乡民们不但没有把他看成异类，反而因为他手到擒来为大伙治好病，把他奉为扁鹊再现、华佗再世。市县的官们嫌这些村子没什么油水，交通不便，渐渐地来的次数越来越少了。大伯因祸得福，这天高皇帝远的地方，竟然成了他休养生息的一片乐土。

1962年是三年困难时期的最高峰，为了减少敌对，大多数右派的帽子被摘掉，上面规定这些"摘帽右派"，可以根据其能力担当一些非关键部门的技术工作。大伯就正式被委以赤脚医生，走村串户给村民们看病。大伯如鱼得水，利用当地的植物资源，用草药动物药建起了一个小小中医诊所，就是在他原来住的茅草房外又搭起了两间土坯加青砖房，外间大的青砖房当诊所，里间小的土坯房就是大伯的卧室。这个诊所慢慢在那几个乡都很出名，后来县市的人包括那些监督他的官们也进山来找他看病，病急乱投医嘛，这时就暂时不讲阶级斗争了。当然这也得益于大伯对传统医学的钻研以及深厚的家学渊源。

大伯对那一片土地上中草药的发现和搜集整理很有心得，在三年灾荒年辰，大家都饿着肚皮，面黄肌瘦，大伯所在的那个村子几乎没有饿死人，这多亏了大伯的指导，由于他丰富的植物学知识，他知道山中哪里该有什么可以吃的植物叶植物根，什么植物附近该有什么小动物。再加上当地几个山民大爷也有很宝贵的山林经验，这样他们一起带领壮劳力去山里寻找到这些植物的根叶，用来充当粮食。还捕捉树林里的各种小动物和能吃的虫子，虫子拿回来扔进柴火灶里烧着吃，是难得的蛋白质补充。

灾年刚过去不久，"文革"又开始了。造反派下到村子里来，给大伯戴上纸做的高帽子，组织村民把大伯批斗了一番。绝大部分人都因大小病患被大伯医治过，迫于上面的压力只装装样子喊喊口号。但有一个市里新调来的狂野的造反派，从大伯的诊所里面搜出一张大伯画的扁鹊像，说是里面藏着特务暗号，要大伯交代罪行无果之后，就对大伯挥动拳头，那几拳着实不轻，竟然打落了大伯右下边两颗大牙。后来他被其他村民制止住了，大伯没有继续遭殃，辛苦建起来的小小中医诊所虽然被抄得一塌糊涂，但大伯此后花了几天时间整理，诊所又得以继续开门。

扁鹊的画像是我父辈家族从医亲属中必须供奉的神物，当祖师爷一样祭拜。这位诞生于公元前407年至公元前310年的战国时期的名医，真名秦缓，字越人。年轻时在别人的客馆做事，做到了主管之职，貌似现在的CEO，有个在客馆来来去去十多年的人叫做长桑君的，觉得这秦越人勤恳好学，举止文雅，不是普通人，就将自己精湛的医术和秘藏的医药禁方传给他。秦越人也非常尊敬这个奇人，跟着他学习钻研医术，慢慢成为中医全才。后来秦越人及其弟子不辞艰辛，行程四千余里，周游列国，济世救人；在赵国以妇科为主，在周国主诊五官科，在秦国又以儿科为己任，是医、药、技非常全面的"全科医生"。所以当时的人们，就借用了上古神话黄帝时代的神医"扁鹊"的名号来称呼他。扁鹊奠定了中医学的切脉诊断方法，开启了中医学的先河。以诊脉法行医的人，都遵从扁鹊的理论和实践。

然而"人怕出名猪怕壮"，扁鹊遭到秦国太医李醯嫉妒，医术不如扁鹊的李太医怕自己的位置不保，决定除掉扁鹊这个心腹之患。他派了两个刺客，扮成猎户的样子，劫杀了扁鹊。扁鹊这位"中国的医圣""古代医学的奠基者"就此命丧于骊山。多少受过他恩惠的百姓听说此事都为之悲号。此后各个时期都有人为扁鹊立碑。

大伯竟然为了一张祖师爷画像而损失了两颗关键的大牙，后来事有蹊跷，那个动手打我大伯的人竟然得了口腔癌，死的时候满嘴烂得没有

一颗牙。有人背地里骂他得到报应，大伯听此消息后轻叹一口气，什么也没说，只是为诊所里自己再描画的那张扁鹊像细细拂去灰尘。

药匣子，我童年的花园

童年的我有好几个夏天都央求爹妈带我去看大伯，重庆城里盛夏如火炉，我家的房子又当西晒。见脖子上额头上长满痱子的我，爹妈也甚是心疼，就答应我去大伯那里凉快凉快，躲躲40度以上的连晴高温。经常是老妈单位的采购员出差去山里采集山货，就顺路把我捎去。爹妈也正好给大伯带些城市里有的生活用品、食品和书籍。那时已经是"文革"后期，派性的火药味似乎没前期那么浓了。再说政府修路进山，交通也得到一些改善。

我喜欢大伯，因为大伯是个没有脾气的人，和蔼可亲，和我老爹的严厉有加成反比。还有，在大伯那里有零食吃，大伯不反对我吃零食，但他说要吃有益的零食，比如他就常常自己做山楂山药糖葫芦、茯苓芝麻糕和陈皮糖给我吃。在家偶尔会吃到大伯托人捎来的山楂丸，老妈说山楂开胃消食。但茯苓是什么呢？问大伯，大伯告诉我："这茯苓可是好东西，它能使喵喵你的头发长得又黑又密，还能把身体里面的湿毒排出来，万病都是因湿毒聚集而起的。在明朝张介宾著的《本草正》里，就记载它能利窍去湿，利窍则开心益智，导浊生津……"那时我年纪小，后面的就走神记不得了。

我惦记大伯，更惦记他那小小中医诊所里的整整三面墙的药匣子。那是大伯和村里的木匠一起亲手一锯一锤做出来的，好多草药是大伯亲自去山里采集回来晾晒、灸制或者蜜制的。门前屋后也被他种满了中草药。他还时常拿多出来的草药去赶集换回其他地方出产的草药和动物药。

趁大伯出诊，我会独自待在小小诊所里，把那些搭着板凳才够得着的药匣子一个一个拉开，当然，在拉开之前，我会自己先猜一猜里面是啥，猜对了就会奖励自己一两颗好吃的，比如里面的枸杞、大枣、龙眼肉或乌梅。有时运气好，还能吃到核桃仁、榛子、松仁、香榧子。我知道这几种东西都是好味道的，因为在我乖巧时，或者舞跳得好时，大伯就会用这几种东西奖励我。当然数量很少，基本也都是一两颗。

我也喜欢腊梅花、玫瑰花、薄荷叶、野菊花、金银花，有时候也各拿一两朵用蜂蜜冲水来喝。那些味道就是我现在想起童年来最幸福的味道。大自然中成百的植物之根、之叶、之花、之果，在那些药匣子里静静地散发着干燥之后的气味，它们还带着自己生长的那片土地、那片林子的芬芳，我被它们围绕着，滋润着，自在中有惊喜。有时候我欢喜得把所有够得着的药匣子都拉开，然后请它们当我的观众，我自己报幕自己唱跳。偶尔太投入了，大伯回来了我也不知道，直到跳完了，听到门口有几个人的掌声和叫好声，才知道是大伯和来拿药的乡民，就赶紧羞得躲进里间去。

当然，诊所里还有一些动物药，比如龟板、鳖甲、蚯蚓、全蝎、蜈蚣等，但我不喜欢它们，甚至觉得那些东西很可怕。我知道大伯把动物药专门放在进门右边的那一壁药匣子里，所以我很少去右边逛，甚至假装看不见它们。

每个药匣子上面都有这些中草药的名字，但大伯喜欢用繁体字标注，而且这些药匣子经常在小区域内换地方，我那时小，好多字也不认识，所以在猜药中会得到很愉快的体验，猜对了大概类似于现在中奖的感觉吧，甚至有过之而无不及。

不过，我有很多字是从药匣子上学的，大伯教我一遍，我就记住了。而且顺势还学习了一点点中草药知识。最先学到的中草药名我对它们也最有感情，比如三七、广藿香、柴胡、穿心莲、陈皮、山楂等，至今它们也是我小家庭中最不能缺少的常备药。

有一次，我趁着大伯出诊，冲进大雨中和一帮小伙伴打水仗，直到大伯回来他才把落汤鸡似的我给拉回屋子。大伯也不骂我，只拿起大毛巾帮我把头发搓干了，又拿了干的衣裤叫我自己进里屋换上。晚饭时，大伯用油和姜丝给我炒了一碗油炒饭，说是治疗风寒感冒的。我喜欢姜的味道，美美地吃完了。大伯摸摸我的头说："但愿别发烧。"

第二天，烧是没发，但咳嗽不止，咳得声嘶力竭，有咳出去把气管拉长了失去弹性收不回来的感觉。大伯为我切脉之后，说我过敏体质，咳嗽引起变异性哮喘。就把炙甘草打成粉，一早一晚用水调一小勺给我喝。大概喝了三四天，症状就全好了。我心里庆幸得很，心想要是待在爹妈身边，又该面对打针、打吊滴和一大堆苦苦的西药片了。

咳嗽好了，但我却迷上了甘草醇厚的甜蜜味道。趁大伯出诊，我自己偷偷拿甘草来泡水喝，或者干脆含在嘴巴里慢慢咀嚼，细细品味那种独特的味道。持续了几天，结果终于流起了鼻血。

等大伯出诊回来，发现我头朝下，身体呈90度好像鞠躬的样子，站在墙角，他亲切地说："小喵喵，你在干啥子哟？鞠躬迎接大伯回来呀？太隆重了嘛。"发现我不吭声，这才放了药箱来拉我，当看到我鼻子下、嘴巴上、地下都有血迹，大吃一惊，问明原因，赶紧替我冷敷处理，然后教育我："是药三分毒，这里再好吃的东西都不能多吃，要记住了。"不过大伯为了以防万一，还是把毒性较大的诸如朱砂、巴豆、罂粟壳等药匣子调整到最上层，这样即使我搭着凳子也够不着了。

大伯的药匣子，我的小花园，我就在这花园里碰碰跳跳，兜兜转转，有时被花儿抚摸一下脸，有时又被树根绊个屁股墩儿，但我始终初心不改，视它为心灵的乐园。

可爱的"胖"

有一天，一个货郎蹬着一辆三轮板车，从盘山道上进入村子。板车上有帆布搭成的棚子，好多货物都堆在棚子里面，就像歌唱家郭颂老师唱的《新货郎》那样：笔记本、钢笔、铅笔、文具盒、小花布、球鞋、小孩吃奶的嘴、挠痒痒的老头乐，满满一车。这个货郎长期跑这一片地，村民们和他都很熟悉，所以一听到他把自己特制的铃铛摇起来，大家都呼叫着从各个方向朝他的板车跑过去了。

大伯正在给病人抓药走不开，就拿了几毛钱要我去货郎那里买三个笔记本和一瓶墨水。我高高兴兴地一蹦一跳去了。看了一阵热闹，等货郎叔叔蹬着差不多空了一大半的车从盘山道上走远了，我才拿着三个笔记本和一瓶墨水以及找的零钱回来。

夜里，我的眼睛奇痒刺痛，第二天，竟然被我自己的手揉得又红又肿。大伯一看，说："坏了，喵喵得了红眼病。"忙问我这几天看见谁是红着眼睛的。

我想了想说："昨天那个货郎叔叔是血红着眼睛的。村长伯伯还笑话他是不是看了不该看的东西呢。"

大伯自言自语道："乡里怕是要流行红眼病了。"

他转身到一个药匣子面前，抓出一把椭圆的褐色皱皮小果子，用凉开水泡上三颗。然后另用一个水缸，舀了一勺盐在里面，用开水稀释了，再用药棉签沾了盐水来给我洗眼睛周围，并说："小喵喵，这几天眼睛再疼再痒都不能再用小脏手去揉眼睛了哈，否则这么乖的大眼睛就肿成眯眯小眼不好看了。"生病的人是最听医生话的，我把小脑袋上下点得好似鸡啄米一样。

然后大伯把之前那个泡着果子的杯子端过来，只见果子膨胀开爆裂成一大堆透明状的东西，轻轻柔柔地飘在水里。

"大伯，这叫什么东西呀？"我问。

"这叫做胖大海，是一味很好的中药呢。把它敷在眼睛上，可以治疗红眼病。"大伯说。

"什么是红眼病呀？"我又打破砂锅问到底。

"红眼病是口头语，因为这个病使得眼睛充血变得红红的，中医上称它为天行赤眼，西医叫它为急性卡他性结膜炎。就是身体里面有热毒使得眼睛发炎了。一个人得了，相互传染。"大伯耐心地给我讲解。

原来这是因为货郎叔叔得了红眼病，又通过找钱拿货摸小孩子头等方式，把它传染给了来买货的人，我也不幸中招。

大伯用了一些泡散的胖大海敷在我较为严重的右眼睛上，并用纱布把我右眼包起来。然后用棉签沾胖大海水给我洗左眼睛。

"哈哈，小喵喵成独眼龙了。现在留一只眼睛给你看东西了，下午再敷左眼睛，换右眼睛出来看。现在眼睛有病，不要到阳光强的地方去哈，免得刺激眼睛好得慢。"大伯叮嘱我。

药香沁人

67

刚把我的眼睛伺候好，有五六个村民拥入诊所来，我用左眼睛费力地看，他们个个都红着眼睛。我坏坏地笑："哈哈，红眼病。"不用说，都是被货郎叔叔传染了。

大伯如法炮制，给村民们泡胖大海敷眼睛，并拿一些给他们回家去，让晚上双眼一起敷和包。还给大家开了金银花、连翘、薄荷、桔梗、淡竹叶、甘草等回去熬水喝，自然我也少不了那几天每天都要喝一点药汤。大伯自己也喝一些预防。

大伯还担心着货郎叔叔，村支书一甩手："你就别操心他了，他在外面见多识广，不舒服了肯定会去医院看病拿药的。"

"对他来说，用抗生素眼药水滴眼倒是比较快。再说包扎起眼睛对蹬车的他也不安全。"大伯说。

那是我至今唯一一次得红眼病，当了三个白天的独眼龙，晚上睡觉双眼都给包扎上。也由此认识了一味中药——可爱的胖大海，不仅知道它可以敷眼睛治疗红眼病，还能泡水治疗肺热引起的声音嘶哑、咽喉干痛、热结便秘，加上金银花和麦冬一起熬水喝，效果则更佳。

在这个营养过剩的年代，大家都谈"胖"色变，唯有胖大海，大家都不拒绝，基本成了各自家庭药匣子里常备的一味中药或者说叫做健康饮品。不过大家都知道它治疗咽痛失声很好，却鲜有人知道它是治疗红眼病的良药。

胖大海，别名安南子、大洞果、胡大海、通大海等，是梧桐科落叶乔木的胖大海成熟干燥的种子。这东西好是好，但脾胃虚寒、常泻肚子的人不可多用了。也就是说它更适合于火热体质的人。

大伯的感情世界

爹妈和大伯都告诉我，我是有大伯母的，但我在大伯那里过夏天时都没有见过她本人，只见过她的照片，清清爽爽的女子，笑起来有个酒窝，这点和我一样。难怪大伯经常对我说："喵喵的酒窝和你大伯母一样好看。"我问大伯母在哪里，大伯总是指着太阳落山的方向说："从这里一直走一直走，就能找到你大伯母，不过她就快回来了。"难怪闲来无事时，总见大伯朝西边方向若有所思地眺望。

西边，是层层叠叠的山峦，有垭口，有树木，云雾缭绕，却看不见人。我从小懂事，我知道大伯母住在大伯心里，每当这时，我都很乖，或者倚在门框偷偷看着大伯的背影，或者悄悄去牵住大伯的手。我认为和大伯一起想念大伯母，大伯母会早点回来。

大伯母是个红小鬼，新中国成立前就参加革命，是部队的一个卫生员，后来成为大伯的同班同学。在校时他们俩就好上了，毕业后就顺其自然结了婚。1957年反右运动开始了，各单位都有右派指标，作为市卫生局的领导，大伯母实在不愿意把其他同志当着右派来整治。她就对上级说："这个右派我来当吧。"

当时大伯母正怀孕，大概五个来月。上级组织中有人说："你自己都承认你是右派，那你肯定就是右派。"那时大多数人求自保，不敢吭声。个别人出来替大伯母说话，同样被划入右派行列。

大伯和大伯母被发配到东西两地，大伯母是去一个劳改农场，到场医院当医生。农场的劳动强度很大，知识分子们几乎都受不了。凡是来找大伯母开病假条的，大伯母都报以同情开了。这事被一个想巴结上司的护士告了密，大伯母也被下到劳动队去强制劳动，孩子怀到七个月早产，死了，是个卷卷头发的女孩。大伯母的身体和精神也严重受创。之后又红崩下血，农场医院也没什么药可以治疗。好在大伯母自己是学医的，她劳动之余，在田埂边采集大蓟，连根挖来放在口袋里，晚上和艾叶等草药一起用酒煮了吃，这样才慢慢好起来。唐代道医、药王孙思邈就把大蓟的这一用法收入到他著的《备急千金要方》，简称《千金要方》或《千金方》中。后来的中医们也才更坚定地用这个方子来为女性解除病痛。

农场本来是允许家属来探望的，但右派不允许离开发配之地，所以大伯和大伯母就没法见面，只有托家里其他亲戚去看望来传递消息。孩子早产丧命，大伯暗自伤心落泪，但他忍着悲伤，用大山里特有的一些中草药配制丸药，辗转托人给大伯母带去，让大伯母孤寂的心得到一些安慰。

大伯特别喜欢我，我想他是把对早产女儿的父爱都给了我。

大伯母在三年大饥荒和"文革"中受到的伤害比大伯要深得多，尤其"文革"时右腿被造反派打断，接骨接得不好，之后虽还能走路，但一遇到阴雨天，就疼痛难忍。好在祖国传统医学精妙绝伦，她用中草药自救也救人，大伯也用干燥的月季花研磨成粉，分成 1 至 1.5 克的小包，托人给她带去，让她疼起来就晚上用酒吞服花粉后卧床发汗。大伯母一试，果然有效。这样撑到 1976 年底打倒"四人帮"后，她才得以来到大伯所在的村子里探亲。此时两个人已经分别 17 年了，17 年飘在思念里、牵挂中的日子，终于结束了。

这个村子在大伯母看来简直是桃花源，她爱上了这片山林，和大伯商量一辈子不离开此地。以至于后来他们双双获得平反，恢复工作后不久，大伯母也把户口迁到了那个市，她因为身体不好提前办了病退，后来又享受了离休待遇。大伯是真的退了休，他俩在山里做起了闲云野鹤，也依旧为慕名前来看病的人奉献医术。这是后话。

大伯母在大伯的精心调理下，竟然在 48 岁高龄生下一对龙凤胎。当然，双胞胎是无法通过药物调理得到的，这是有一定的基因和遗传关系，大伯母家里就有几个女性生的是双胞胎。但经过那么多磨难还能高龄产子，这里有大伯的诸多功劳。如今这对双胞胎在他们的培养下，都成为中医队伍的一员，一个研究中药，一个当医生。

大伯今年已经 93 岁，除了"文革"被造反派打掉两颗下牙床的大牙，没有条件即时安上假牙，引起下牙彻底松动，下牙全部换成假牙外，其他均好，尤其还能健步如飞。大伯母比大伯小 8 岁，身体差一些，主要是妇科和腿骨断掉的旧伤有些问题。但大伯每天都用自泡的药酒给她按摩，所以也能安然度过晚年。

问起他们的长寿秘方，大伯给我 12 个字："笑哈哈，八段锦，常打坐，吃得杂。"是啊，民间俗语都有"笑一笑十年少"之说，乐观的心态是一切疾病的防护门，有些病会因为心情好而自动痊愈。人体有自我修复功能，而这种功能一定是在心情舒畅的时候，才开启修复键的。好多人不是病死的，而是被吓死的、愁死的、气死的。所以，我们要每天主动寻找快乐。

所谓八段锦，是我国古老的健身方法，不管是武当道人还是少林和尚，都用它来健身。八段锦有坐八段，立八段、北八段，南八段、文八段、武八段、太极八段、少林八段之分。其实，动作的标准是其次，主要心要静，筋要拉。八个不同动作为了一个目的，把我们僵硬的筋拉长拉柔软。俗语道：筋长一寸，命长十年。在做八段锦的过程中，气息也随着动作的变化而平稳起伏，吸纳新鲜空气，吐出胸中浊气。在这种静态运动中，气息和身体在自然中得到调节。我就曾多次上武当，清晨四点和道人们一起在鸟语声中吐故纳新。但做八段锦是不需要什么地理条件的，可以随时分解做其中的一两个动作，哪怕是你坐在办公台前做，也不会惊扰到别人。

常打坐的目的也只有一个：静心。它用的则是心理暗示的方法。心理暗示从古到今都是一种治疗方式，打坐就是静下心来，用心理暗示的方法告诉自己，自己现在吸收着宇宙间的正气，身体和精神都处于平衡的状态。至于是双盘还是单盘，那都不重要，如果有朝一日你能双盘打坐，说明你的筋已经练得很柔软了，也是好事。

关于打坐，我自己有一次神奇的体验。话说某一年我在医院陪生病的老妈，一天超过八小时陪护在她的病床边，虽然有保姆，但我的心情还是高度紧张。夜里，我失眠了，数羊儿兔子都不管用，于是我起来打坐，万事开头难，起先觉得是在熬着时间，心里也总往难过的事情上想。慢慢地我调整思绪，心情逐渐放松，脑子里尽量去回忆我躺在草原的花海中、走在绿色的林荫中、浮游在蓝色的海面上等等情景。一个小时零四十分钟过去了，当我睁开眼睛，我觉得自己是在上述的情景里呆了一天，所有负面情绪得到清零，我真正体会到什么是神清气爽。于是，此后但凡有一点时间，我就打坐，不需要很久，随时随地，哪怕只有 5 分钟，放空自己一下，轻松舒爽不请自到。

而这吃得杂，就是说每天摄入的东西种类要多一点，分量要少一点。比如炒菜或者煮菜，大伯就建议用各种颜色的杂菜来搭配。荤素也要结合，身强力壮的年代，荤素各一半，年幼和老年时，荤占20%，素可占80%，因为这两个时期的消化力都不是很好。关于主食，大伯也推荐杂粮蒸饭、杂粮粥或者杂粮营养粉。后来我也把杂粮营养粉的配方跟许多朋友分享，它们的基础是糙米、茯苓、红豆、薏米仁、芡实、淮山、黑芝麻、玉米碎、小米、黑米。这十种基本老少皆宜。如果是成年人，可以再加燕麦、荞麦等高寒农作物，但分量要减半。如果纯粹是男士们吃，可以再加南瓜子，因为它对前列腺非常好。而我家的铁盘杂粮蒸饭早已经名扬朋友圈，比如大米玉米碎枸杞龙眼蒸饭，比如糙米小米红豆葡萄干蒸饭，比如燕麦荞麦高粱红枣蒸饭等等。如果有缘，你们也能吃到哦，哈哈。

在黄昏的炊烟里，来山里拍照的摄影发烧友们，会拍到一对白发童颜老人相依相携在林间散步，他们按下快门的同时，自己就先感动起来。

我眼中的花花草草及其他

人们都喜欢花，尤其是女性，到了花开时节，都喜不自胜要和花儿们来些合影。她们赞叹花儿的娇美，更赞美自己人比花娇。

而我，也喜爱花儿们的芳姿，或妖娆，或淡雅，但出身中医世家的我，更注重利用花儿们神秘的另外一面。

比如说玫瑰花，任何年龄段的女人，都是喜欢的，只要有人送，都会令她狂喜，因为这是代表爱情的鲜花。我喜欢玫瑰花的盛放之态，更喜欢玫瑰花幼嫩的花骨朵，如果作为保健和药用，含苞待放的花骨朵比香气四散的繁花效果更好。我自己是长期熬夜写作或读书的，一年365天，估计有300天都在熬夜，但我既没有黑眼圈，也基本没有长斑，脸色还算是白里透红，这与我坚持经常喝玫瑰花茶有一定关系。我知道自己的弱项，所以尽量找攻克弱项的方法。当然，我不希望大家也熬夜，能顺着大自然的时间作息更好。

《本草正义》有曰："玫瑰花，清而不浊，和而不猛，柔肝醒胃，疏气活血，宣通窒滞而绝无辛温刚燥之弊，断推气分药之中，最有捷效而最驯良，芳香诸品，殆无其匹。"也就是说，玫瑰花是行气活血、疏肝解郁的佳品。选未开过的玫瑰花骨朵，阴干，经常泡水当茶饮，不但可以减少得忧郁症的几率，连面貌也焕然一新。这可真是越喝越美丽、越喝越健康的花茶了。

好友甲在一个季度里先是父亲瘫痪，后是母亲病亡，工作上又有小人捣乱，天天生气天天忙碌，经常没胃口，胸肋胀痛。她说做了各种检查，西医说，没病。我觉得她是肝气郁结，就让她坚持喝玫瑰花茶，两个月后，她笑嘻嘻地到我这里来，还给我送了一大束鲜艳欲滴的玫瑰花，她说，你的方法真管用，我现在好多了。

好友乙听我说玫瑰花有疏肝解郁的功能，而且还美白红润肌肤，也想喝，她说她夫妻感情不和，孩子也不争气，她也郁闷得不行。但我听说她经常便秘，就说你改成喝月季花茶吧。月季和玫瑰虽然属于同类，也能疏肝解郁，但其他功效有所不同。等你喝一段时间月季花，便秘问题改善了，再改喝玫瑰花。不过夫妻感情和孩子的问题，花儿们能否帮忙就不知道了，我笑着补充一句。

好友乙照我所说，坚持喝月季花茶，半年后她告诉我，便秘问题得到改善，脾气也变得好些了，心境也平和多了，丈夫发火她也能忍住不对骂，丈夫找不到骂人的对手，自己也偃旗息鼓了，夫妻感情也不那么剑拔弩张了，偶尔还能打情骂俏一下。对待孩子，她也不再强求一定要照她的方向努力，母子关系也得到一定改善。看，精神的变化带来身体的变化，还直接影响感情的变化，更熏染到周围环境。

夏天到了，家家户户的冰箱里都制作有冰块，在大家的眼中，它们就是盛夏拿来放到饮料中喝或者冰镇食品用的，而在我眼中，它既是药也是美容品。我会把一些花草如矢车菊或玫瑰花稍微煮一下，待水凉了之后，把它们倒进冰盒冻成冰块，经常拿来冰敷脸部，盛夏不仅醒神，还帮助血液循环，使肌肤看起来白里透红。论年纪，我也该算是有一大把了，但皱纹一直较少，长期熬夜也没有什么眼袋和黑眼圈，常年戴近视眼镜，但看起来根本不像近视眼，眼睛还蛮有神。这些是不是和经常坚持冰敷有关呢？答案是肯定的。我已经二十年不去美容院了。美容院的朋友们听到这可别打我。呵呵。

啧啧，你这家伙太自恋了。是不是有些朋友会这样说我？

那你们还不快快回家行动起来？动手、坚持，你们也才有自恋的资本。哈哈。其实关于冰敷我早就在时尚杂志上写过文章，眼睛是特别喜欢冰凉的，常冰敷眼睛，它们确实会看起来更有神采。矢车菊本身就是眼睛的保护神。冰敷也可以使得盛夏的肌肤降温消暑，还能让血液循环更畅通。这些都能达到肌肤自然美白红润、肤质细腻的功效。而大家只需要付出一点电费和水费。何乐而不为？

有一次长途飞行，机上一个三岁小孩子突然发高烧，空姐广播找医生，却没有找到。我赶紧跑过去，摸摸小孩子额头，哇，滚烫，看到家长递过来的体温探测器：40度。我问空姐机上有没有冰块，回答有。我说快拿一桶来，再加几块干净小毛巾和两个塑料袋。我用塑料袋装了两袋小冰块，系好袋口，裹了毛巾夹在小孩子的两个腋窝做物理降温。再用小毛巾包冰块放在孩子的额头上，还发动孩子的小姨和旁边乘客用毛巾包冰块，隔15分钟就轻轻拭擦孩子的手心脚心。当然，也不忘记陆续给孩子喝一些温开水。

这样忙了一个多小时，再测孩子的温度，已经降到38.7度。小小的冰块为孩子接下来到陆地上的治疗赢得了宝贵的时间。

朋友的十岁小孩，不但肥胖，几乎每个月都要感冒发烧咳嗽，体质很弱。检查又说没问题，西医说的各项指标都在正常范围内。我就问朋友给孩子做什么早餐吃，他们答：牛奶面包燕麦片，要不就是肉包子。我说：错错错。燕麦属于较为寒凉的食品，适合吃牛羊肉的高寒地区的人，对于南方地区的人，尤其是小孩子，根本不适合，何况你们是天天吃顿顿吃。肉属火，火生痰，导致孩子痰多口臭，过于肥胖。饮食不合理，更是直接导致人的体质下降的原因之一。

我让朋友给孩子早上煎个鸡蛋，注意，是煎，而不是煮。早上需要热气，煮鸡蛋比较寒凉，煎鸡蛋正好。再是各种杂粮粥换着吃，比如大米玉米渣粥、红豆薏米粥、大米腐竹粥、莲子百合糯米粥、菜心大米粥、芝麻核桃大米粥、红薯大米粥，等等，但南瓜小米粥请留在晚上吃，因为小米这好东西有安神催眠的作用，别把孩子一早就吃进梦乡里去了。有条件再炒个杂菜，就是五六种颜色的菜合炒，用点猪油炒菜，不仅香，还能润滑血管，更能吸收多种营养。

孩子的零食也从油炸薯条改成陈皮丹、山楂丸。在唐代食物疗法《食医心鉴》中，就指出陈皮是消食化痰的一味食品和药物。

这样过了大半年时间，孩子母亲告诉我：小宝贝身体明显好了，也瘦了七八斤，前段班里有几个孩子都患流行性感冒，她居然没被传染上。我笑：辛苦了，看来饮食调理得恰当对身体确实是至关重要的一环。

和一帮闺蜜聚会，个个都说最近乳房有增生，有硬块，有的十分害怕癌变，想去医院做手术切掉。我说大家不用害怕，如果不是迅速增大那种，就不用去手术。赶紧买青色橘子去，然后用青橘子皮熬水喝，但只能喝一周，再自己检查，看增生和肿块是大了还是小了。当然我告诫闺蜜们，少生气，少忧愁，郁闷时，可以打坐排除浊气。

过了些日子，几个闺蜜告诉我，两个人的包块消失了，一个的变得很小了，问还能不能继续吃青色橘子皮熬水，我说不用了，青色橘子皮最能破除肝气郁结，但多了会破真气。接着再用玫瑰花或者月季花调理吧。

有一天，朋友带了一对金童玉女给我认识，说这是她的女儿和准女婿，女孩漂亮，男孩帅气，可是男孩子一脸的赘生物，大小有的如芝麻，有的如红豆。我问这脸上是怎么搞的，男孩子一拍桌子说：广州这水土，真的是气死人，以前在北方，从来不长这些东西，这是到了广州才长的。医生说是寻常疣，激光烧过，可烧了又长。

我以前看过大伯治疗这个疣，他说是因为内部肝火旺盛，冲出来又遭遇邪风关闭毛窍，就结成这样的疣体。我对男孩说，你去中药房买30克三七，叫他们给磨成粉，分成20份，每天早晚各吃一小包，温水送服，吃完给我汇报情况吧。另外洗脸的时候，用热气熏蒸一下脸部，让血液更加循环来配合三七的治疗。

半个月后，朋友欢天喜地告诉我，女儿和准女婿要请我吃饭，说疣体全部脱落消失了。朋友说这三七太神了，我说三七的神奇之处还有很多，能治疗疣体，主要是因为它能让气血对流，百毒就不清自解了。中老年人按照每天 2 克的量当保健品吃，还可以疏通血管、减少和延缓得脑梗、心梗的几率。

广州是个花城，一年四季开满悦目的鲜花，它不仅是个大花园，也是个天然的药草园。

三角梅，一年大部分季节都开满高架桥、过街天桥和院落里，把叶子捣烂外敷，能散淤消肿；花儿水煎服，能活血调经，化湿止带。

如果我面前开着一株金盏菊，我赞美它鹅黄如小绒鸭般可爱，但我更知道用它的叶子榨汁，可以滴耳治疗中耳炎；用 9 克全草煎服，可以治疗女子月经不调；而用它的鲜根 120 克（干品 30 至 60 克）水煎服，可以治疗胃寒疼痛和疝气。

丰满的大丽花，是广东人过年会买的鲜切花，我知道它的根可以治疗腮腺炎、龋齿肿痛、跌打损伤和无名肿毒。

有一种紫色的花开了，朋友说：看，熏衣草！我说，这不是熏衣草，是醉鱼草，鱼儿吃了会醉。我知道用它的茎叶 15 至 30 克熬水服，可以治疗流行性感冒。

红山茶热情似火，将它的花朵阴干研末冲服，可治疗痔疮出血。

四五月迎春花展露芳容了，用 15 克花儿水煎服，可以治疗发热头痛。

五色梅在广州也很常见，鲜叶捣烂外敷可以治疗无名肿毒、跌打损伤；鲜枝叶煎水外洗，可以治疗皮炎、湿疹和瘙痒。

七八月份开得清清爽爽的玉簪花，用花朵 3 克，加板蓝根、玄参 15 克，水煎服，可治疗咽喉肿痛；玉簪花朵 3 克，萹蓄 12 克，野菊花、车前草各 30 克，水煎服，可治疗尿路感染。

九十月盛开的长春花，全草捣烂外敷，可以治疗烫伤烧伤；15 克长春花全草水煎服，还可以治疗急性淋巴细胞白血病。

散发着类似麝香味的黄葵，花期在 6 至 11 月，全株捣烂外敷，可治疗痈疮疔毒；用麻油浸泡 7 天，取油搽患处，能治疗火伤烫伤。

木槿花在秋天开得好灿烂，我知道它的茎皮根皮干品可以治疗脚癣和男子阴囊湿疹，前者用木槿皮 60 克泡在 75% 的 60 毫升乙醇里，两天后搽患处；后者用木槿皮和蛇床子各 60 克，水煎熏洗患处，都有好的疗效。

白花红蕊的九龙吐珠，大家都赞美它的清雅别致，我却想：用叶子十二三片，加糖冬瓜，水煎服，连服三四日，可以治疗慢性中耳炎。

广东最常见的痒痒树紫薇花，在 5 至 8 月采花晒干，谁家小儿胎毒、惊风，可以 15 克熬水服用；谁得了荨麻疹，可用 30 克花煮醪糟内服。

还有岭南佳果黄皮，用它的叶子 15 克水煎服可以治疗流感；用 30 克鲜叶、15 克红糖水煎服，可治疗疟疾；而 60 克鲜叶熬水服，可治疗痰湿喘咳；叶子煎水洗，可去热散毒。

好多人家里种有芦荟，取一片榨汁涂脸可以治疗老年斑、青年痤疮，使皮肤白皙、柔软；芦荟煮水饮用，还可治疗便秘，当然，不能长期服用。

不过，由于我到底不是医生，也没有处方权，我上面说的这些不赞成有朋友擅自弄来治病。每个人体质不同，医生必须望闻问切才能开处方。上面那些只作为一种信息提供给大家了解。

不过，有的菜我们还是可以常吃，比如红苋菜、空心菜、水芹菜、西洋菜、冬瓜等都有很好的药用价值。

尤其冬瓜，有它的季节我家每周都会吃一两次，由于它较为寒凉，所以煮汤时加姜丝和红枣综合，是利水减肥降脂的好食品。虾皮炒冬瓜，更是最好的补钙食品。切下的冬瓜皮和冬瓜子也别扔掉，晒干备用，当暑热口渴、小便不利、全身水肿、肺部不爽、尿路感染等，可以熬水服用。

我特别喜欢的食疗方是麻油煎鸡蛋，睡觉前吃一个，治疗干咳，减轻喉部病灶，提高肺功能的弹性。当然，西红柿炒鸡蛋也是我喜欢的，炒的时候既放糖也放盐，才不会太酸，这道菜帮助析出番茄红素，达到防癌和其他养生防病的效果。

和大伯在一起的童年时光，我既认识了很多字，也在他教我的药名中得到不少快乐。比如瓶尔小草，别名叫做独叶一枝枪，让我眼前浮现起一个拿枪的小战士；三台红花，别名三多、三百棒，哇，三百棒啊，谁挨得起受得了？婆婆纳，别名双铜锤，难道是一个手舞双铜锤的婆婆级的武功高手？韩信草，别名牙刷草，我只听说过韩信点兵，没听说过韩信刷牙啊；头顶一颗珠，别名玉儿七，会不会是大玉儿孝庄文皇后头上的珍珠呢？还有九头狮子草、黑老虎、急性子等等，都让我小小的脑瓜里充满动感画面。

花香之于汪曾祺先生，是"碰了一鼻子香"。而这些带有药性的花草们于我，是撞了个满怀，沁入心脾，漫入脑髓。

"维纳斯之吻"女香

相信爱情并追求爱情的女子，不妨用一用"维纳斯之吻"。它更适合春秋冬三季。已经沐浴在爱中的情侣，这款香水更不容错过。

"动感夫人"女香和阿拉伯"天空"香精

由香水设计师 Gilles·Cantuel 打造的"动感夫人"（Mooving）女香，表达女性所要追求的一种生活方式，香料取材于印度的森林和热带岛屿以及地中海的果园。前调：佛手柑、橘花。中调：桃子、茉莉、月下香、小豆蔻、肉桂。尾调：橡树苔、檀香、香柏、香草、麝香。

"爱慕"这个牌子与奢华是划等号的，它不仅是世界最贵的香水之一，瓶身还曾用黄金打造。这款"天空"属于阿拉伯世界中的另类时尚，睡莲等水生花带来不一样的清新感，春夏更适合，有活力的女子不妨一试。

以「夏奈尔 5 号」为首的夏奈尔群香

　　世界十大名香"夏奈尔 5 号"，您可以拥有，但不要轻易喷它。梦露的"睡衣"不是谁都能穿的。如果您用香水已经有些年头，自身在人群中也有气场，能吸引无数目光，那您就大胆使用吧。如果您是可爱少女、文静的知识分子、走清新路线、走知性路线，那就请远离这款香水吧。

以"沙丘"为首的"迪奥"群香

　　这里的沙丘，不是春光明媚的沙丘，也不是秋雨绵绵的沙丘，而是夏日炎炎的沙丘，仿佛许久不来的一波浪潮打在滚烫的沙滩上，瞬间挥发成湿气被骄阳吸取，充满刺激而又个性鲜明的辛辣香气。

　　前调：醛香、金雀花、柑橘、牡丹等。中调：玫瑰、百合、伊兰、桂竹香等。尾调：广藿香、龙涎香、安息香等。这款诞生于 1991 年的香水，号召都市人从繁忙紧张的工作中解放出来，去亲近大海与沙滩。

　　"沙丘"女香是 30 岁以上熟女的宴会和夜场用香，其他时间最好不用。少女们也别染指。

以"欢沁"为首的"雅诗兰黛"群香

　　1996 年连夺三项 FiFi 大奖的"欢沁" 女香，是后起之秀美国雅诗兰黛的产品，简洁流畅的瓶身线条，表现出清雅的花草沁人之气息。它蕴含中国特有名贵花木紫丁香的辛香味，再加上白百合、紫罗兰、海湾玫瑰、白牡丹、广藿香、檀香的乍浓犹淡的延绵花香于绿植气息，让人充分体味花草摇曳、欢沁透明的质感。

　　美式香水在香水大拿英法意包围中异军突起。雅诗兰黛便是其中佼佼者。四季皆宜的，任何年龄、个性、场所都适合的香水，"欢沁"算一款。我曾把它推荐给很多朋友，她们基本都喜欢。

含有药香的老版香水

心水香，送老爹

现在我知道为什么特别想把这瓶"真实信仰"香水送给老爹，因为老爹他们这一代人，信仰是嵌在他们骨头上的。

我还必须送老爹一支"绿积架"男香，这是我收藏的第一款男香，墨绿瓶身，线条简洁流畅，宛如泰晤士河畔的古老城堡，庄重而不乏活力。它也像是一位英国绅士，有丘吉尔一样的坦荡和幽默，有卓别林般的诙谐和睿智，有贝克汉姆式的英俊与狡黠，有莎士比亚的才情和敏锐，甚至有《简爱》中罗切斯特式的高贵与成熟。

　　我常常想，要是老爹还健在，我会给他送几支我精心为之挑选的香水，不一定要他喷在身上，只是让他嗅一嗅，分享我的收藏，他一定会很快乐地接受。因为他本身就是一个喜欢花草的人，何况这香水又是众香之和呢。

　　我想送给老爹的第一支香水，叫做"真实信仰"男香，它集合了柑橘、甘草、苔藓、烟草和广藿香的馥奇气味，香调和外观都独具个性。

　　这款男香中的柑橘和甘草气味是我从小就喜欢的，甘草、烟草和广藿香更是老爹喜欢的。连那瓶身的粗犷却不缺乏内涵的装饰，我也觉得很像老爹那类老派男人的风格，瓶子上针脚密实的粗线，使我想起老爹的一件劳保服上的粗线。"文革"期间，老爹又被从课堂上赶到学校校办工厂翻砂车间劳动，进厂时厂里发了一套类似牛仔布的厂服，老爹很高兴，也很喜欢那一身蓝色，特地去相馆郑重拍下那张照片。他说，在课堂上大多是他教学生，去了工厂，就是工人师傅们教他更多，他又可以学到一些实际工作经验，是难得的体验。

　　我幻想着老爹接过香水会爱不释手左看右瞧，嗅一遍不够，又反复嗅，有客人来了，还会给客人嗅，说：是我女儿送的，她收藏了一个芳香世界。然后，把它小心地端放在写字台一角。老爹的写字台，杂乱无章，各种书、报，他的研究课题手稿、学生作文等堆得满满的像一座小山，老妈要是去帮他收拾，他会发脾气说，看书写作之人，就是要这样信手堆放才方便。写字台的玻璃板下压着一些我们家亲人的照片，这是那个年代展示亲情的方法——要么用玻璃镜框把家人照片镶嵌在墙上，要么用玻璃板把这些照片压在写字台或者餐桌上。然而有一张特别的照片是做了单独的镜框放在写字台正中靠墙的地方，它是胡耀邦先生的照片，是从杂志上剪下来的。如果说老爹写字台上的书报有的蒙了灰尘，但胡耀邦先生这张照片的玻璃上却几乎是一尘不染。因为每天老爹都要用衣袖拭擦几遍。

根据老妈回忆，有亲朋去世，老爹总是默默流泪，可是胡耀邦先生去世，老爹哭得有声音，老妈用重庆话形容是"哭得汪（音：王）啦汪的"，是嚎啕大哭，还是绝望哀嚎？是痛哭流涕，还是呜咽低回？我当时在远离他的城市工作，不得而知。当年奶奶去世时，我见过老爹的哭——用手绢捂着整张脸，就像他在水里潜泳一样，全身颤抖着，没有声音。这"哭得汪啦汪的"是怎么个情景，我这个自以为是很有想象力的人也无法想象了。

老爹把胡耀邦先生看得很重，重到他心灵深处，之所以重，原因是这位国家最高领导人给老爹这一群人——50多万右派平了反，也给200多万受牵连的家属同事朋友一个自由呼吸的机会。有人会说，空气在四周，你尽管呼吸，谁会干涉你？但是，那个沉重的年代，空气中含的精神毒品比现在的pm2.5要厉害得多，现在你可以抱怨空气质量不好，那个年代乱说话的结果很严重，罪加一等，可以定你个现行反革命罪。

《说文》对"冤"的解释是：冤，屈也。从兔，在门下不得走，益屈折也。

兔子有冤都屈都折，更何况人？多少人因此夭折了，老爹还活着实属幸运。右派帽子很沉重，虽然中途给摘了，但还叫"摘帽右派"，这"摘"字其实更形同虚设。"文革"一开始，老爹这帮人就被戴上更高的帽子游街示众，老爹又算是运气好的，曾把真情给学生们，学生们也懂得感恩，对这位平时尊敬的老师没有拳脚相加，只完成任务式地把一屋子书抄走，然后给老爹戴了高帽在家附近和学校里游了一圈完事。事先有学生偷偷递话：老师，象征性地游一圈，我们也是向上面交差。老爹不想给好心的学生们找麻烦，再说那个时候漫天的战火，谁能躲得过？只好由他去，唯一祈求不要祸及家人。但按照中国传统，一人有罪，必株连九族。所以老爹右派二十年留下的后遗症也辐射到了我家上下至少三代人，最直接的是上级找老妈谈话，你现在是党内重点培养对象，要同你丈夫划清界限，立即离婚，不然的话，你的前途也没了。老妈12岁当我老爹的学生，从崇拜到爱慕，不是浮于表面的虚情假意，而是刻在心灵深处的真情实感，所以她的遭遇是从总公司高层被直降到底层门市部，受尽白眼。兄长1977年考进高等学府读药剂学，因老爹还未平反，他只读了四个月，还是被各种理由退回了。我还小，受的影响不大，只是和玩伴们一吵嘴，就有人画个戴大高帽的人，还附上"打倒某某某"的文字，然后指着那鬼画桃符般的东西说：这是你爹，他是坏分子！

好像只有见过大世面的奶奶潇洒一点，穿着补丁衣服，喝着老妈到处求来的酒票买回的劣等烧酒，想着儿子革命半辈子为啥给戴个右派帽子，想不明白就喝一口，直到把杯中烧酒喝完，还是没想明白，就去干家务，把自己搞得很累，蒙头睡一觉，第二天再接着想接着喝接着做事。这事放谁身上都想不明白，就算把太平洋的海水变成烧酒一口一口喝下，也是想不明白的。但有人明白，就是这场运动里隐藏的那帮公报私仇的人，他们利用这股阴风对不利于自己前途的人给予沉重的打击报复。但这批把别人打入右派圈子的人，有很多稍后也被另外的人整进圈子里沦为右派。他们终于明白了"现世报"是什么。

老爹是川东地下党的成员之一，和陈然、江姐等革命者一起为进步报纸《挺进报》战斗过，老爹在邮局，负责《挺进报》的发行工作。还在特务的眼皮底下，和老妈一起，成功掩护战友北上。我经常听老妈讲那一段："重庆解放前国民党特务可多了，房东的儿子就是一特务，没事就来他老子这里逛逛。我们家中躲着要转移的战友就是你唐叔叔啊，每当这时我的心都提到嗓子眼了，你爹就走出去和特务寒暄。房东是个好老头，总在这时把自己儿子骂走。"老妈的语气很平静，但我能感受到那没有讲出的血雨腥风。

唐叔叔是老爹中学最要好的同学，他成功转移北上，后来在中央有关部门任职，一生和我爹妈保持着如亲人般的情谊。老爹去世时，唐叔叔写来的诗词中有这样的句子悼念他："济难凌晨前夜，义高关张。天不正，偏多殃。恨坎坷，专欺忠良。晚心瘁窗情，仙归念想留四方。"

"义高关张"这四个字，我公正地说，老爹是受得起的，那是拿自己的命和安危来保护战友啊。老爹的情义还表现在后来对战友们的祭拜上。老爹的许多战友牺牲在中美合作所，即白公馆渣滓洞，所以每年都要在"11·27"大屠杀纪念日去烈士墓祭拜他们。由作家出版社出版的我爹妈的合集《寸草集》中有老爹写的这样两首诗词，一首是1982年的这天写的：

满江红·烈士墓前

白氏公馆，谁能料，翻漆泼墨。叹前驱，烈火钢窗，洒尽碧血。蹈死原为济苍生，幸存亦思壮国脉。竟将此坎坷百年身，对英烈！

渣滓洞，铸钢铁；本真金，岂磨灭。夜长又何妨，高扬赤旗。黑牢犹述兴亡事，丹心宁忘匹夫责？听将军弹剑谱囚歌，天地裂！

另一首同名诗词，是写于1985年的这一天：

红旗白花，惊又是，一一·二七。悼战友，痛亦自悼，百感交集。岁月悠悠逐流水，铁窗烈火映斜日。料夜夜冢上杜鹃声，应啼血！

亿丰碑，人伫立；朱颜改，衷情怯。叹九死不悔，三煎豆萁：半生付与斗独夫，半生付与斗"阶级"。悲老马未逐千里志，已伏枥！

第一首里面的"听将军弹剑谱囚歌"的"弹剑"二字，看出老爹的才情和豪情，第二首里面的"悲老马未逐千里志，已伏枥"一句，看出老爹心中的悲凉。当初他满怀希望，渴望成为新中国新一代文教家，将毕生之力贡献给教育事业，于是弃官从文，想考入西南师范大学学习。

因为西师的地点在重庆北碚，这样边学习还可以边照顾到家里。结果他成绩优异，被录取到北京师范大学中文系去了。大学四年，他得到众多名师指点，但反右的无情棒将他和一批有信仰、有才华的学子打入另册。一个人最辉煌的青春啊，就这样黯然失色。

老爹这代人视荣誉如生命般重要，右派的平反如同给了他们第二次生命。如果没有胡耀邦先生的积极倡议和批示，这是比登天还难的事。

老爹常给我讲胡耀邦先生三鞠躬的故事，那是他从一段别人的回忆录上分享来的："1979年2月间，团中央在北京西苑饭店召开一年一度的各省、市、自治区团委书记会议。胡耀邦同志是团中央的老书记，会议请他来讲话。此时他任党中央的秘书长兼中宣部部长。不等会议主持人宣布开会，他自己站在麦克风前讲起话来，指着一位与会者说：'我给大家介绍一下，这位是陈模同志，团的高级干部。1957年反右派斗争，他挨了整，吃的苦头最多。这件事我也有责任，我在最后的裁定书上也签了名嘛。现在我向陈模同志赔礼道歉！'说着他走到陈模的面前，行了三鞠躬。然后耀邦同志接着说：'我不但向陈模同志道歉，还要向团中央机关及所属单位所有挨整的，被打成右派的同志道歉。'说罢，走到主席台前向全场同志三鞠躬，赢得了与会同志热烈的掌声，也赢得全团同志的尊敬。耀邦同志并没有直接整谁，却先把整人的责任担当起来，他的大度、坦诚、谦逊的作风，值得我们大家尊敬和怀念啊！"

胡耀邦先生按照实事求是、解放思想的精神，以非凡的胆略和勇气，组织和领导了平反冤假错案、落实干部政策的大量工作，使大批受到迫害的老干部重新走上领导岗位，使其他大批蒙受冤屈和迫害的干部、知识分子和基层民众得以平反昭雪、恢复名誉。我的老爹是受惠者之一。他们这一代人把物质看得很轻，把精神看得很重，在理想之光的照耀下，坚定地践行自己的信仰。所以他尊重和敬爱这位说真话办实事的一代伟人，把他视为知音。我猜想，老爹一定是经常在拭擦胡耀邦先生照片的时候，亲切地与他对话的。所以他的离去让父亲撕心裂肺。

如今，两位长辈都在天堂，祝愿他们在那没有战争和冤屈的地方自由呼吸、自由畅谈吧。

现在我知道为什么特别想把这瓶"真实信仰"香水送给老爹，因为老爹他们这一代人，信仰是嵌在他们骨头上的。

我还想把一群长着打火机模样的香水送给老爹，权当是我为他老人家点烟吧。他在世之时，我貌似还没有亲自给他点过烟。

老爹爱抽烟，每天三包，雷打不动。记得从小我的劳动就是为他洗手绢和剥烟锅巴，也称烟屁股。剥烟锅巴算是物尽其用，那时没有什么过滤嘴香烟，即使有，他也舍不得花钱买。他的所有工资奖金全部上交老妈做家用，妈会再发给他一些零花钱用于抽烟之类。他从前是不抽烟的，当了右派，因为苦闷无处发泄，才把香烟当成了知己。他被发配到内蒙时，曾和老农民一起干农活，学会了用作业本之类的纸张裹烟丝抽，技术非常高明。所以，抽烟剩下的烟屁股，也不放过，让我剥出烟丝积攒多了，他就卷烟抽。

为他抽烟的事情，我和妈没少管他，总是为他身体着想，想出各种招帮他戒烟，吃瓜子、吃烤土豆片、吃巧克力、吃水果，等等，用替代法坚持长达半年之久，最后还是败给了香烟。

当他躲在洗手间里抽烟被我妈发现，他自己也觉得不好意思，因为我和妈为他戒烟付出许多大脑细胞和钞票（买其他替代品）。但他说："我此生也没有什么特别爱好，就是种点花草、抽点香烟，你们就别管我了吧。"我和妈一商量，算了，由他去，如果哪一天他的身体承受不了烟的侵蚀，他自然会停手停口。

我去云南、去古巴、去北欧，总是不忘记给他带好玩的雪茄，以至于后来我自己成了雪茄收藏者。记得送老爹雪茄时，他笑得合不拢嘴，把雪茄上面的圈状商标取下来戴在手上，说：看，这像不像一个戒指？老爹的玩心童心实际很重。

我25岁前和老爹其实有很大的矛盾，皆因他太过严厉干涉我的生活而起。我从小爱打扮，每天早上起来梳小辫，会对着镜子弄很长时间，于是挨他骂，其实在我自己还不会梳辫子之前，都是老爹亲自给我梳头，小辫子的发尾他还觉得窝进去更好看。后来我想，也许是他觉得没有再帮我梳头的机会了，才忿忿不平。我从小在艺术团跳舞，他时不时都要干涉，最记得一次给外宾演出，临出门他突然以将军把门之势对峙，说书香门第不能出戏子。我也气大，顶撞他：我们是啥子书香门第嘛，爹你现在就是一个翻砂工人撒。幸好团里事先安排了可以临时替换的一些节目，才没有造成演出事故。我考上大学，姑姑高兴得很，送我一件粉色衬衫，领子是绣了花且有蕾丝花边装饰的。老爹说不许穿，还说我姑姑资产阶级思想严重。我妈悄悄安慰我说：别理这个怪老头，估计他提前进入更年期了，衬衫好看，各人（自己）带到学校去穿哈。我的初恋，老爹也态度粗暴加以干涉，认为与高干子弟要尽少来往。我说高干子弟也不都是恃强凌弱的家伙吧。我要去美国进行学术交流，还打算顺便留下来读书学习。他听到后急了，以父女断交来要挟，说：美国好地方，但不是咱中国人的乐土。……这一桩桩一件件，最后都以我妥协而告终。其实我也是非常叛逆的家伙，之所以在老爹面前呈弱势，主要还是心疼他已遭遇右派二十年的痛苦，我们做后辈的，顺顺他，少给他添堵，也不是什么上刀山下火海的事情。这一世父女情，仅仅就是这一百年吧，没有下辈子了，永远也没有了。尤其是在老爹离世后，我每每想起这些顺从他老人家的地方，你说他是无理取闹也好，故意耍横也罢，总之我心里竟有清凉美意，像含了一叶薄荷在嘴里。

老爹晚年，我带他和老妈到处旅游，有因工作忙不能亲自作陪的，我也给二老备足资金，免去他们的后顾之忧。八十年代末和整个九十年代，二老身体尚好，游了很多地方，特别是去见他那些分别三十年甚至半个世纪的小学中学大学和社大的老同学老师长们，他诗兴大发，游一路，叹一路，写一路。

比如他到北师大和分别三十年的大学同学们团聚，这其中有把老爹整成右派又被别人整成右派的同学，老爹也一笑泯恩仇。他在《喜相逢》一首诗中写道：

　　　　恩恩怨怨各西东，
　　　　尽付重逢一笑中。

三日京华穷作乐，

几人憔悴几人疯。

八十年代末，我带二老环游全国，经过三峡抵武汉，住在老爹小学好友国屏伯伯家，老爹在环游组诗《武汉》一首中写道：

古琴台下吊钟期，

一曲高山叹欲迷。

谊越卅年方若水，

何求同地复同时。

到了南京，二老赶紧去乡下看望同属右派的将军之子日新伯伯，又和这位童年好友一起去拜望小学恩师们，并写下《南京》一首：

重逢隔世倍相亲，

坎壈何堪问此生。

歧路休嗟桃李劫，

荒枝犹自傍园丁。

在徐州，住在世杰伯伯家，两位43年才得以重聚的童年好友有说不完的话，天天在种有花草的后院叙旧。记得快到重阳节了，伯伯伯母挽留多日，但还是要分别了，老爹写下了《徐州》一首：

相见实难别亦难，

重阳美酒哽喉咽。

云山幸共人长久，

尤羡躬亲灌后园。

老爹写诗时一定离不开烟和茶，茶一般是重庆和四川的绿茶或者云南下关沱茶，烟不挑剔，啥都行，他说，反正没有真正吸进肺里面，嘴巴里面过一遍而已。我说天知道，呵呵。记得我走到哪里都给他买烟，在粤港澳给他买过一些罐装红双喜，他抽完烟，铁罐舍不得扔，都留着装喜欢的小东西。

我一直在想，经常买烟给老爹，为什么一次也没有亲自给他点过烟呢？我抚摸着这些打火机模样的香水瓶，叹了一声：人生是不是总有遗憾不可弥补？

我还必须送老爹一支"绿积架"男香，这是我收藏的第一款男香，墨绿瓶身，线条简洁流畅，宛如泰晤士河畔的古老城堡，庄重而不乏活力。它也像是一位英国绅士，有丘吉尔一样的坦荡与幽默，有卓别林般的诙谐与睿智，有贝克汉姆式的英俊与狡黠，有莎士比亚的才情与敏锐，甚至有《简爱》中罗切斯特式的高贵与成熟。

"绿积架"是 Jaguar（也翻译成捷豹）的第一款香水，二十多年来仍不改其经典品质，在传统与创新兼容并蓄的今天，它依然表现出不凡的韵味。它的前调被熏衣草、佛手柑、罗勒所围绕，随后到访的是檀木香、杉木与广藿香，这来自远古东方的檀木香一直坚守到最后，直到尾调的麝香与琥珀活跃起来，它依然飘飘洒洒地贯穿其间。

这是我最爱的一支男香，从气味、气质到外型，都超级喜欢，20 年如一日不改痴心。我把它送给老爹还有一个原因，就是瓶子上面象征力与美的飞跃着的美洲豹，很像身手矫健的老爹。老爹个子不高，但很有力量，77 岁之前没有因生病进过医院，不知道打针为何物，更别说吊滴和手术。偶染风寒咳嗽，自称是"土医生"的老妈用自己吃剩下的半瓶甘草片或者熬碗姜汤，就基本解决老爹的问题。近 80 岁的老爹，还能不歇气地爬上十层楼，腿脚十分麻利有劲。这些恐怕得益于他年轻时候的自觉锻炼。

我对熬夜不以为然，因为老爹一辈子熬夜，上午没有课的时候，他通常是早上睡觉，中午起床。他喜欢走路上下班，从家里到学校，再从学校到家里，一个来回十站路的样子，他基本不挤公车。

老爹从小游泳游得好，蛙泳姿势非常标准，他常常讲起下水救同学的故事，边讲边露出得意的笑容。那是老爹少年时期的一个夏日傍晚，他和小伙伴一起来到河边游泳。老爹和几个伙伴正在做热身运动，活动关节，老爹试着把沁凉的河水捧些在胸口、在腿肚子上拍拍，让身体适应水温。另一个小伙伴什么准备活动都不做，脱完衣服非常显摆地直接跳进河里开始游起来。但不一会，那小伙伴就叫起来：我抽筋了，救我！救我！然后一番挣扎就沉下去。岸边几个小伙伴傻眼了，他们从没有救人的经验，也从没有遇到抽筋的情况，都愣在那里了。只有老爹行动快，也喊了一声："救人，把所有衣服裤子全部打上疙瘩，接得越长越好，扔一头给我！"就一个猛子扎进河中。

因抽筋沉入河底的小伙伴在慌乱中抓到老爹伸的一只手，好似抓住了救命稻草，使出最后的力气给我老爹来个熊抱，并且死死抱住不肯放手。水下说什么也听不见，老爹心想，这样两个人都得完蛋。幸好他平时勤于锻炼，有一把子好力气。他给了那家伙下巴一拳，再拼命掰开伙伴的一只手，顺势转到他的背后，这才双脚踩着水，一只手在后面架着小伙伴，一只手划着往上浮。岸上的伙伴已经扔出打结好的衣裤，老爹抓住衣裤绑在抽筋的小伙伴腰上，红着眼睛喊了一声：拉回去！伙伴们这才一边拉，老爹一边推，终于把落水的伙伴救上岸。

老爹喘着粗气累趴在河岸上，但还断断续续指挥岸上的伙伴给抽筋的伙伴背朝上倒水，还好，过一阵，那家伙吐了好多水也缓和过来了。不过这家伙还是挨了大伙一顿拳脚：还敢嘚瑟不？害人害己的货！

后来老爹也学精了，遇到需要救溺水者，总会带点东西下水，或者毛巾，或者衣服，或者绳子，先把这些东西扔给溺水者，让他们抓住，这样他们的手才没空来抓救援者，在背后实施救援才会顺利一点。

可惜的是，好水性的老爹没有把他的特技传给我和兄长，记得在重庆北温泉他是教过我几次，可惜我游泳天赋太低，最终也只学会一口气埋头游十米，换气问题始终没有解决。

老爹当学生的时候，无论酷暑还是严寒，每天清晨起来跑步，风雨无阻。此外，他还在重庆跳伞塔跳过伞，那曾是美国空军和国民党空军

心水香，送老爹

的训练项目。所以，以敏捷的捷豹为标志的"绿积架"香水，正是老爹这种喜欢挑战自己的男性最佳的选择。

这是往事的记忆片段，串起来，也就串起我对老爹的思念，对老爹命运的嘘唏。端午快到了，这是老爹的生日，得赶紧把上面几款香水祭拜在他的灵前，让已经成了神仙的他闻到香气就来入我的梦吧。

真实信仰男香

绿积架男香

zippo 打火机香水

　　"真实信仰"男香，30 岁以前的男士别碰它，它是成熟男士的香水，对于稳重、坚定、自律的男士尤其合适。

　　"Zippo 打火机"男香，只要喜欢烟草味和打火机外型的男女都可一试。如果对上述不感兴趣者，那就请远离吧。

　　"绿积架"男香属于大叔级香水，它更适合优秀的 40 岁以上的男士们，各个季节都适合。

我那并不完美的故乡和亲人

奶奶一生喜欢桂花香，那就让浪凡"光韵"的西西里柠檬叶、绿色紫丁香、绿茶叶、紫藤、桃花、红牡丹、黎巴嫩白雪松、麝香和龙涎香，一起拥着饱满柔润的中国桂花，与奶奶签个万年之约吧。

友人问我：你有乡愁吗？我没有立即作答。我也问我自己：我有乡愁吗？我会有乡愁吗？

故乡对童年时的我来说简直是噩梦和灾难。家里有个曾被游街戴高帽子的右派老爹，我看着他受难，不但帮不了他，还要和全家三代一起跟着受牵连。家隔壁有个市管会（相当于现在的城管部门），天天都传出来进城做小生意的农民的哭号声，他们被市管会的人打得钻出窗户，站在只有一人宽的二楼飘台上哭叫着要往下跳。那情景，让小小的我有变成孙悟空的冲动，我想去解救那些可怜的人们，就像孙悟空解救他的师傅唐僧一样。尽管我和那些衣衫褴褛的农民们素不相识。

没有能力制止这帮人，更没有能力解救我的老爹。唯有远离。以至于我从小就有离开家乡的念头。那时并不明白哪里都有黑暗哪里也都有光明。童年的心中，远方代表的只是梦想。

昨天吃饭的时候，我的大牙被小米饭里的一颗石头粒给硌了，酸疼之间，我的脑海里竟然浮现出我从来都不喜欢、也不喜欢我的奶奶的形象（我们重庆人把奶奶叫做婆婆，但为了不引起歧义，这里我还是用大家都明白的"奶奶"二字）。我定定神，却又恍惚起来，头脑中的画面确实是奶奶，她在实木的暗红色的八仙桌前坐着，用手梳理着一桌子的大米粒，旁边是被她挑出来的石头粒、稗子、未脱壳的稻粒等等，已经被她幽默地堆成了一条二饼三万型（典型麻将迷），那个时候的大米里面杂质很多。但因为奶奶有这个雷打不变的习惯，我和家里人好像从未被石头粒给硌过牙。

想想看，作为一个作家，我竟然没有一篇文章是专门写奶奶的，之前我也从未对此惭愧过。对于那些作品中常提及慈祥的奶奶的作家们，我只有羡慕的份。

至今我也想不起我的奶奶何时对我有过丝毫温柔的爱意，我也记不得她温暖的怀抱何时为我敞开过。懒得理睬我，已经算是她给我的最高礼遇了。我唯一记得起的就是我和她理论时她对我的嘲笑："又嘴尖牙利了呀？昨天你妈妈还在修理你，你又搞忘了吗？"一副幸灾乐祸的样子。

我曾经以为奶奶不喜欢我的原因是重男轻女，也抗议过：为啥你自己被看低过，当了长辈又来看低其他女子？！没有答案。她不屑给我答案。但我又搞不懂为啥奶奶喜欢姑姑和姑姑家的大表姐。直到最近这一两年和大表姐摆起龙门阵，才知道，奶奶不喜欢我的原因，竟然一大部分是因为我的嘴巴太厉害，我不但从未顺着她说过什么甜蜜的话，还常常找二十句道理把她的一句话给顶撞回去。爹妈也为此常常教训我，说不过我就动用武力，我脑门上挨过老爹多少筷子头怕是数也数不过来。老妈倒是不怎么打人，但挨她骂是免不了的。

其实我顶撞大人们从来也没有用过一句脏话，只是我的歪理比较多。比如老爹不让我看某部电影，说耽误学习之类，我就会找出二十个理由来说服他我必须去看，比如寓教于乐，比如了解各地风俗人情。在还得不到同意时，我就会来硬的，趁他不注意，洋洋洒洒写封长信放在写字台上，就悄悄溜掉。回来之后迎接我的无非是脑门上的一记筷子头。往往这时我斜眼偷看奶奶，总会看到她一副得意的样子。我就会来上一句："打嘛打嘛，打成傻瓜了还得由你们来照顾哈。"

那个时候我误认为爹妈也不怎么喜欢我，所以远离家乡的愿望逐年强烈。大学毕业时，重庆有几个分配名额，我作为重庆人，如果填了留在重庆的志愿，肯定会有我的份。但我偏偏不填，戴着大红花真的远走

我那并不完美的故乡和亲人

他乡。

其实，我们中国的老一辈父母及长辈对晚辈的爱都在心里，而嘴上却大都长着刀子，行动上也信奉"棍棒下面出孝子"。等我真正明白这一点的时候，故乡于我已确确实实在千里之外了。

后来我也知道了，爹妈为我的远离很是担心，辗转了多少夜晚，流下了多少眼泪，只有他们自己才知道。老爹对我的远离很是生气，一年不看我写回的信，但心里又巴望着我老妈给他多透露一点关于我的消息。待一年后我回家探亲，原本咬牙切齿说不会理睬我的老爹，马上又笑逐颜开了。甚至还无比张扬地把我带回来的礼物拿去送人，其实就是显摆女儿的孝心，不离口的话就是：女儿带回来的。

我从小口齿伶俐，亲戚和邻居们都说我可以去当演讲家或者律师什么的。文工团来招考，首先也是看到我善于讲故事的特长。可惜长大了，这特长又消失了，我的嘴巴竟然变得笨拙起来。

现在，我突然觉得自己很讨厌，开始同情起奶奶和老爹老妈来。是啊，最近在街上见到那些和爹妈顶撞的小破孩，我都恨不得上去给他们一巴掌，哈哈，活该我当时奶奶不疼爹妈不爱。

我在重新反省我自己的同时，也重新审视我的奶奶。

听家里人说，奶奶是家境富足人家的大小姐，读过私塾，和爷爷竟然是冲破旧式家庭的束缚自由恋爱结婚的。嫁给爷爷之后，备受爷爷宠爱。解放前，奶奶过着滑竿（轿子）去滑竿来的生活，除了喜欢打麻将，就是热心到处帮亲戚邻居解决各种困难，有点像现在的居委会主任。爷爷既要上班又要回家做饭，每顿晚餐，爷爷都要给奶奶倒上一杯白酒，有时是奶奶特别喜欢的桂花酒，他自己不喝，专给奶奶喝。每月 20 块大洋还要心甘情愿地上缴给奶奶掌管。他们从来不吵架，奶奶的妩媚和温存只给爷爷。可见奶奶是个不简单的女人，至少把家庭经营得很成功，也玩转了朋友圈，在亲戚朋友们面前享受着很高的礼遇。

我出生的时候，家里已经不大像个样子了，这是因为老爹的右派问题不但还没有平反，"文革"中又增添了莫须有的罪名所致。奶奶穿着补丁衣服，头发仍旧梳成油光水滑的发髻（没钱买头油，无非是抹的水，或者偷偷抹点食用的菜油也未可知）。妈妈到处找人要酒票，也要给奶奶每周打上二两老白干。麻将是不能再打了，那是资产阶级的玩意儿，奶奶就把时间寄托在中午和晚上的伙食上，从那些杂质很多的大米、苞谷、小米中仔细挑出石头粒、稗子、未脱壳的稻粒，这是她喜欢的工作之一，既是对家人的默默关怀，也能打发寂寞的日子。我现在猜想，她把挑出来的石头粒、稗子、未脱壳的稻粒码成饼条万，可能也是在怀想她的青春和爷爷对她的宠爱吧。爷爷比她早走二十年，作为一大家子的经济支柱，为了挣那比当时大学校长还多的二十块大洋，他过早地耗尽了健康。

除此之外，奶奶钟情于文字少而精的连环画，我当时以为这是她认字不多的原因，后来才知道是因为丈夫离世和儿子被打成右派，她悄悄哭坏了眼睛，看太多的文字比较费眼力。爹妈给我买的连环画，和我从学校、艺术团或者同学、团友、邻居那里借来的连环画，都会入她眼。这个我是舍得的，是我好表现的性格使然。因为奶奶看连环画有个特点，她喜欢一个字一个字把那连环画旁边的文字读出来，我可以趁机纠正她读错的字，遇到她不认识的字，我还可以当她老师教她。对于我的这一点好为人师的小得意、小伎俩，奶奶倒是从未发过火，这个时候她倒是像个虚心好学的好学生，对我"哦"一声，然后按照我纠正和教她的读法重新读一次。她的记忆力特别好，我纠正过一次的字，她绝对不会再错，也不知道是不是在和我暗中较劲。

不过后来听大表姐说，奶奶有些字其实是认识的，为了加强我的记忆和稳固我的知识，她故意而为。她对大表姐说："呵呵，以为我不认识，其实我是专门要让那小家伙多念几遍生僻的字。"奶奶倒还是蛮有心计。

奶奶的晚年总是有亲戚朋友宴请她，那些七大姑八大姨（有好些并没亲属关系），常常会接她去他们家里玩上一段时间，完全不顾及我老爹还是右派的身份，这是由于奶奶年轻的时候帮助过不少人，大有为亲戚朋友们两肋插刀的气概，他们感恩奶奶。比如为给一个亲戚的母亲治病，奶奶竟然拿家里的一栋小洋楼相赠。爷爷居然也毫无异议。可能是歪打正着吧，因为这送出去的小洋楼和其他一些资产，解放后爷爷奶奶逃过被定为资本家的厄运。

我突然想，我身上的那些优缺点，比如热心助人、仗义执言，比如爱听表扬、好面子，还比如好两口小酒、好去澳门赌场小玩两把，是否都有奶奶的影子？血缘、基因这东西真的好神奇。

我打电话给友人说：今夜，我有了乡愁，浓浓的，像我呼出来的久久不能散去的雪茄烟雾。我的乡愁，就是对并不完美的故乡和并不完美的亲人依旧思念，依旧热爱。这思念、这热爱中有隐隐的疼痛，淡淡的忧伤，浓浓的渴望，浅浅的欣慰，还有对自己反复的自省。

明天我要回故乡去看看，去饱吸一顿母亲河——嘉陵江上的水雾，到奶奶的墓前叩三个响头，因为我有满腹的乡愁需要消解。

对了，我除了要给奶奶送一瓶桂花酒，还要给她送一瓶桂花头油和一瓶浪凡的"光韵"香水。她一生喜欢桂花香，那就让"浪凡光韵"的西西里柠檬叶、绿色紫丁香、绿茶叶、紫藤、桃花、红牡丹、黎巴嫩白雪松、麝香和龙涎香，一起拥着饱满柔润的中国桂花，与奶奶签个万年之约。希望奶奶在桂花香中安息，在桂花香中和爷爷再牵手漫游天庭吧。

如果您出门前还拿不定主意喷什么香水，那就选浪凡"光韵"女香吧，它令人愉快的花果香，会带来清甜温暖的亲切感。什么年龄、场合、性格都不用去管它。

以"光韵"为首的浪凡部分香水

虎子爷

看见这款迪赛尔"勇者无畏"狂野版男香，我总是情不自禁地想起虎子爷。

这款辛辣木质调的香水，前调是柠檬草、葡萄柚和胡椒，当酸甜和微辣的气息和谐地出场又散去之后，是老鹳草、肉豆蔻、熏衣草和香豆素的山野清香握住了接力棒，最后上场的是雪松、香根草、橡木苔和椰子弥坚不摧的厚实之香气。

　　看见这款迪赛尔"勇者无畏"狂野版男香，我总是情不自禁地想起虎子爷。虽然虎子爷一辈子不知道香水为何物，更别说用过香水；虽然虎子爷的右手指头已经残缺不全，无法握成这样强劲有力的拳头，但我仍旧觉得这是虎子爷的拳头，是那些为了抗击日本鬼子牺牲了生命和奉献了青春与健康的老兵们的铁拳！

　　这款辛辣木质调的香水，前调是柠檬草、葡萄柚和胡椒，当酸甜和微辣的气息和谐地出场又散去之后，是老鹳草、肉豆蔻、熏衣草和香豆素的山野清香握住了接力棒，最后上场的是雪松、香根草、橡木苔和椰子弥坚不摧的厚实之香气。这里面好多花草虎子爷估计都没听说过，但老鹳草他非常熟悉，因为这是我们中国土生土长却风靡欧美的香草，而且他经常用它治疗自己和亲朋的风湿腿疼。

　　每每想起虎子爷，他老人家那些生动的画面就在我眼前浮现出来，一下把我拖回到过去那些依然色彩斑斓的时光里面。

　　"哈哈哈哈哈，老子又活过来了！"

　　这是虎子爷每天清晨醒过来吼出的第一句话，它底气十足地朝天花板喷射去，把懒洋洋打着盹的空气也惊得赶紧来个立正。

　　"晚两个钟头吼这一嗓子行不行啦，虎子爷？"和他睡一炕的大学生小林把被子拉来蒙住了头，他知道现在才是早上 5 点钟呢。

"晚两个钟头？晚两个钟头你娃娃早就掉队了，现在部队正急行军呢，你要落在小日本鬼子的手里那就惨了！小日本鬼子坏球得很！"虎子爷用左手敲敲炕沿。

大学生小林是虎子爷家的租房客，他知道虎子爷又在回忆打日本那会儿的事情，就乖乖闭嘴不吭声了。

虎子爷是我在山西的一个远房亲戚，大名王老虎。

虎子爷从炕头上坐起来，披了棉衣，此时是农历二月天，山西还很冷。他用左手把炕头的保温杯拧开，喝了一口水，再用左手点上一根香烟，猛吸了一口，慢慢吐出，眯缝着眼睛，看烟气和空气搅在了一起，然后小声自语道："又到二月十二了，小舅啊，你是这一天走的吧？一走就走了 70 年了？你只活了 23 岁，我却成了老不死了！"他又深吸了一口烟，然后把剩下的大半支掐灭了火。

好些人不理解虎子爷为何总是每次只抽半支烟，虎子爷一瞪眼："要抽多少才够？吸两口过下瘾就算了呗。当年在打小鬼子的时候，一支烟一个班的兄弟轮着抽呢。"原来是战争年代养成的节约习惯。

此时是 2010 年，虎子爷正好 87 周岁。虽然缺了些牙，右手残疾，但他腰不弯，腿不抖，依然声如洪钟。

虎子爷没什么文化，连自己的名字都写得七零八落，"王"和"老"基本写得没错，可就是这个"虎"，他经常把中间的"七"写丢。人们取笑他：这"七"丢了，等于老虎没心了。他竟然还得意洋洋地说："我王老虎就是没心没肺才活这么大岁数的哟。"

虎子爷是 1923 年生人，这一年，国际国内也发生了好多大事，比如年初，孙中山夺回广州，发表和平统一宣言；京汉铁路工人大罢工；法国、比利时联军占领德国鲁尔地区。年中，山东临城发生惊动中外的火车大劫案；日军枪杀长沙市民，酿成"六一惨案"；"三大"正式确立国共合作方针；紫禁城发生大火；英国提议国际共管中国；中国自行设计生产第一架飞机。年末，日本关东大地震；张作霖创办的东北大学正式开学；中国共产党在上海召开第三届一中全会。

而这些，貌似和虎子爷出生的那个小村子都关系不很大。他的爹妈和村子里那些农民们一样，只能一锄头一锄头在地里刨食讨生活。这是在漫长时间里中国农民的生活现状。

到了1938年，虎子爷15岁了，可由于长得牛高马大的，经常被当着成年人看。家里的男丁已经被国民党抓壮丁抓得差不多了，老爹老娘把虎子爷藏在地窖里，第二天夜里老娘来给他送吃的，说他小舅舅也被抓了。这小舅舅只比他大6岁，和他最要好。21岁的舅舅此时已经成亲，其媳妇正怀孕呢。虎子爷第三天自己跑出地窖去报了名当了兵，他想和小舅舅在一起。回来还交给爹娘两块大洋，并得意地说："发现了被抓去要挨军棍，自己主动去，还给发补贴。"娘一只手紧紧捏住虎子爷的胳膊，一只手捏着这两块大洋，流着眼泪说："虎子，可你还是个孩子呀。"

虎子爷辩解："我已经长大了。"

他和小舅两个人在新兵集训队里面训练了两个月，就被编入傅作义的35军。

傅作义将军是力主抗日的，1940年春，日军从各地抽调三万多人、汽车千余辆，由黑田重德指挥，大肆向绥西河套地区进犯，狂言要"膺惩傅作义"，并侵占了五原。傅作义在3月20日即农历二月十二这天夜里，率部队对盘踞五原之敌发起猛攻。战斗持续两昼夜，双方都损失惨重，小日本那边，中将水川一夫被击毙，少佐大桥等300多名日军命丧黄泉，桑原为首的特务机关也被全歼。而傅作义的部队也遭重创，有的营、连、排伤亡过半。之前连续5个多月的奇袭包头、会战绥西，到这一仗收复五原，终于以大捷告终。五原的胜利开创了国民党战区收复失地之先例，名声大振。

虎子爷和小舅也参与了这三场战事，最后这一仗，小舅用手榴弹炸飞了一群小鬼子，正在高兴时，自己也中弹多处，牺牲时拳头紧握，眼睛还大大地睁着。虎子爷亲自把小舅的眼睛合上，他瞪着自己的血红眼睛，端起手中的步枪就瞄准小鬼子，一二三并放倒了三个。他大声地对身后牺牲的小舅吼道："舅啊，我给你报仇了！"

可这时，又有几个小鬼子从他的右边冲上来，有一枪穿过虎子爷的右手虎口，又打穿枪托，直直地飞进他的左肩膀里，距离心脏不远。

他在医院养了三个月，取出了子弹，可右手落下残疾，打不了枪了。部队发了几个大洋让他回乡，于是他就回了老家。比他大 5 岁的小舅妈此时已经生下了小舅的遗腹子，虎子爷的老娘已把弟媳妇接回自己家里住，兵荒马乱的，大家相互有个照应。

虎子爷虽然只在部队呆了两年多，但经历了生死大事；虽然还不到 17 岁，却以左撇子的姿势成为家中的栋梁。在照顾小舅妈和表弟的日子中，慢慢和小舅妈产生了感情，他在心中立下誓言：非小舅妈不娶，他这一辈子注定是要替先去的小舅舅照顾其家人的。

20 岁时，他征得开明的老爹老娘的同意，娶了自己的舅妈，他这一辈子没有自己的亲生孩子，只把表弟视如己出。表弟也很孝顺，对这个表兄爹很是在乎。

傅作义将军后来和平起义成为共产党的人，虎子爷心想，要是一直留在将军的部队该多好。由于在战乱中丢失了自己的所有证件，所以当他讲起打小日本的事情时，除了家人相信，其他后辈乡邻大多认为他吹牛。后来经历各种运动，他对自己的过往便只字不提。

2006 年左右，有一些民间机构来调查他当年打小日本的事情，他一五一十说了。直到 2010 年的春节，有民间志愿者来慰问他，说："您是国民党老兵，打过日本鬼子，您是我们的光荣和骄傲！"虎子爷鼻子一酸，眼泪在眼眶里打转，他抽泣着问："那像我牺牲的小舅舅呢？算烈士不？"

志愿者说："爷爷，您放心，我们正在争取，希望您健健康康活着看到这一天。"

虎子爷住的这个院子由于城市向农村扩张，已经成了城中村，老伴去世几年了，只有表弟和表弟媳陪他，表弟的儿子已经结婚了，不和他们住。家里还有空房，虎子爷就出租给大学生们住，因为他这里比学校住宿交的钱还少，也不吹熄灯号。他身体算是硬朗，花销不多，不缺这两个租房子的钱，主要喜欢和有文化的年轻人在一起。大学生们就经常不住自己租的屋子，嫌床上电褥子上火，喜欢跑来和虎子爷一个炕头睡。

虎子爷常和大学生们打闹在一起，大学生们偶尔也没大没小直呼他"虎子"，这样叫他他还特别高兴，他说小时候老爹老娘就是这样叫他的。

"我这一辈子，有爹妈疼爱，和自己想过日子的女人一起过生活，还打过小日本，值了！"虎子爷经常这样对人说。

2011年，虎子爷位于城中村的老院子拆迁了，新房子拿到手，他住进去第16天，一大早家人没听到他每天必有的吼声，去房间看他，发现他已经在睡梦中离世，身上穿着志愿者送给他的写有"抗日老兵万岁"字样的外套，身旁还有吸剩下的半支香烟。

好些个曾经租住过虎子爷家的大学生，此时已经毕业工作了的、或者在校的，都自愿来送他们的虎子爷最后一程。大家纷纷议论，虎子爷为这个家真正操心到最后。因为如果早走一个月，被注销了户口，拆迁房就少拿一套。晚走一个月，就给后辈多留一套房子。这下他去和他小舅相会就更有脸面了。

其实房子不大，两房一厅也就五六十平方米。况且，我们这几十年来对抗日老兵的亏欠不是这一套房子就可以补回来的。

现在我每当想起虎子爷，仿佛就真的听到他每个清晨声如洪钟的一嗓子："哈哈哈哈哈，老子又活过来了！"

我想，再去祭拜虎子爷时，我一定要在他老人家灵前呈上这瓶外形是拳头的香水。他和那些老兵配得上这香水的名字：勇者无畏！

"勇者无畏"新颖的外型
可以作为收藏。其中材质老鹳
草，是咱们中国土生土长的香
料，各个年龄段的男士都值得
拥有。女汉子们偶尔喷喷，也
非常有个性。

勇者无畏

旺火

全新的"一生之火"香水给予人们尤其是女性温暖、甜蜜、喜悦的感觉，它的前调是保加利亚玫瑰香与胡荽叶的叶绿香，温暖厚重而沁人心脾；中调以四川胡椒与金黄日本百合为支撑，那浓郁的独特香味，展现出强烈的自我风格；尾调为甜美诱人的乳白琥珀与愈疮木香，以突破自我却有底线的个性，展示出现代都市女性积极进取、充满活力与希望的风采。

2015 年的除夕与春节，我是在内蒙乌兰察布度过的，因为那里是我老爹曾经的被发配之地。这之前一个月，我突然被"旺火"这个词重重敲击着。在我童年的时候，老爹就曾经给我描述过"旺火"的情景，但我当时却并没上心。多年以后，当老爹越走越远，我才强烈地感受到这个词的分量。于是，我来了，这也是我第二次来此祭拜老爹。上一次来，已经是十年之前。

我常想，面对父辈的苦难，除了在他们生前多给一些安慰温暖，在他们离世后用心祭奠，我们到底还能做些什么？

动身前，我在我的香水柜前徘徊，考虑该带一瓶什么香水出这趟远门，我是一个嗜香成迷之人。当我的目光在上千瓶香水中来回扫荡，然后落在"一生之火"上，我决定就带它了。

在时装界，三宅一生（Issey Miyake）的大名如雷贯耳。唐代时，我国曾经引领时尚界。但近代与现代，尤其是近百年来，我们已经习惯聆听来自巴黎、米兰、纽约的流行信息，借以指引我们的潮流方向。因为欧美时尚设计大师基于数百年来的文化底蕴，确已奠定了他们在世界时装界的领导地位。然而，日本设计师三宅一生的脱颖而出，一举打破了"潮流看西方"的铁板观念，这就尤其难能可贵。艺术无国界，尽管我是那么痛恨小日本倡导的军国主义。

女性时装一直是三宅一生的设计重点,从中也显示出他天才的想象力。在二十世纪九十年代,他开始涉足女性的其他领域。1994 年他以无穷尽的创造力出品的著名香水"一生之水"(L'Eau D'Issey),在当年的香水奥斯卡(Fragrance Oscars)盛会上,就一举夺得女用香水最佳包装奖。此外,它还分别在纽约和巴黎等地获各类奖项。

就是这个善于运用水样的清新、柔和、流动的设计师,后来却推出一款与原来风格截然相反的香水——"一生之火"(Le Feu D'Issey)。它的意念与外型皆源于熊熊燃烧的"火",他认为新世纪是一个富有朝气与生机的时代,故用火来表达一种开朗、不羁、自由而充满动感的理念,以乐观主义观点取代世纪末的悲观论调。没有人工雕琢的痕迹,超越了时间与潮流的局限,有着永恒的时尚性。这与他的服装设计理念完全吻合:注重线条的圆滑性,追求简单的结构,但简单得有个性,独特而新颖,具有强烈的个人风格。

全新的"一生之火"香氛给予人们尤其是女性温暖、甜蜜、喜悦的感觉,它的前调是保加利亚玫瑰香与胡荽叶的叶绿香,温暖厚重而沁人心脾;中调以四川胡椒与金黄日本百合为支撑,那浓郁的独特香味,展现出强烈的自我风格;尾调为甜美诱人的乳白琥珀与愈疮木香,以突破自我却有底线的个性,展示出现代都市女性积极进取、充满活力与希望的风采。

"一生之火"蕴涵着东方女性特有的典雅、高贵的淑女气质,同时,又与目前香水时尚的自然主义风格相吻合,散发着属于大自然的绿色香调,予人以全新的嗅觉刺激。

"一生之火"的瓶身设计也大为考究,它出自设计大师 Gwenael Nicolas 之手。Gwenael Nicolas 在东京与三宅一生密切合作,用了两年多的时间,终于巧妙地塑造出一圆球体的瓶身,以橙红色为主色调,瓶身中间以黄色为光环,向上下两个瓶口晕开,宛如一个正在形成宇宙生命的球体,绽放出无比的热情,让人感到既有充满活力的干劲,又有轻松自在的气息。三宅一生的香水从早期的晶莹剔透、清淡雅致的"一生之水",到后来的浓郁热烈、色彩耀眼的"一生之火",正是传达的这

旺火

105

种信息，因为二十一世纪是一段充满知识性与感情洋溢的时期。

把"一生之火"握在掌心中，我甚至感到它的火焰律动，已经通过我的胳膊传达到我的心脏。我同时感到，老爹说的"旺火"，已经和我有了共鸣。

大年三十下午，在亲人的陪同下，我来到集宁一中旧部，学校名称已经改为乌兰察布实验中学，校舍也已经焕然一新，只剩下几棵老杨树、几棵老芨芨草和一间年份久远的老屋，在雕刻着旧时光。我如获至宝，凝视、抚摸、心中对话，我想，此时老爹就在我的不远处对我微笑。我情不自禁流下了眼泪，感伤，而又欣慰。感伤，是因为老爹和我已经在两个不同的世界；欣慰，是因为我此时的足迹已经和老爹曾经的脚印重叠。冬季的寒风虽在肆虐，我却感到脚下有了暖洋洋的气息。杨树、芨芨草、老屋，处处闪现着老爹曾经的目光，它们在温暖着我。

十年前第一次来，很幸运与一直关照老爹的门卫李大爷相遇。当时85岁的李大爷早已经退休在家颐养天年，但身板还硬朗着。我去的那日，正逢老干部活动，大家集中在学校大门口等车前往某地参观。大爷听我提起他和婶子经常拉我老爹去家里，婶子常炒一碗喷香的土豆泥给我老爹充饥的往事，腼腆地笑着，似乎觉得这样的小事不该我这么牢记着。我告诉他，他们老哥们的友情一直感染着我们这些晚辈，我祝他和全家好人一生平安。

这一次来，因为是春节期间，家家户户都忙着过年，所以我不想打扰当地的任何朋友，面对校门口堆放得高高齐齐并绕了彩带的旺火，我默默在心里祝福：祝愿善良的人们日子越过越旺。祝愿我们每个人心中的理想之火越烧越旺。

当年老爹一腔热血弃官从文，去北师大学习，想成为新中国的文教家，像他的老师钟敬文先生、启功先生那样，把自己的一生投入到教育事业中。不曾想某些人为达到自己留校或者其他目的，借反右运动把自己的眼中钉都拔掉，成绩优异的老爹就这样作为某些人的眼中钉、假想敌，被拔掉，被扣上莫须有的罪名，被打入另册，被发配边疆。但乐观的老爹意志没有垮掉，尽管连教书的资格都没有，只把他分配去学校农场跟老农白大爷学种菜，他也积极认真去干，把白大爷当老师，把农场当另一个课堂。他说当时正值灾荒年，能为学校师生多种一把菜一把米，也是有益的。他饱满的精神在他那段时间写的一批小诗中可见一斑。

1960年7月，由于当时塞上种秋菜实属创举，老爹在一首名为《秋菜》的诗中这样写道：

操场窗下大路边，
见缝插针化园田，
卷地金风扇翠叶，
回天铁汉掘玉泉。
师生争先人人种，
菜蔬恐后倍倍翻，
旋乾转坤赖群力，
上阵就打歼灭战。

尽管遭遇了人生的重创，但胸中理想之火不灭，这是老爹时刻坚守的原则。他曾经告诉我，由于当时路途遥远，经济窘迫，四个春节都无法回到重庆与家人团聚，但他和几个与他有同样遭遇的老师一起，在除夕和元宵，都围着校门口那堆旺火，不断地相互打气。还有门卫李大爷和婶子，还有蒙古族教师赛基日夫，还有一些善良的人们，都把关心像旺火一样送来，把老爹他们烤得暖暖的。

这热腾腾的旺火真好，真个是旺火冲天。

旺火的习俗，在晋察冀一带从古至今都一直流行，这大概来源于对火神的崇拜与图腾。除夕和元宵之夜，家家户户都在门口垒砌各种塔型煤堆柴堆，午夜十二点，点燃旺火，开始祭祖、驱邪、祈祷来年日子更旺。

如今，随着环保理念的深入，有的城市已经试行了禁火令，推出了电子型旺火。有的城市鼓励市民一个小区只搭建一个旺火，而且不要一味比高度。

旺
火

推广环保又兼顾传统习俗，这是现代人生活中遇到的课题。

其实，在俄罗斯也有类似的旺火习俗。那是在 12 月 24 日至 1 月 6 日的圣诞节节期中，人们特别是乡下的农民们要吃凯撒乳猪以求六畜兴旺。夜里还要举行祖先烤火仪式，在零下几十度的雪地上，家家户户都燃起劈柴和麻秆碎屑，大人小孩或跨越火堆，或默默祈祷，请已故的亲人来烤火。传说火堆的燃烧也有驱除恶魔的作用。记得我也曾入乡随俗，某年圣诞节期在西伯利亚流浪，就曾请已作古的爷爷、奶奶、外公、外婆来烤火。

广州虽没有旺火习俗，但绝对不缺与祖先们沟通的方式。崇天敬地，不忘来路，只要心中有团火，这个世界就有温暖。

这是一款适合秋冬的香水。个性鲜明、率真积极、活力无限的女士，更能与这款香水合拍。而腼腆羞涩、安静沉默的女子偶尔使用一下，也可达到互补的效果。

"一生之火"与它的粉红版

我是贝尔塔

每当我在闲暇时轻轻嗅着"白玫瑰"香水沁人心脾的芳香时，我的脑海时常会出现那欢腾的一幕：年轻美丽的罗马尼亚姑娘们头戴白蔷薇编织的花环，和小伙子们载歌载舞，这是人们纪念民族英雄斯特凡大公诞生四百周年的庆祝狂欢会，同样年轻的奇普里安·波隆贝斯库忘情地拉着小提琴，听到琴声的人都拥有了力量，有的热泪盈眶，有的泪湿衣襟。

一

我的书桌上总会有一瓶香水占据一席之地，它就是"芝恩布莎"的"白玫瑰"。它的瓶子并不豪华，只是一个七边型的透明玻璃瓶，瓶上的雕花自然随意，但这"白玫瑰"在我心中却有着沉甸甸的分量。

任何香水不会是一种花香，更不是前调、中调、尾调三种花香，它是一些香味接踵而至的复合感觉，也许是由多种花、果、木、动物香以及人工香料带来的新的香味。这神奇的气味，只有爱香水的人才能体会到并懂它。"热爱"能激发潜能。

这"白玫瑰"之香，混合了香桃、天竺葵、檀香木、铃兰、鸢尾花、肉桂、麝香、香草等香气，让我想起春天的罗马尼亚，那个以白蔷薇作为国花的东南欧国度。

蔷薇属的灌木植物在汉语中分为三类：月季、蔷薇和玫瑰。花朵大的叫月季，小朵的称为蔷薇，可提炼香精的则叫玫瑰。而英语把它们都称为 Rose（玫瑰）。这蔷薇属有 200 多种，中国产 91 种。我不知道作为罗马尼亚国花的白蔷薇是哪一种，但芳香浓郁、花姿典雅的白蔷薇，是因为象征着幸福、纯洁、真诚而被罗马尼亚人民所钟爱。

每当我轻轻嗅着"白玫瑰"香水沁人心脾的芳香时，我的脑海时常会出现那欢腾的一幕：年轻美丽的罗马尼亚姑娘们头戴白蔷薇编织的花环，和小伙子们载歌载舞，这是人们纪念民族英雄斯特凡大公诞生四百周年的庆祝狂欢会，同样年轻的奇普里安·波隆贝斯库忘情地拉着小提琴，听到琴声的人都拥有了力量，有的热泪盈眶，有的泪湿衣襟。演奏完了，他自己也激动地说："我为全达吉亚人（罗马尼亚民族的祖先）演奏了。我死也瞑目了。"

一个民间老艺人穿过人群，走到奇普里安·波隆贝斯库面前，送给他一把自己珍藏多年的名贵小提琴，告诉他："你的琴声拨动了我的心弦，我要把这把琴送给你，只有你才能用它演奏我们民族的霍拉舞曲和多依娜！"

这是罗马尼亚电影《奇普里安·波隆贝斯库》中的一个桥段，它几十年如一日地清晰地刻在我的脑海。

二

为什么我的名字中有两个三点水的字——"莎莎"，除了隐喻环抱我出生地的嘉陵江和长江之外，或许真的再隐喻了一个黑海，一个爱琴海。我常常这样想。

爱琴海的故事留到以后再说，而黑海，就是永远年轻的奇普里安·波隆贝斯库的家乡。我的心中常常感受到黑海的波涛在汹涌。黑海，英文叫 Black Sea，俄语叫 Черное Море，她并不是世界上海水和沙滩最美丽的海，但她属于我的心灵，是我永远也放不下的地方。我知道，我这一生总会有这样的时日来到它的身边，身体被它黑黑的手抚摸，就像奇普里安的琴声抚慰我的心灵一样。

罗马尼亚和摩尔多瓦都位于黑海的西岸。著名的多瑙河就是在罗马尼亚境内注入黑海的。黑海的海水不是天生就黑，它的水中约 60% 的氮磷化物正是拜多瑙河所赐。多瑙河沿岸六个国家的污染物已经让多瑙河不再是蓝色的，人类都是这样，在生态方面几乎都不会有提前量的防御，总是污染了再来治理。如果多瑙河哪一天恢复其"蓝色"魅力，黑海也

不会那么"黑"了。但不管黑海是什么颜色，它在我心中永远有很重的地位。

我期盼自己走在黑海边的日子，我更期盼自己走在离黑海并不遥远的那座位于南喀尔巴阡山北麓的中世纪古城——布拉索夫（Brasov）。是的，古城区的绳索街（Rope Street）吸引我，因为它是欧洲最狭窄的街道之一，街宽约1.3米，一人行走尚有富裕，两个稍微胖点的人迎面相遇，必得侧身相让，方能互不擦撞；街长不足百米，因有些弯曲，此端望不见彼端，每个人行走其中，都会听到隐约传来的微弱的脚步声，不免揣想远处的来者是何样的人。而我，会在这条街上踩着奇普里安的脚印慢慢踱步，因为他曾在这个城市教学和生活，常行走于此，我更期望在道路的蜿蜒处和我心中的奇普里安不期而遇……

我还要去看看那座闻名全世界的古建筑"黑色教堂"，这座建于1383年的特兰西瓦尼亚地区的最大天主教堂，1689年被焚毁，石墙被烟熏黑。重建后，外墙仍呈黑色。这座哥特式教堂内藏有一批古代东方壁毯和建于十九世纪下半叶的大型管风琴，由4000个管和76个键盘组成。这架管风琴至今仍飞出美妙音符。我相信，酷爱音乐的奇普里安，一定用他纤长的手指弹奏过这管风琴，那些音符今天仍旧散落在布拉索夫的天空下，或许一个不经意，它们就像蝴蝶一样飞落到我的睫毛上，并会有一段熟悉的旋律涌来。

布拉索夫因其优越的地理位置而被人冠以"国王的王冠"的盛誉。这里同时也是音乐之城，每个周末都会有管风琴音乐会，人们可以领略到那架古老管风琴独特的音律。多项国际性的音乐比赛也给这个地方营造出浓浓的艺术氛围。这个氛围中也有奇普里安的贡献。我深信，这位乐神，就是这座城市的守护神。

我是贪心的，我还要去博物馆，因为我知道奇普里安的作曲手稿就保存在那里。我手写我心，我手写我思。那是奇普里安不灭的灵魂凝固的方式。

奇普里安·波隆贝斯库和他的音乐，是我精神世界中至高无上的初恋。

三

自记事起，我就常听老妈训斥我："穷人家生了个富贵命！"

我出生的时候，家里确实穷，虽然那个计划经济时代，没商品，没钱，有的是各种票证，大家都穷，但我家更甚。因为老爹被打成右派，被发配到内蒙后，三年大饥荒后又被精简回重庆成了无业游民。老爹——一个在新中国成立前冒着杀头危险为了进步事业努力工作的人，和江姐、陈然这些大名鼎鼎的革命者一起，为《挺进报》工作过的地下工作者，在新中国成立后，本以为可以在北京师范大学好好学习，学成后为祖国的教育事业贡献力量，却被无情棒打入另册。老妈选择爱情的结果也是事业大滑坡，从高层一路贬入底层。两个大人一肚子的怨气在外面无从发泄，只好拿自己的孩子——我和兄长开刀：我老爹修理我哥，我妈除了修理我老爹，便是修理我。

我的举止似乎确实有点过份"富贵"，老妈借来的为我交学费的四元钱，我慷慨交给同学保管，结果连同她自己的那四元钱一起被她弄丢了；老妈献血补贴的一点糖果，我大方地撒给邻居小伙伴全吃掉，糖果没了，不甘心的我和兄长，还把一罐酵母片也拿来给大家分吃了……

为此，多年后我还写过一首小诗纪念这段日子。

童年小趣

小时候，我有过"偷"的劣迹，
因为偷酵母片和水果糖，
常常挨老妈高高举起却轻轻落下的巴掌。
那时邻居小伙伴眼里都闪着饿狼般的光，
也都瞄准了我家未上锁的壁柜里的酵母片和廉价糖，
"幺妹儿乖乖，哥姐饿饿，去把片片和糖糖拿来大家尝尝。"
我爬上凳子垫着脚尖费劲地取出酵母片和糖，
将它们如仙女散花般地从哥姐们头上洒降。

多年以后这些伙伴们都成了大款富翁，

却仍然记得我家壁柜里糖的芳香，

更记得三岁的小幺妹儿"偷"糖时勇敢仗义的小模样。

可什么都舍得拿去给小伙伴们分享的我，却死死守着一张黑胶唱片，如身体的一部分那么金贵。

从小，我把那些旧旧的黑胶唱片奉为神灵，因为它们虽然漆黑一片，没有艳丽的外表，却能在留声机唱针的抚摸下，从中流趟出一首首美妙的乐曲。我无数次被听得浑身起鸡皮疙瘩，那时还不知道这有可能就叫感动；无数次和那些旋律纠缠在睡梦中，从而看到现实中没有的美丽。在雾都重庆寒冷的天气中，我的双脚好像蹬在水烘炉上，一股热流从脚底慢慢上升，直达心中，乃至全身都充满温暖；抑或又在长江边上三大火炉之一的高温中，好像吃下几支最爱的豆沙冰糕一样，竟然感受到了丝丝清凉。有的音乐确实有反季节的神秘力量，说是神曲都不为过。

但终于有一天，我被一首曲子深深地刺痛了，我听着听着眼泪就掉下来，之后听一遍哭一遍，连做梦梦见它时也泪湿枕巾，醒来又继续哽咽，老妈以为我眼睛发炎，从单位医务室拿来眼药要我滴，我将眼药偷偷地挤进脸盆里，然后躲一边照哭不误。那旋律对我来说，其凄婉缠绵只占很小一部分，其中更有无穷的思念、有如泉涌的爱恋、有把时间往久远的过去拉回的张力、有想紧紧抱住这个拉琴人的渴望（不管他是不是作曲家本人）、有想化作一条鱼儿游向无名的远方的冲动，还有很多很多我至今也无法表述的情怀……再后来，听得多了，我可以把眼泪控制在眼眶了，但心还是在微微颤抖着，我不由自主开始随着它的旋律翩然起舞。以我当时才不到十岁的人生际遇，竟然可以跳出一个百岁人生的舞蹈，老爹这样评价，然后他被惊呆了，他摇头叹道：莫名其妙，莫名其妙……我却很镇定，心里暗暗地说：这首曲子是我的爱人，我已经随它活过无数个十岁。大概也是从那时起，老爹开始强烈地反对我跳舞，或许他怕我走火入魔。

那唱片很旧很旧，上面的字迹已经模糊，我无法辨认出这首曲子的名字，也不敢拿去问旁边京剧团和歌舞剧团的音乐家们，因为它本是从红卫兵"破四旧"行动中溜号来的。天空此时艳阳高照，晴朗无比，但它却属于禁品，要关起门调暗灯光来偷听。小小的我是懂得这些的，因为闺蜜偷偷的相告一直都在我耳边不曾离去：你爹被红卫兵批斗过，还戴高帽子游街呢。

就这样，我被这首来自天籁的小提琴曲折磨着、宠爱着、呵护着、鞭打着、幸福着、难过着、点化着、纠结着……大喇叭的留声机经常被老爹的好朋友们借走，只有那张黑胶唱片我紧紧守护着不让谁动一下。在那些没有留声机的日子里，我就常常捧着这张黑胶唱片，一个人站在窗边，出神地望着从屋檐下滴落的雨水，在后阳沟的瓦片上溅起雨中花。往往这个时候，我就可以听到那曲子又迂回婉转地响起，我觉得那雨是来自天际的问候，溅起的雨花是天地的握手与拥抱，正如我和这遥远的天籁之音的百年盟约一样。

日子就这样一天一天流逝，我枕着这首曲子入梦，醒来，再入梦，再醒来，有时伴着它用我的肢体和心灵一起舞蹈，有时只用我的大脑和心灵陪着它起伏跌宕。直到有一天，我看了来自黑海边上的罗马尼亚影片《奇普里安·波隆贝斯库》，我如梦初醒。原来，我的恋曲叫《叙事曲》，如此简单的三个字，比老爹偷偷教我的《声律启蒙》还容易念。它出自于一百多年前一个叫做奇普里安·波隆贝斯库的摩尔多瓦作曲家之手。

影片《奇普里安·波隆贝斯库》正是讲述了这个才华横溢的音乐家的一生，他在世的短短29年，却有千年的深厚与重量。那段日子，我用我所有自由的时间，泡在电影院里，一遍又一遍地看这部影片，我被那些桥段一次又一次地赚去眼泪，但那是幸福的泪，满足的泪，缓解相思的泪，如释重负的泪。

多年过去，我依旧清晰地记得电影中的某些桥段，之前提到的纪念民族英雄斯特凡大公诞生四百周年的庆祝狂欢会是其中之一，还有其他桥段也让我的心变得十分柔软：

"晚霞漫山，号角含着哀怨。""羊群踏上山峦，星星闪烁天边。"

奇普里安和心爱的姑娘贝尔塔诗一样的语言，映衬出他们内心的美好、爱情的甜蜜和分离的苦涩。

"贝尔塔，你知道你是谁吗？"奇普里安捧着心爱姑娘的脸问。

"我是谁？"贝尔塔天真地问。

"你是花的皇后，我要为你加冕。"

奇普里安采集山野盛放的白蔷薇，编成花环戴在贝尔塔头上："我为你加冕，我要你发誓，永远爱你身边的这个人。"

贝尔塔跪在草地上，无限幸福地说："我发誓，我会永远爱他，我要他永远不离开我。"两个被美好爱情滋润着的年轻人，相拥着滚向白色蔷薇花海深处……

夜晚，奇普里安与贝尔塔相偎在树下，仰望夜空。"新月升起来了。""新月，爱情的使者。""新月！欢迎你！"然而，就在这幸福的时刻，敌人却来到他们跟前，将奇普里安抓走，残酷的事实就发生在恋人的眼前。甜蜜未尽，苦涩已至。

圣诞夜，监狱里，奇普里安的身体被折磨得那般的柔弱，然而他琴声里表现出的坚毅却不可摧毁，就像黑海岸边坚硬的礁石，划破夜空，直入人心。难怪他的狱友——一个见什么偷什么的小偷，这回却也被奇普里安的琴声偷去了心，而老泪纵横。

奇普里安在意大利养病，当他收到从家乡寄来的心爱的小提琴，他再也无法抑制住心中思念故乡、思念爱人的激情，他疾步奔向大海边，对着故乡的方向拉起《叙事曲》时，路人驻足聆听，都被感染，不由说道：这人是谁啊？曲子真美啊！这是什么曲子？

"多依娜。"跟奇普里安学琴的小姑娘回答道。

那段时间，我沉浸在这部电影的美好画面中，心中只有如泣如诉的《叙事曲》，只有俊朗清雅的奇普里安，只有天使一般美丽的贝尔塔。

记得老爹见我落下的功课太多，有一天下命令不许我离开写字台，但我还是趁他午睡的时候，迅速给他写了一封长信，阐述必须再去看这部电影的理由。至今已经不记得那封信的内容了，只是还记得回家以为会遭遇到老爹的呵斥，结果并没有，老爹保持了自己少有的沉默。

前些日子，我在卡拉 ok 厅里，听朋友唱起了一首叫做《第三十八年夏至》的歌，我一下陷入沉思，这思绪多么像我曾经对奇普里安的思念，对《叙事曲》的热爱啊。所以我根据它的旋律随手写下几句词：

我是贝尔塔

墙上的影，勾勒着愁绪
老旧唱机，吟哦着别离
一把年份已久的琴
一颗渴望倾诉的心
宛转着虽已百年却依旧年轻的曲

新月的美丽掩过了卑鄙的闹剧
逼仄的牢房锁不住自由的春意
时光飞去来兮
我却早早地来此等你
想和你一起演那场青梅竹马的戏
暂时无人相和也不觉得冷清

隔世经年的梦重叠着馥郁花影
我相信你终会循着我洒下的花雨
来为我披上缀满音符的白色嫁衣

我不是贝尔塔又是谁呢？从童年起一直爱着这首《叙事曲》，魂牵梦绕。就算罗马尼亚这个名字已经沉寂，远远不如美国、法国、韩国等

国这么时髦火爆，就算摩尔多瓦并不为所有人知晓，我的爱直到今天也未曾改变过。没有无缘无故的爱，一定是前世相遇相知过，才有今生的牵挂。我臆想着，或许我是奇普里安的家人，是奇普里安的朋友，是奇普里安的学生，是奇普里安的听众，甚至是那个阻止两个年轻人相爱的贝尔塔的牧师父亲，上辈子欠了奇普里安的，这辈子一定要来还。但是，我更愿意是贝尔塔，以践行那山野白蔷薇花丛中缔结的百年不变的盟约。

我突然想起我学生时代写的第一首小诗，为什么叫《新月》，因为奇普里安写的第一部歌剧，也是罗马尼亚的第一部歌剧就叫《新月》。这是在与我的爱和鸣。

> 新月升起来了，
> 宛如一只小船，
> 载着我和你，
> 划向遥远的天边，
> 彩虹围绕船舷，
> 起舞的是那天仙，
> 在纯美的太空游荡，
> 这才是我们的世界。

中学生的我那时还写不出好诗，但心中有梦有爱，一直觉得特别充实。

感谢网络，现在终于可以随时在网上在线观看这部久违了的片子，每看一遍，仍旧心动，仍旧心痛，仍旧泪湿眼眶，但终究可以平复心情，调整呼吸，相对平静地叙述这部片子的有关事件了。

四

活在 1853 至 1883 年的奇普里安·波隆贝斯库，在摩尔瓦多和罗马尼亚是家喻户晓的，英年早逝的他留下的作品很少，却很有分量。世界

闻香识花妖

上唯一一位作品被两个国家作为国歌的音乐家，就是他。他写的歌曲《三色旗》曾经一度是罗马尼亚的国歌，而另一首《联合写在我们的旗帜上》，被阿尔巴尼亚女诗人德雷诺瓦 1912 年重新填词后，成为阿尔巴尼亚的国歌《团结在战斗的旗帜下》，这是音乐史上的奇迹。他的唯一一部歌剧《新月》是罗马尼亚第一部歌剧，是当时罗马尼亚最伟大的音乐作品之一。作为罗马尼亚最杰出的爱国主义音乐家，罗马尼亚现代音乐的奠基人之一，他的作品带有鲜明的罗马尼亚民族音乐的特点，又与时俱进不拘泥于传统。

我除了能庄重地熟唱我们国家自己的国歌外，再能流畅地唱完的另外一个国家的国歌就是《三色旗》。

> 我的心中只有三色旗，
> 我对她无限珍惜，
> 她自古就享有盛名，
> 是一个勇敢民族的旗帜。
> 只要蓝天下永远飘扬着三色旗，
> 我们必将赢得崇高的声誉。

1853 年金秋十月，当时还属于罗马尼亚的摩尔多瓦北布科维纳地区苏恰瓦的农村里，一个小生命诞生了，他就是奇普里安·波隆贝斯库。遗传学是一门神秘的科学，音乐爱好者的父母亲估计在儿子还是胚胎时就严重地影响了他。他出生后也一直浸淫在音乐中，学龄前开始学习小提琴。中学期间，他经常和民间艺人在一起演奏民间乐曲，从民间艺人那里搜集了大量的民歌并开始进行音乐创作。

一百多年前奇普里安·波隆贝斯库生活的那个年代，正是奥匈帝国统治着罗马尼亚的年代。当时，罗马尼亚的国土博克维纳和特兰西瓦尼亚仍在奥匈帝国的压迫之下。人们心中的怒火被压抑着。未满二十岁的奇普里安·波隆贝斯库是位有良知、有正义感、有民族气节的音乐家，他和祖国人民一样深切感受着被奥匈帝国压迫和奴役的苦难，他没有做

无动于衷的猥琐者，苟且地活着，而是以音乐作枪炮，勇敢地投身到爱国运动中去，唤起人民为民族独立而斗争。他在故乡博克维纳领导了青年争取独立的爱国运动，创立了博克维纳和特兰西瓦尼亚最大的学生会组织，抵制了反动政府举办的庆祝将罗马尼亚部分领土并入奥地利的狂欢活动。

专制主义是不允许有主频道以外的声音的，他们貌似雄赳赳的外表下，实际隐藏着颤抖的内心。所以奥匈帝国的魔掌没有放过这位音乐家，将他逮捕入狱。监狱的铁锁锁不住音乐家激昂的斗志，他在狱中，依然坚持创作。但是，牢狱的生活使他 16 岁就患下的肺病雪上加霜。经过狱外人士和他自己的坚决抗争，他终于获得了自由。为了继续深造，他曾到维也纳学习过，在这个著名的音乐之都，他和《蓝色的多瑙河》的作曲家爱德华·施特劳斯成为同学，但因为贫困和疾病，以及维也纳官僚阶层的压迫，他不得不放弃学业，回到祖国的普拉索夫以教音乐课维生。29 岁的时候，他在这里被迫埋葬了自己深刻入骨髓的爱情，而贫病又埋葬了激情澎湃的他。

电影《奇普里安·波隆贝斯库》是一部以音乐家的生平作为主题的音乐传记片。当时才 19 岁的电影学院学生弗拉德·勒德斯库（Vlad Radescu）以身材修长、眼神忧郁、英俊潇洒，颇有几分神似音乐家本人的优势，从众多候选者中脱颖而出，成功地扮演了男主角。其实这个剧本早在电影拍成的八年前就写好了，编剧兼导演是著名的乔·维塔尼迪斯（Gheorghe Vitanidis），当时他心中的男主角候选者是《神秘的黄玫瑰》中的男主角扮演者彼耶尔西克。由于复杂的政治原因，剧本八年后才审查通过，彼耶尔西克此时已经 30 岁，在年龄上败给了年轻的弗拉德·勒德斯库，这让我们看到了一个玉树临风、清澈如水的奇普里安·波隆贝斯库的形象。而塔玛拉·克雷楚列斯库（Tamara Cretulescu）以她天使般的模样和清澈的大眼睛为我们塑造了一个纯洁如玉的贝尔塔形象，她美如罗马尼亚的国花白蔷薇。这对金童玉女让我们哪怕是经受了人生最残酷的打击后，依旧相信爱情的美好和人性的善良。

音乐家的爱情经历是这部电影中最感人的内容之一。他和他心爱的姑娘贝尔塔因为家庭宗教信仰的不同，被贝尔塔的父亲活活拆散，这位固执的牧师，背着奇普里安·波隆贝斯库，把贝尔塔送往英国，让两个相爱的年轻人最终无法结合，让人深感无奈和伤感。作为一部音乐片，它几乎使用了奇普里安·波隆贝斯库所有的作品。而反复出现的，就是他创作的最著名的小提琴曲《叙事曲》。第一次出现，是在牢房的窗口，外面下着大雪，他的老师、同学和朋友们成群结队，踏着白雪，拉着小提琴，前来向他致意，他也用心爱的小提琴拉响了战斗的乐曲，狱内狱外，乐曲声汇到了一起，鼓舞着争取祖国独立自由的人们去斗争。铁窗挡不住奇普里安·波隆贝斯库思念爱人，渴望自由的心声。

最后一次出现，是影片结尾，奇普里安·波隆贝斯库站在养病的意大利海边的礁石上，用他生命最后的激情和心血，演奏出这段如泣如诉的旋律。短短 7 分多钟的乐曲，时而悠长伤感、愁绪绵绵，时而纯朴明朗、清澈亮丽，时而微波涟漪、缓缓流逝，舒缓中带着忧伤，平静中充满着被压抑的激情。如同身边大海，看似碧水微澜的宁静，却蕴藏着汹涌澎湃的情感波涛；又像是一段少女轻轻低诉的幽怨心声，凄婉而艳丽。这首曲子和作曲家本人一样，具有忧郁的诗化气质，音域宽广，起伏跌宕，音乐形象丰富多姿。

有人把这部片子和赵丹主演的我国影片《聂耳》比着姊妹花，又将它誉之为"外国的《红楼梦》""罗马尼亚的《梁祝》"。但无论其他人怎么说，我一如既往地爱这首曲子，无论是我抚摸那黑胶唱片时，还是我嗅着"白玫瑰"香水时，我总看到那上下波动的黑白的琴键，看到那些写满音符的作曲稿纸，此时都化作喀尔巴仟山麓绿色草原上的蔷薇、月季和玫瑰，它们璀璨夺目，千秋万代，永开不败。伟大的音乐作品，是为能够感受到她真谛的灵魂而存在、而隽永的！

芝恩布莎的"白玫瑰"香水，是献给纯洁爱情的一首优美乐曲，嗅着它，心中自有芳曲流出。相信爱情、忠诚爱情的人都可以拥有它。它的清雅更适合春夏，不分年龄，不分场合。

"芝恩布莎"的"白玫瑰"和"茉莉花"香水

甘甜的梦

　　我把香水瓶打开，往我的头顶天空喷射了一下，然后以均匀的速度作深呼吸，我感到裹杂着青柠檬、绿茶、薄荷的香雾缓缓进入我的鼻息，当我把肺内的杂质吐出来的时候，再嗅，那微妙的甘蔗香气携着雪松、香根草和朗姆酒的清甜才姗姗而至。

昨晚我做了一个梦，梦见我穿越到童年时光，变回了那个扎着"丁丁猫"（蜻蜓）发型的小女孩。

梦是那样的清晰，好像一幅情绪饱满的工笔画：重庆的街边上，买甘蔗的小贩吆喝着："甘蔗甘蔗，三角一根，先尝后给钱，不甜不要钱。"小贩是个皮肤黝黑的老伯，他端给我一盘切成一小截一小截的甘蔗，那白里透着淡绿的甘蔗中饱含着水分。我拿了一块嚼嚼，甘甜的汁液很快充盈了我的口腔。

"老妈，买甘蔗，好甜哦！"我摇着老妈的胳膊，脚上好像给胶粘住了一样，迈不动步子了。

老妈经不住我的纠缠，买上长长的一根，让小贩刮了皮，砍成几截，拿一截给我，其余装进袋子里。我神气活现地啃着甘蔗，摇摆着小小身躯，一蹦一跳朝回家的路上走去。

"老妈，帮忙！"我啃了一截，遇到甘蔗的结节处，我不大强健的小米牙就败下阵来。这时，老妈帮我把结节处三五口快速咬掉，再把甘蔗递回给我。我接过甘蔗，看看老妈那让我满怀憧憬的洁白健康的牙齿，然后继续咀嚼我的甜蜜……

满满的甘甜溢出了梦乡，我醒了，我努力睁大眼睛，在黑暗中慢慢看到天花板和有雕花的吸顶灯的大致轮廓，它们告诉我，我只是做了一个梦。我定定神，打个哈欠，逐渐清醒，这哪是梦啊？这个场景分明就是我一生中最温暖的桥段啊。

我的童年时代物质还很匮乏，嘴巴里有吃食，那一定让人羡慕。我感谢老妈常常给我这样让人羡慕的时光。因为除了路人，经常会遇到我托儿所的同学或者邻居小伙伴，我就会慷慨地招呼他们："晚一点来我们家喝糖水哈。"我知道老妈总喜欢用甘蔗、胡萝卜、茅草根，还有荸荠，一起熬糖水给我们喝。那时，家长们总是用这个糖水偏方给小孩子们除湿、防感冒、抗病毒。

在我远离老妈的日子，甘蔗也基本远离了我。因为拿起甘蔗，我仿佛就又变回到那个依赖老妈啃结节处的小女孩年代。而没有老妈可依赖的日子，总是会让我有一些感伤的。

这个梦让我想念老妈了，我摸黑起床，不开灯是因为我不想让现实扰乱我的心境。我穿过走廊来到我大书房的香水柜前，我能准确地摸到那瓶散发着淡淡甘蔗清润香甜的"娇兰"香水，就像未睁眼的小喵仔能嗅着妈妈的气息，并准确地撞向妈妈的乳头一样。

我把香水瓶打开，往我的头顶天空喷射了一下，然后以均匀的速度作深呼吸，我感到裹杂着青柠檬、绿茶、薄荷的香雾缓缓进入我的鼻息，当我把肺内的杂质吐出来的时候，再嗅，那微妙的甘蔗香气携着雪松、香根草和朗姆酒的清甜才姗姗而至。我握着"娇兰"的瓶子，满足地把自己蜷缩在沙发中，在妈妈的气息抚慰下再次安然入睡。

"莎莎，约几个艺术家一起去南沙榄核镇走走吧，那里即将举行盛大的甘蔗节呢！"两位友人一前一后来了电话。

"怎么这样巧？我刚刚梦到了甘蔗呢。"我说。

"缘分，甘蔗缘。"友人笑道。

于是我和几位朋友踏上了去榄核镇的路。

我是第一次来榄核镇，然而我之前却多次听说过它的芳名。因为它是人民音乐家冼星海的故乡。

不管是采风还是旅游，我以前到过不少广东的社会主义新农村，这些新农村要么车水马龙、高楼林立；要么厂房连片、烟囱高挺，已经和工业化的城市没有什么两样。让农民享受城市生活也是好的，但对于我这个经常待在城市的人来说，少了几分色彩——绿意。所以，尽管之前友人们告诉我是来榄核镇看甘蔗林的，我依旧怀揣着过去的经验。以至于当真正看到远近视野内皆是各色的甘蔗林时，我有点吃惊了。这里没有冷飕飕的水泥森林，这里也没有冒着白烟的大烟囱，这里只有让人眼睛发亮的甘蔗林。如果此时把甘蔗林看着是一幅巨大的图画，那边上的大香蕉树就是它的画框。这巨大的阵势，是我以前从来没有见过的。

12月的广州南沙榄核镇，艳阳高照，荷花吐蕊。这片肥沃的鱼米之乡，传说是仙人播下的一颗橄榄核，如今，不见橄榄，却处处见到茂密的甘蔗林，深紫色的，亭亭玉立，似花季的俏姑娘；绿黄色的，葱葱郁郁，像挺拔的棒小伙。风过蔗林，顶端的叶子"哗啦啦"作响，仿佛姑娘小伙在秘密私语。

我想，这甘蔗织成的金顶大帐里，一定裹着榄核人甜蜜的致富梦吧。我情不自禁钻进了甘蔗林，抚摸那节节高的蔗杆。我对友人说："你看我们像不像隐藏在青纱帐里打小日本的游击队员？"

友人接话道："莎莎，你的感觉很准呢。上世纪四十年代，这里的人民村，以前叫做'榄核乡利丰围'，就是南番中顺游击区指挥部，它是统一指挥番禺、顺德、中山、南海人民抗日武装的领导机关。还有榄核村的三圣宫古庙，是当时中共番禺区临时委员会，在上世纪二十年代，共产党就在此进行革命活动。"

"这么说，这里还是名副其实的革命老区啰。"我感叹道。

很多在战争年代为革命立下汗马功劳的老区，如今依然贫困，革命胜利了，老区被遗忘了，吃水人忘记了挖井人。这是现实，有自然环境的原因，也有人为的原因。而在榄核镇，我看到的却是一派花香鸟语的和谐气氛，这并不是粉饰太平，我是从老人们的脸上、环境的洁净上感受到的一种安宁。俗话说，看一个地方的人们是否真正过着幸福快乐的生活，从走向晚年的老人们那里可以得知一二：

当我们走进冼星海的祖籍涩湄村，处处茂林修竹，蕉香四溢，走地鸡在草地上自由自在地散步。而村里的花园内，老人们正坐在亭台回廊里聊着天、下着棋。还有的老人在哼唱着咸水歌，这疍家人的歌谣，是否从血缘和胎教里给了冼星海以最初的音乐启迪？

作为遗腹子的冼星海，出生在海上渔船内。他的母亲望着满天的星光，哼着咸水谣，送给小小的生命一个灿烂的名字：星海。冼星海没有辜负母亲的期望，在短暂的四十年光阴里，在充满困苦贫瘠的人生里，在音乐事业中创立了辉煌。虽然天妒英才，让他英年早逝，但他的名字激励着有梦想的人们去努力。我漫步在村里的星海路海生街上，耳边好似有音符飞出：二月里来好春光，家家户户种田忙，种瓜的得瓜，种豆的收豆……呵，冼星海创作的《生产大合唱》明快的旋律，在这时不由自主从我嘴里哼唱出来，可能是远处农民在收割甘蔗的情景让我产生的联想吧。

从涩湄村出来，再走进大生村的村级公园，那小桥流水、亭台楼角，让我有那么一刹那以为是到了春夏的江南呢。那三人合抱也抱不过来的大榕树，比比皆是。在公园里休闲的老人们，看我们一个劲地对着镜头说"茄子"，也跟着我们哈哈大笑起来。公园对面就有成片的蔬菜大棚装点着冬季的岭南乡野，和茂密的甘蔗林相映成趣，这能不让辛苦了一辈子的老人们笑意盈盈吗？

我们又走进顺河村的文化科普中心，湖中的睡莲正迎着冬日暖阳绽放娇姿呢，高大的旅人蕉也把牛角一样的花苞鼓得满满的，一副要和莲花比试的架势。还有一种有着肥硕叶片，同时拥有一个诗意般的名字"春羽"的热带植物，它们也卯足了劲似的给这片土地描绘着层层绿色，让冬天长出了春天的翅膀。

广东是改革开放的前沿阵地，农村工业化的快速运行，在对改革开放有着巨大贡献的同时，也把环境破坏得满目苍夷。榄核镇政府领导一班人胸怀大世界，放眼未来，给榄核镇确立了正确的发展目标——生态旅游，让这个镇的各个村处处是景。人们呼吸到的不再是苦涩的雾霾，而是真切的甜蜜。

甘甜的梦

极目远眺，甘蔗林蔓延不绝。我想起一句老话："秋日甘蔗赛人参。"甘蔗既是果中佳品，也是补益良药，所以广受人们的欢迎。友人告诉我，这密密的甘蔗林可以收割到明年的清明之后，榄核甘蔗远销广东省内外，把榄核人的腰包胀得鼓鼓的。呵，难怪砍着甘蔗的蔗农们，个个脸上挂着喜悦的笑意。

吃着刚砍下来的甘蔗，我憧憬着不久的甘蔗节，那将是怎样的一幅胜景呢？到时一定再来眼看心赏吧，我想，那一定是一个情动心跳的时刻。

"娇兰"同名男香，是一款甘润柔和的香水，可以用着四季的办公与休闲场合，适合低调的、自律的办公室白领男士，不分年龄。

娇兰同名男香和花草系列香水

公共澡堂的记忆

　　"冷水"和"热水"都是 1997 年
出品的中性香水，男女都可以使用，曾
获得 1998 年菲菲香水奖年度最佳包装
设计奖。"冷水"是一款非常适合春夏
的香水。而"热水"比"冷水"温暖厚
重一些，更加适合秋冬使用。它们都使
我想到公共澡室现在还有传统意义上的
公共澡堂吗？北方或许还有，南方基本
看不到了，即使有，也只是替代品：桑
拿洗浴中心。

　　我小时候住的地方，是重庆市中心靠近地标"解放碑"附近的一栋四层楼房，民国时期它曾经是一个资本家的别墅，建造得很是讲究。每间住房地下铺的都是上好的木地板，公共过道和楼梯以及楼梯扶手都是用的好木料，被过上过下的人们摸得光滑铮亮。每间屋子门外都有半截门，用竹子和木头混合做成，是为了夏天透风凉快，又不完全暴露屋内隐私。每层楼的卫生间都设有抽水马桶和澡盆，我们顶楼还有个水屋子，有几个淋蓬头可以供几个人一起淋浴，关起门来放半屋子水，还可以游泳。但五六十年代分给我老妈所在的公司员工作为宿舍后，设有淋浴和浴盆的这些地方逐渐改建为住房了，因为人多不够住。夏天洗澡，各家各户要么在自家的大木头洗澡盆里轮流洗，要么在公共厨房有下水道的地方拉块帘子，各自备好冷热水轮流洗淋浴。到了冬天，就只好每周一次或者十天一次去城市的各公共澡堂洗澡了。

　　听老爹讲，男士们喜欢在大池子里坦诚相见，泡去一身的汗泥后，再淋浴一下，就在通铺上美美地睡上一觉才回家，那里面因热水管多而很暖和。有些因公出差或者因私出游的人，为了节约，不去找旅店，就到公共浴室来洗澡休息。

　　我自然是由老妈带到女浴室这边洗澡，去时还要拎上一大包换洗的干净衣服。女性这边没有大池子，只有淋浴和盆堂。淋浴是一间一间的小小淋浴室，头顶有一个很大的铁桶盛装着调配好冷热水的洗澡水。淋浴规定了每个成人一桶水，小孩子是半桶水。盆堂是一间一间的小屋子，里面有一个白色澡盆，自己可以掌控水温和水量，也就是说想洗几盆水就洗几盆水。自然，盆堂的票价就要贵一些。记忆中，老妈为了节约，多数是带我洗淋浴，洗盆堂的时候也有，我会首先看到老妈把自带的锰钳灰（即高锰酸钾）化成红色的水把浴盆先洗上一通，老妈是有洁癖的人。我从小就记得我家两大常见消毒用品：一是酒精，二是这重庆话俗称为锰钳灰的东西。老妈离不开这两种东西。

男性那边因为有大池子，基本不见排队的人流。女性这边一般来说都要排队，排一两个小时不等。有一回，排我们前面的是两个姑娘，大约 20 岁上下，有一个梳大辫子的，一边和同伴说笑着，一边用钩针在钩着通花桌布。不知道是因为什么话题，两个人哈哈笑着，并你打我一拳我打你一掌，结果就把不锈钢钩针打进钩桌布的大辫子姑娘左手虎口里去了。旁边都在排队的人用我们重庆方言说："哦豁，取不出来了哈！赶快去医院吧！"两个女孩子的笑声戛然而止，脸色都变了，澡也不洗了，赶紧往医院去。

女浴室这边的大厅墙上，布满了密密麻麻的水龙头和粗水管，都编了号，服务员按照号码给各个淋浴间加水。粗大的管子，冷水管是涂的银色，热水是被红色油漆涂过的。咱们中国人，走到哪里都是大声叫喊，整个女淋浴房充斥着叫喊声：

"服务员，3 号加点冷水，皮子都遭烫落了！"

"服务员，10 号加点热水哟，冷得我直打抖抖！"

"服务员，我是 19 号，喊了好久加点冷水，啷个还不给我加哟？"

然后服务员也吼：

"啥子事哟，3 号，你先使劲喊加热水撒，现在又来吼烫？！"

"19 号，莫吼嘛，催命也？一个一个来嘛！别个（人家）10 号在你前面也还没轮到加呢！"

我喜欢看服务员们熟练地操作那些十字形的老式水龙头，我甚至把她们当着开船的轮机长，幻想着这个水龙头主管向右，那个水龙头主管向左，还有水龙头主管全速前进。我有去拧那些水龙头的冲动，但它们都太高，我还够不着。即使够得着，老妈和服务员也是严禁我们小娃娃去乱拧的，万一拧开热水把洗澡的人烫伤嘚个办？所以即使老妈帮我先洗好澡并让我在大厅里等她，我也记着她叮嘱的话："妹儿听话哈，莫去乱动水龙头哟！"

"晓得咯，晓得咯。"我盯着服务员手中的水龙头目不转睛地回答。其实那个时候我们住家的公共厨房里也有一个水龙头是这种十字型的，但一个不成规模，构不成任何想象。这澡堂里壮观的水龙头，是很有阵势的。

有一回，遇到一个特别喜欢娃娃的服务员阿姨，那次也正好是她不忙的时候，看我眼睁睁盯着她手上的水龙头，她就问我："妹儿，想来试下不？"

我眼里放着光，但立即想到老妈说的热水烫人的话，又赶紧摇摇头，伸伸舌头。

服务员阿姨悄声说："妹儿，6号房的人刚洗完出来，里面没人了，你来给6号浴桶加水哈。不会烫到别人的。"她说着拿了一个凳子来，并抱我站上去，教我先开冷水，再开热水。我的小手和那些十字型的水龙头接触到并使出全身力气拧开时，听到6号淋浴桶有哗哗的水声，我感觉自己变成了一个船长。其实轮船的舵好多不是十字型，而是圆形的，或者是多把手的，但我不知道为什么，一见到这十字型的水龙头，就会联想到轮船的舵。

后来上大学，学校的宿舍还不是现在每间寝室都有洗手间的样子，我们那时一层楼就一个公共洗衣间，夏天，大家各自打两瓶开水，就在公共洗衣间洗澡。其他季节就去学校的公共浴室，那里是一个大池子，周边是台阶。学生们自己拿个塑料桶和塑料盆，到旁边的冷热水池子去打上满满一桶冷热混合水，拎到旁边，放在台阶上，几番搓洗，就完成了。谁也不避开谁，反正都是青春娇好的身材，处处都是美。不过我们那个时候还不懂得欣赏自己和欣赏别人，谁的胸大了、臀部翘了，反而还觉得不好意思呢。

后来，新的居民楼各家各户都有了洗手间，也都安装了热水器，公共澡堂的生意就暗淡无光了，有的退出公众视野，有的改成更高级的洗浴中心，将国外的桑拿干蒸湿蒸引进过来。而那种十字型的水龙头就更加少见了。

当我把玩着"贝纳通"旗下这一对叫做"冷水"（Cold）和"热水"（Hot）的香水时，拧开做成十字型古旧水龙头的香水盖子，立即勾起我对公共澡堂的记忆，那情景真的有些久远了，但又是那么清晰，我仿佛还是被老妈牵着的一个小女孩呢。

"冷水"和"热水"都是1997年出品的中性香水，男女都可以使用，曾获得1998年菲菲香水奖年度最佳包装设计奖。"冷水"是一款柑橘香调的清爽辛辣香水，前调是佛手柑、柑橘、橙花，中调为芫荽、甜椒、瓜蒌子，兼具青色果子的清香和绿植汁液的微苦刺激。尾调运用白麝香、广藿香、乳香、香根草等，延续清凉刺激的气息，整个肌肤和鼻息感到很通透，是一款非常适合春夏的香水。

而"热水"比"冷水"温暖厚重一些，它在前调里除了柠檬、柑橘、佛手柑的果酸香味，还加了巴西红木的古旧之气。中调是鸢尾花、铃兰、茉莉和杏花，甜腻而喧闹，有逐渐沸腾的温度。尾调则用橡树苔、龙涎香、檀香、雪松打造出一款东方香型的香水，更加适合秋冬使用。

这对冷热水香水之于我，可以说是有意义的，大概是它们的外型能够引领我回到过去的旧时光中，那些记忆里除了有公共澡堂，更有对亲人的怀想与眷念。有时候，我会一个手腕喷"冷水"，一个手腕喷"热水"，嗅一嗅截然不同的气味，又摸一摸那深蓝和橙红的水龙头香水盖，就穿越到充满幻想的童年时光里去了。

贝纳通的"冷水"和"热水"打出中性香水的标识，是因为它们既没有甜得发腻的花果香气，也没有硬朗的皮革味和烟草味，男女界限不那么分明，所以，男女都适合，也没有年龄界限。只是"冷水"更适合春夏，"热水"更适合秋冬。

「冷水」与「热水」中性香水

愿爱不要昙花一现

　　一个长着蝴蝶翅膀的小仙女，端坐在透明的水晶球上，凡是有来许愿的女孩子，这小仙女都伸出带着魔法能量的左手食指，轻轻地告诉她：你一定会美梦成真！

　　安娜苏的"许愿精灵"香水，灵感来源于魔幻的热潮，她是女孩子们的魔法学院，那山巅上的许愿精灵，让每个对梦幻力量深信不疑的女孩子，更有信心迎接生活的挑战。

一个长着蝴蝶翅膀的小仙女，端坐在透明的水晶球上，凡是有来许愿的女孩子，这小仙女都伸出带着魔法能量的左手食指，轻轻地告诉她：你一定会美梦成真！

女孩子们仰望着她，那三面被风被雨被大自然神力切割成陡峭的山峰上，她们心中的许愿精灵正在赐予她们生活的力量。

安娜苏的"许愿精灵"香水，灵感来源于魔幻的热潮，她是女孩子们的魔法学院，那山巅上的许愿精灵，让每个对梦幻力量深信不疑的女孩子，更有信心迎接生活的挑战。女孩子们面对所爱的香水，同时许下最多彩的愿望，一边期待这美丽愿望变成现实，一边沉浸在精灵们带来的花果芬芳中。

先上场的是沁凉清新的柠檬和哈密瓜，俏皮清甜的黑醋栗和菠萝，等一等，在温暖的白雪松和白麝香前，我闻到了一股诱人的金盏花和杏桃花香，还有久违了的丝绸般柔软的昙花香。昙花，昙花，你也是来许愿的吗？你还在一个人默默地承受那相思的煎熬吗？你确定那个叫韦陀的已经变得凶神恶煞的汉子，还能回想起你们前世缔结的情缘吗？

昙花原来是一位美丽多娇的花神，她天天怒放，月月吐蕊，年年展姿。花神的美丽被大家称颂，但她不傲娇，心地善良。花神觉得自己年复一年美丽不减，是离不开每天给她浇水除草的朗秀的年轻人的，她除了感激他，更是爱上了他。年轻人也爱上了娇美的花神，全身心为爱人来浇灌，并遮酷阳，挡狂风。两个人海誓山盟要一辈子相爱下去。

玉帝总是充当爱的谋杀者，当爪牙把谗言送入他耳中，他知道了这对鸳鸯的故事之后，不是祝福，而是大发雷霆。他认为人神不能同享爱情，他派手下把花神抓了起来，没收了她的五彩锦裙，把她贬为每年只能开一瞬间的昙花。不仅如此，玉帝还把那年轻人送去灵鹫山出家，赐名韦陀，让他忘记前尘，忘记花神，忘记爱情，忘记誓言。

多年过去了，韦陀果真忘了花神，潜心习佛，渐有所成。而花神却怎么也忘不了那个曾经照顾她的小伙子。她知道每年暮春时分，韦陀总要下山来为佛祖采集煎茶的朝露。所以昙花就选择在那个时候开放。她把集聚了整整一年的精气绽放在那一瞬间。她希望韦陀能回头看她一眼，能记起她。可是千百年过去了，韦陀一年年地下山来采集朝露，心无旁骛，只有佛主。昙花一年年地默默绽放，韦陀始终没有记起她。

后来一个叫做聿明氏的人，冒着违反天规，死后不能驾鹤西游，也不能入东方佛国净土，一生灵魂漂泊，永无轮回的天罚，带花神一同去往佛国。花神在佛国见到了韦陀。韦陀也终于想起前世情缘来。佛祖知道这件事后，准许韦陀下凡了断未了的因缘。当然最后的结果在我们这些凡人看来仍旧是一段悲剧，韦陀永远身在佛门，而花神也只能永做昙花，原本那么相爱的一对，只因玉帝的天规，就再无交集。昙花一现，只为韦陀，所以昙花又名韦陀花，只在夜间开放。

韦陀后来被安置在佛教寺院里当守卫，但他是背对大门，正对大雄宝殿的，并且被塑造成凶神恶煞的模样。原来寺院也经常混进来一些小偷，他们趁着人们敬香拜佛的时候偷东西，后来佛主就叫韦陀站岗，小偷们从殿内偷了东西走出来，迎面就看到这么威严的一个守护神，本来就心虚，这一慌张，偷的东西就掉落下来，赶紧顾头不顾尾跑了。

我每次从寺院敬香出来，只要看见韦陀，我就要去他面前叨念昙花三遍，虽然他的负心是被迫的，但我还是为昙花抱屈。说什么大志在胸，实则是男人本质上比女人更容易变心罢了。虽然昙花一现为韦陀是则神话故事，但也是人们把世间男女的形象赋予了韦陀和花神而已。

这里，我也想起了一个昙花女子，叫做兰。她是我老爹的小学同学，还是我老爹"同桌的你"。不知从何时起，兰爱上了我老爹，并把自己的心事向闺蜜芳袒露了。芳一惊，心想：怎么你也爱上了我心上的人？芳心眼多，没有把自己也爱上我老爹的事说给兰听。男孩子开窍晚，感情上迟钝些，老爹把兰和芳都当成好朋友，也不知道她俩对自己有意。到了初中，男女分校了，因为芳和老爹是邻居，理所当然老爹周末回家更容易见到芳。兰对老爹的爱无法抑制，就写了一封情书，但不敢当面给老爹，有少女的羞怯，也怕遭拒绝，就托闺蜜芳转交。殊不知芳心中有自己的小九九，就把兰的这封信藏了起来，自己利用邻居的好位置展开对我老爹的追求。老爹从根本上不爱芳这个女孩子，自然是婉拒了她。芳把老爹对她说的话换了宾语转告了兰，说：信已经替你交了，但他说和你只是同学关系，请自己保重。云云。

兰的性格比较内向，此时因失恋而更忧郁，她每周都去老爹从学校回家必经的一条路上远远地等着，就是为了看看老爹的身影。等啊盼啊，眼看老爹在路的那边冒头了，兰却赶紧躲进树丛中，埋头倾听自己的心跳。等老爹走过了，她才悄悄出来望着老爹的背影发呆。而老爹与兰最近处就只得一树之隔，他却没有一点感觉，就像昙花为他开了，他却从来不知道回头看一眼。有时候老爹还问芳，为啥很久没有见到兰。芳模棱两可地说：也许正准备嫁人呢。老爹就不好再问。

后来我爹遇到我妈，两个人就热恋上了，兰就更没有希望了。可能是忧郁成疾，兰拒绝了所有说媒的人，坚决不嫁，这样熬到1947年，在20刚出头时就病逝了，那一缕香魂孤独地飘散在天际中，无处安身。她致死都没有明白，爱必须靠自己去争取，在爱的战役中闺蜜和敌人一样，都是最不可信的。

大概是兰的去世使芳受到了一些良心上的谴责，在后来的日子，她把兰的信交给了我老爹。老爹把芳臭骂了一顿，也把兰这封信交给我老妈看。老妈叹了一口气说，你该祭拜一下兰。

1957年7月，老爹大学毕业，被打成右派发配内蒙，此时远离家人，前途渺茫，他在去发配之地——内蒙集宁的火车上，写下了一首祭拜兰的小诗：

心祭
——兰姊十周年
他生未卜此生休，
哪堪往事上心头。
红藕香残萦思绪，
青冢草长掩风流。
纵有梦痕酬知己，
愧无佳音报同游。
年年此日空垂泪，
南望巴山恨转幽。

　　就这段感情而言，如果说有错，错在兰没有自己亲自来追求爱，过分相信闺蜜芳，还有就是不该把人生只看着一个男人，其实如果能走出这段阴影，兰的前头还有很大一片天。芳的错在于辜负了闺蜜的信任，你可以向兰祖露心胸，可以公平竞争，而不是使绊子，搞欺骗。她的小心眼、小伎俩，尤其是她编造的谎言，是使兰断送性命的根由。我老爹在这段感情中貌似没有什么过错，因为他根本不知情。但是我对老爹说：从一个知己、友人的角度，你是有责任的。"同桌的你"肯定也借过半块橡皮给你，也为你擦过桌椅。初中高中那么些年，一直没有见到兰，难道你都没有主动去关心关心她？一个好朋友，在你面前平白无故消失了，你连找都不找一下？

　　所以我说，面对兰的情书，我老爹是该有悔恨的，这首为兰写的小诗，不知道兰在天堂里听到会不会一展芳颜呢？

　　那个芳也是执著的，一直到了晚年，她都是我家常客，和我爹妈友好相处。不过我私底下和妈说，这个芳是因为长得不好看，所以老爹无动于衷，如果是像兰那么好看，你可得盯紧了。我妈狡黠地一笑，说了

一声：人尖尖！（即小大人、精明人之意）

其实好看不好看不是主要的原因，出轨的男人找的小三诸多条件还不如原配，无非是年轻一点而已。男人出轨，大多是本身的家庭责任感不强。男人多情不长情。起码这个比例是很高的。百分之九十，不，九十五吧。女人也有始乱终弃的，但比例究竟不如男性高。这到底是基因、构造的不同，还是男权社会给予男人太多特权造成的呢？这又是一个我的能力所不及的社会问题了。

今天，我想把这一瓶"许愿精灵"的香水送给在天上的兰姨，谢谢您给予我老爹一个凄美却也是万分温馨的回忆，爱人虽苦，其中也有乐，至少比那些一辈子没有爱过的人强十倍。我也祝福您，如果有下辈子，爱上谁，一定要当面亲口说出您的爱，希望"许愿精灵"把这辈子您没有得到的，下辈子全部补回给您。也祝愿在我们的社会中，人与人之间多一些信任、爱和忠诚。

"许愿精灵"属于少女之香，25岁以上的女性最好别选择。除非您童心十足，40岁有一张20岁的脸18岁的心，那也可以试试。

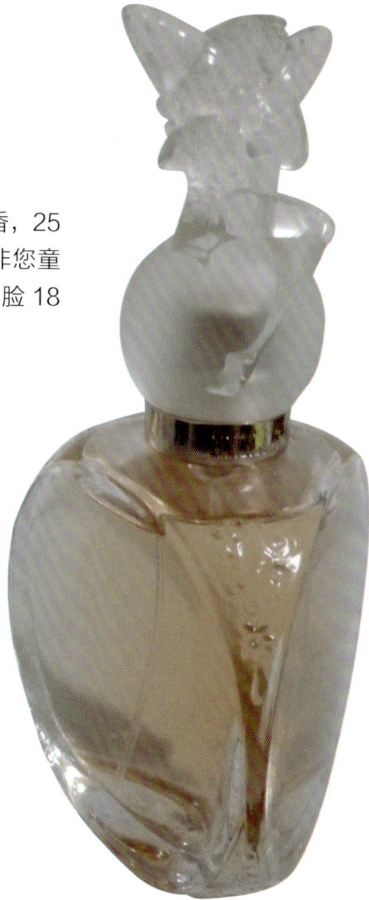

许愿精灵香水

关于死亡

这款意大利的银色限量版香水竟然叫做"警察"，难道想说警察这个职业是高危职业？它的气味并不是腐败的、压抑的、低沉的，相反是清雅和明快的花木香调，初调是佛手柑那让人有些振奋的芳香，连同常春藤富含阳光的气味弥漫周围，当初调渐渐散去，被西方称为"万能药"的鼠尾草，携着鸢尾草、白雪松聚集过来，浓烈而直入鼻息，会让眼前一亮。最后牢牢地依附在我们身上的，是羊绒木、麝香、水晶苔的雅致气味。

　　写下这个题目，我的胸中又被牵引出一股浅浅的悲哀、忧愁和无奈。生命都是向死而生，有诞生，就有死亡，谁都逃不掉。而谁会不怕死亡呢？也许天国更美好，去了之后会一笑：后悔呀，怎么不早点来？但是，由于它是未知的领域，所以还是因为陌生而害怕。再说这尘世中还有最重要的一个"情"字，它让我们即使是说去做神仙，也会对人间依依不舍。

　　《道德经》里关于生死，就有很多有趣的说法，比如第五十章："出生入死，生之徒，十有三。死之徒，十有三。人之生，动之死地，亦十有三。夫何故？以其生生之厚。"意思是：出世为生，入地为死。长寿的人占十分之三。短命的人占十分之三。本来可以长生但自己走向死路的人占十分之三。为什么会这样呢？因为对生活执著过度了。这就使我想起一些痴迷于极限运动的人们，前些日子不是有一个徒手空中走钢丝的小伙子，一脚踩空为自己热爱的运动献出生命了吗？还有那种叫做"飞行衣"的运动，那些个热爱者明知道越飞人越少，因为大多出故障而丧身，可依旧不改初心。

　　想起一个日本科幻小说家写的不死鸟的故事，是说上帝给一个人以任务，所有的生命都消失了，只留下他必须活着，他得一直守着这颗死寂的星球。如果寂寞，他可以等到500年后，去叫醒一个箱子里的人来陪他。他好不容易等到500年，才发现箱子里什么都没有，这只是上帝骗他给他存一点希望而已。他那个痛、那个气啊，可是没有别的办法，只能孤独、绝望地活着，却没有死的权利。真的就有点歌剧《猫》里面的意境：

夜雾悄悄偷袭着大地

看不见一个人影

街灯分外凄清

没有月亮

也没有一片落叶叹息

寂寞心等待天明

责任、使命，纵然是我们活着的理由，但如果缺少一份真正的感情陪伴左右，几乎没有人能撑下去。

有句俗话叫"好死不如赖活着"，谁都想活过百岁甚至更长？但其实长寿也只是个沧海一粟的时间而已，早迟都要成为死神的座上宾。所以那些极限运动的爱好者更在乎瞬间的辉煌。

在生活中，我也常常淡忘"死亡"这回事，比如看《泰坦尼克》这部电影时，我觉得它的悲剧离我们现在很遥远，因为如今水上航行的各种预警设施毕竟比百多年前要先进多了。可就在2015年这个欢乐的六一儿童节之夜，一艘豪华客轮在湖北监利水道遭遇龙卷风，整个底朝天扣进江里了，在我写这篇文章的时候，396人已经遇难，46人下落不明，生还的只有14人。想起去年秋季我和先生也在这条水道上航行，在游轮上观两岸美景和江上风光，何曾联想过它在半年后会瞬间吞噬400多条生命？冷汗冒起的同时，我也想起自己在水上的一次险情。

那是十多年前的一个夏季，珠海《伴你同行》杂志为感谢我们作者，邀请我们去清远笔架山漂流。漂流时每只漂流筏按一男一女搭配，我和杂志社的一个年轻编辑分在一个筏子上，作为第一条筏出发。可是我们的筏刚出水道二三十米远，就和另外赶上来的一只筏卡在一个两米高的坎边了。我们筏上的小伙子担心对方的筏会因此翻掉，就赶紧跳下水去，这时一股急流直接把我坐的筏冲下石坎。我来不及跳下筏，就被水流冲入更远的河道了。与我搭伴的小伙子追了几步眼见没希望，就放弃了。也就是在这个时候，原本晴朗的天空突然变暗淡，小雨很快袭来，快速演化成暴雨，山洪随之暴发，完全是以迅雷不及掩耳之势。后面还来不及出发的漂流筏以及卡在坎边的那条筏子都被工作人员拉到岸边，唯有我一个人在风雨中前行。

此时能见度非常低，我仿佛身在舞台上放出的干冰气体中，只是颜色没那么白，而是灰灰的。头上好像有小龙们拿着水枪在打水仗，雨劈头盖脸地泼下来淋得我眼睛也睁不开。我的筏子进了很多水，像个浴盆把我完全泡在水中。最让我胆战心惊的是，筏子被急流撞到弯弯拐拐的水道岸边石头上，每一次撞击都好像要翻掉的样子。这筏子结实吗？可别是伪劣产品啊！我祈祷着，看筏子在急流中左右打转，分不清哪是筏头哪是筏尾。有时我是迎头被撞向岸边，有时又背朝岸边撞去。岸边没有一个人影，"叫天天不应，叫地地不灵"的俗语用在此时就最应景。

当时我想，就算牺牲在这笔架山水道里，我也得看清楚是被撞在哪块石头上牺牲的，不能稀里糊涂没命。我"啊啊"大吼了两声，给自己鼓劲，把坐姿改为跪姿，跪到筏子中间，这样便于我来回转身掌控全局。我努力睁大眼睛，紧紧地拉住筏子上的绳索，时刻观察前面的情况。筏头撞上岸边，我就面朝筏头，要是筏尾撞向岸边，我就赶紧旋转膝盖和身体面朝筏尾。这样一来，我由被动变为主动，至少我在接下来的水道走向中，可以提前几秒知道情况。我在筏子里面不停地被迫变换方向，全身的力气都用在死死抓住筏子绳索上，我必须拼命抓住它，以免急流把我从筏子上打到湍急的河水中去。如果没有皮筏子的保护，直接让我去撞岸边的石头，粉身碎骨就在所难免。

其实那段河道并不宽，也就四五米吧，就是因为不宽且弯曲，急流才把筏子冲到岸边的大石块上又弹回来。如果是平时的正常水流，在平缓地带，我完全可以自己靠岸，拉着筏子等雨停了再漂。但山洪一来，气势汹涌，我就根本停不下来。

就这样，我在急流中挣扎，也不知道过了多久，终于见到右前方岸边丛林出现了两个人影，我大声呼叫："快来人啊！"

与此同时，那两个人也看到了我的筏子，也大声叫道："不要命了啊，山洪暴发还敢漂流！"

所幸这时风速减小了，瓢泼大雨收敛了一点阵势，而他俩站的位置也是这一段河道最窄处，有块大石头可以当成是小码头。于是两个人不知道用什么方法终于拦住了我的筏子，费了九牛二虎之力，将之拉往岸边，其中一个扶着我下筏子，让我在岸边的石头上歇息一下压压惊，并说："别怕别怕，我们来救你哈，美女。"还美女，哪里还有美女样子，我知道我肯定面如死灰了。

语气词"哈"是我们重庆和四川人常用的口语词，我问："你们是哪里的人嘛？"

两个人说："我们是合川的撒。"

"哎呀，我是重庆的撒！"我尖叫着说。

"啊，原来是老乡索！看嘛，关键时候还是老乡出手救你哈。"他俩笑。

"对头对头，老乡够意思！"我拍拍两个人的胳膊，这时候雨又小了一点，我才看清是两张很年轻的面孔。

刚才我全神贯注奋斗在筏子中与山洪搏斗，这会儿神经松弛下来就开始哆嗦了，由于已经泡在水中一阵子了，这才感到冷，我跺着脚在岸边看两个同样被淋透了的小伙子忙碌着，也帮不上忙。

他们忙着把筏子翻过来，倒掉里面的积水，再把被急流冲乱的绳索整理好。等着雨更小一点，山洪的阵仗也弱了一点，他们才又重新把我扶上筏子，我坐中间，他俩一头一尾，朝下游漂去。他们得意地说："美女，这下你是绝对安全了，因为有我们护送你，不用再害怕了。"

也就是在半个小时之间吧，我从一名孤苦伶仃、孤军奋战的漂流战士，一下子华丽转身，变成了有两员大将护送的公主了，我不敢得意，我怕一转眼命运又改变了，我实在不愿意再相信这笔架山中的天和水了。我看看前面那幅青春的背影，又转头看看后面那张青春的笑脸，我长长地吸进一口气，又均匀地吐出来。此时，雨停了，河道中的水流也没那么急了，变得清澈一些了，也看得见底部的鹅卵石了。我猜大概是小龙们玩累了，回去睡觉了，我这才有机会享受这山中漂流的悠闲。

我远远看到下游是一个广阔的湖面，两个小伙子说："美女，我们就护送你到这里吧，下面的河道很安全了，你漂下去就在湖中玩一会等你的同伴吧，我们从这里上岸，要再去巡查河道了。"

两个水性好的河道巡查工，一个 18 岁，一个 22 岁，和我挥手再见。我说："小老乡，谢谢你们哈，以后有时间来广州找我耍。"

"要得要得。"他们应声着渐渐隐入丛林中。

巡查河道，排查险情，救人，虽然是他们的工作，但对于我来说，救得及时，救我于危难中，我是心存感谢的。

后来杂志社的朋友们都相聚在金色夕阳下的湖面上，他们已经在漂来时的半道上见到那两位巡查工，听他们讲起遇到我时的险情，并要我再讲细节。听着他们玩笑八卦的语气，此时的我好像活过千年，看到不一样的天空、湖面、树林与夕阳，反觉得无话可说了。

清远笔架山的天地与山水还是对我手下留情了，在制造了险情之后，让雨神和水神逗我玩乐了一番，终于还是把温暖和光亮交回给了我。

从此我不再去漂流，有这一次顶过百次。

其实，我从小就对"死亡"这个词很熟悉，因为我的家就在一所企业医院旁边。我们那幢楼的大门和对面大楼的大门前是一个院坝，我们出大门的右手边有一坡石梯，往上走就是医院的大门。我们这两栋大楼的小孩子经常跑进医院去玩耍或者上厕所，医生和我们这帮小孩子都混得很熟悉。医生家的小孩子也经常跑来和我们一起在院坝玩。有时，正玩得高兴，忽听得有人高喊一声："死人子来了！"大多数孩子胆小，就纷纷尖叫着躲进自己大楼的门里面，但又忍不住透过门缝往外张望。其实就是医院的病人去世了，从太平间抬出来送到"石桥铺火葬场"去火化。担架抬出来的遗体也是裹着严实的白布单的，工人和医务人员每次抬着担架从医院大门出来，下石梯，要经过我们玩耍的院坝，才能送到马路边的车上。有人一看到医院门口出来担架，特别是小孩子，就要故意尖叫，制造紧张空气。

有时候也有叫错的，比如明明是病人转院，担架上是活着的人，这样一来，吼叫的小孩子就该挨病人家属骂了。

医院的太平间其实我们也是经常去那门口晃一晃的，进医院大门往里，一直走，过中心院子，再穿过一栋楼的底楼，就是一座小山，山下有个洞，大概是天然的，很深，要下很多级石梯，据说下面就是太平间，有个长得古里古怪的老头看守。小孩子们总是好奇，越怕什么有时越想看什么，就像现在有的年轻人看惊悚片一样。但我们那时也只敢在洞门口张望一下，每次到那里晃一晃，就觉得洞里面直往上面冒冷气，那里是个天然的冷气库。有时我们在洞门口晃荡时，遇到下面走上来那个长相古怪的老头，他就吼一声："小娃儿，走开点！"我们就一哄而散，跑出医院去。

童年，只是怕看到"死人子"，即死去的人，对死亡还没有概念，也不真正懂得惧怕。

我有个表姐也是这个企业的员工，得了个慢性病，有一次就住的这个医院，因为离得很近，我妈经常派我去给她端汤送饭，去陪她聊天。记得她小小的个子，又瘦又尖的小脸上，架着一副褐色的大框近视眼镜，苍白的面容没有一丝红润之气。而她的几个兄弟姐妹，都是高大健康的。后来她出院还送了一双好看的棉袜给我，那时送双袜子已经是很不错的礼物了。不过这个被我称做"三姐"的表姐，还是因为这个慢性病的并发症，过早地夭亡了，去世时也就三十岁左右吧。

现在回想起来，一个人长大真不容易，经常会和死亡打个照面。所以现在看到那些白发苍苍的八九十岁的老人家，我会有种很羡慕的感觉，他们是经历了多少次生死的较量才活到这个岁数的啊，他们是自己人生中的英雄。

我们的老邻居徐伯伯就是一个老寿星，他曾经是国民党电台科的主任，"文革"自然被批斗，但他心态极好，现在已经103岁了，除了耳朵听不大清，其他方面都不错。所以逢他的寿辰只要我在重庆，我都会去参加，沾点喜气。

而我自己，也是在无数的小小坎坷中走过来的。

记得幼年时三四岁的一个夏天，老妈买了一袋子冰糖，很大一块一块的那种，有棱有角的。老妈一边用毛巾包着锤子，一边敲打大块的冰糖。我们家有个祖上留下来的比足球大的白色圆瓷坛，明清时代的物件，上面是幼儿嬉戏的场景彩绘。它的口约饭碗大小，老妈把敲得小一点的冰糖往瓷坛里整齐码放。我的鼻子特别灵，本来一个人在过道里玩耍，闻到糖味就跑进来围着老妈转悠。老妈看着我的馋样，就选了一块如现在一元硬币大小的冰糖给我。我接过去拿在手里用舌头舔着，也不知道是怎么一回事，我妈"妹儿，小心点，别吞下去了哈"的话音还没落，我这块冰糖就滑进喉咙里去了。

我"啊啊啊"说不出话，明显冰糖是卡在我小小的喉咙里了。老妈这一看，慌了，本能地拍我背，见没效果，又伸手进我喉咙抠，老妈的手没把冰糖抠出来，可能反而是把冰糖推下去了，我的脸色这才慢慢从青色返红。我咽了咽口水，长长地吸了一口气。老妈还不放心，又从重庆人家家户户都有的泡菜坛子里，抓出一条带叶子的腌酸菜叫我嚼一嚼吞下，据说这样可以把卡着的冰糖尽快带到胃里面去。我的喉咙肯定是被坚硬有棱角的冰糖划伤了，有点痛，但警报已经解除。

小孩子自己很快把这事忘记了，又去玩耍去了，但我妈满头大汗在桌子边坐了很久，她是被吓坏了。这之后，她再也不给我吃大块的冰糖了。当然我自己也不吃了，现在，冰糖在冰箱里面也仅仅只是做菜和泡酒的调料。

我在想，那次要是冰糖卡住了我的气管，可能就没有后来的我了。死亡有时候离人真的很近。

第二次看见我妈慌乱是因为我的一次发高烧，大约烧到41度，我还能自己走着和妈一起去看急诊，医生说查一个血吧，一针扎进我的无名指，我的十指指甲颜色立即变得青紫了，嘴唇也乌了，人也站不住了。我妈叫起来："快来人抢救啊！"医生说："赶紧住院，你背娃儿去住院部，我这里开单。"不知道那个时候有没有推车或者担架，也忘记了医生到底是给我临时做了什么救治措施。我只想得起我妈背起我就往住院部跑，我的头伏在我妈肩上，半路上我看见她噙着眼泪。我很懂事地说了一句："妈妈，你不要着急。"这一句话，直接把我妈的眼泪给说掉下来。

那时住院很不容易，要"走后门"，或者确实是病得严重的才能住，像我这种仅仅是感冒高烧就住进医院的情况，是很少有的。病区的病员和家属都不相信我只是感冒发烧。可见那次我确实病得不轻。不过也没查出来什么大毛病，大概就是病毒性感冒或者扁桃体发炎引发的高烧，反正就是翻来覆去打吊滴。那个时候的吊滴非常不科学，不像现在直接把针扎进瓶口，而是把药水倒进一个专门的有盖子的大瓶子里，再滴进病人的血管里，这样增加了一次药水被细菌污染的机会。有一天，护士正要给我输水，我发现刚刚倒入大瓶子的药水里面有个黑影，我就叫我妈看看是什么，妈妈一看，大叫起来，原来里面是一只苍蝇。天啦，要是泡苍蝇的水输入我血管里面，谁知道有什么后果！感冒没治好，恐怕又染了其他的病。护士赶紧换瓶换药水。

小时候我的口齿很清楚，声音也很好听，能唱会跳，早就参加艺术团的各种演出。所以我在儿童病区里面是非常受欢迎的一个小病人，每天来查房的医生都要让我讲诉一遍生病的经过，然后再问些其他他们感兴趣的问题，其实我的叙述他们已经听过不止一遍了，只是其他病区的医生听说儿童病区有个很乖巧伶俐的小病人，他们都过来凑热闹。最后这些医生就说："呀，这个妹儿好乖哟，小嘴巴叭嗒叭嗒表达得好清楚啊。"

我们这间儿童病房三个床位，我被安排在中间的床，左边是一个来自农村的男孩，右边是一个女孩子，他们两个都是患的肾病。天天喊嘴巴里面没有味道，想吃咸的东西，因为医生严格控制他们吃盐的分量。女孩子有个哥哥，比她大不了几岁，常到医院来看她，一会说"妹妹，我们吃点苹果吧"，一会儿又说"妹妹，我们吃个梨子吧"，结果生病的妹妹没吃多少，都给那个馋嘴的哥哥吃掉了。我和生病的男孩子总是朝着那哥哥的背影做鬼脸。

我们演出队的孩子们听说我住院了，约好一起来看我，结果有一天大家自然而然在病房里给我们慰问演出了一场，医生护士和病人都来看

关于死亡

热闹，大家都快活得不得了，我的病也感觉好了一大半。等这些孩子们一走，妈妈给我整理床单被子，发现床上被子下全部是我的小伙伴们藏的小礼物：一只香蕉、一根棒棒糖、一包小饼干等等，都是小伙伴省下零用钱买给我的。而那个时候物质并不富足。妈妈也分一些给旁边的两个孩子吃，特别是那个基本没有零食的农村男孩子，妈妈会多分一些给他。

因为我乖巧，医生们舍不得我出院了，反复留我，留了半个多月。幸好那个时候是公费医疗，好像家里花钱不多。

那是我人生第一次住院，只是因为一个小小的感冒发烧。现在想起来，感冒发烧也是不能大意的，夺人性命的感冒发烧也时有发生。

再后来，因为打针药物有问题而晕厥，在上行的缆车上差点被夹入门与护栏中，在小车上差点被喝醉的泥头车撞飞，遭遇成昆线塌方，路遇新疆那拉提草原附近的泥石流，在海边被海浪打翻呛晕，被一次变异性哮喘折磨得呼吸困难，在高速公路上遭遇一辆集装箱车乱抢道，我们的车差点被挤扁，等等，也算九死一生，呵呵。幸好老天怜悯，知道我是家中顶梁柱，暂时还不收我。所以，我感谢上苍的垂爱，珍惜每一天。

我的直系亲属中，在我眼前离世的第一个是我的奶奶。奶奶其实也是因为一个小感冒咳嗽慢慢衰竭的。她是死活不肯进医院的人，曾被我老爹做通思想工作背进医院，刚进去她又闹着回家了。即便是中药她也不好好吃，她自己嚷着要用陈艾烧焦化水喝，喝了一口又给吐了，说苦死人。现在想起来，是她自己不想给家里拖累，觉得73岁了，该去找已经故去的爷爷了。一个人自己心理上不想活，身体上就很容易败下阵来。就像林黛玉，生生把自己气死了饿死了一样。

记得有一天上午，我老爹叫我去我老妈单位传信说奶奶去世了，那时我家里离老妈单位只需穿过三条街，那时的人贩子也没现在这么多。我飞奔到老妈办公室，传信给正在做报表的她时，我清楚地记得我妈眼里一下滚出了几滴眼泪。其实我妈和我老爹比，老爹更爱激动流泪，但那一次老妈的眼泪留给我很深的印象。后来每当在书上看到"眼泪似断线的珍珠"的描写，我就想起那一幕。

闻香识花妖

那是一个大夏天，大概火葬场的车要下午才来，重庆的三伏天骄阳似火烧，妈从冰厂买来了几块半米长的食用大冰块，放了两块在奶奶的床下，还有两块就放在公共厨房，给邻居们用，邻居们就来敲几块去冰稀饭绿豆汤之类。老爹怕我们年纪小害怕，就不让我们进家门，只让我和兄长以及二表哥在公共厨房里玩，结果那两块大冰就成了我们的玩具。

我还是想看奶奶死去是什么样子，所以轻手轻脚溜到家门边往里瞧，正好看到我老爹在亲自给奶奶穿衣服，是一身灰色的服装。后来火葬场来抬人，工人们把奶奶从她的床上抬下来往过道的担架上放，我看到奶奶的脸很安详，好像睡着了似的。只有平时梳成发髻的头发散落下来，如霜打的柳丝，灰白灰白的。

奶奶火化那天，我第一次跟随爹妈去"石桥铺"走了一遭。"石桥铺"是一个地名，在以前重庆人的心中，它就是火葬场的代名词，这和广州人以前说"芳村"是精神病院的代名词一样。

记得那是一个很大很大的室内空间，进门左边尽头是一个大金属门，门边有一条小轨道通向右边的一排一排整齐的方格子，有个工人高喊一声我奶奶的名字，另外两个工人就从一个方格子里抽出一个抽屉，原来里面睡的是一个死去的人。工人们把这个抽屉放在轨道上，启动开关，抽屉就从右至左向那个大铁门方向滑去。我们一家还有其他一些亲戚们站在轨道旁边五至十米处，老妈不让我们小孩子靠得太近，我们就远远看着。当这个浅浅的抽屉经过我前面时，我看清里面睡的是我的奶奶，我记得她身上的灰色衣裳是几天前我老爹亲自给她穿上的。我还来不及想什么，这抽屉就顺着轨道滑到巨大的金属门前，金属门往上一提，里面竟然是熊熊燃烧的烈火。当抽屉迅速地把奶奶抛进火中，我看见烈火"轰"地冒出巨大火苗，就像现在电视上看到陨石撞击星球那样，火焰四溅。金属门随即关上，有形的奶奶就彻底消失了。我不知道接下来该干什么，转身寻找爹妈，看见我一贯强悍的老爹，此时用我经常给他洗涤的大手绢捂住脸，无力地靠在墙边，无声地抽泣着，人在发抖。谁也没有去劝，因为亲戚们都在难过。我一直习惯威风凛凛的老爹，这是我第一次看他无助地颤抖和抽泣，我也害怕，我也无助。我瞥了一眼远处

装过奶奶的方格子，突然开始痛恨死亡。我那也是第一次知道，死亡会带走我自己的亲人。

　　奶奶去世之后，我家那栋房子就重新修缮，连一些结构都改变了，等再搬回去时，我已经完全忘记了奶奶是在里面去世的，我也从未因此害怕过。后来有好几次，我老爹都把我当着他同龄的朋友那样问我：你说，这人到底从哪儿来？又到哪里去？我是谁？为什么会有生死？我忘记当时是如何回答老爹的，肯定回答得幼稚可笑。现在思考这些哲学命题，我更是千头万绪，哑口无言。

　　之后再去火葬场，就是多年后的大学时代了，大学四年，我和同学们两次去火葬场参加告别仪式，一次是送别我们一个女老师的丈夫，另一次是送别我们一个男老师的妻子。女老师姓宋，是俄国人，但早已经到中国定居，大概就是我们所说的白俄。不知道宋老师信的是东正教还是基督教，故去的丈夫好似睡着了一样就睡在她身旁的担架床上，上面也没有盖玻璃罩，她不时俯身在丈夫耳边说着什么，而我们也站得不远。在哀乐声中我们一边流泪一边默哀，然后目送宋老师的丈夫被送进也在我们不远处的一个黑洞洞的门里，没有熊熊燃烧的大火，有人告诉我们，这是电烧。然后走到院子里，我们一个个和宋老师以及她的儿女握手告别，我还对她的二儿子（也是我们系高一届的同学）说，要他好好照顾宋老师。

　　那时，对死亡也不大害怕，只是对故去的人觉得可惜。可能因为自己年轻，觉得死亡到底是别人的事情，和我自己不太相干。

　　到现在，去殡仪馆火葬场的次数越来越多，因为身边的亲人、好友、同事都在告别人世间。去一次，心情沉重一次，去一次，恐惧增加一分。

　　那个地方，谁都得去报到，早迟而已。

　　想起十几年前，我们省旅游文化协会的领导们，一起去南方医科大学人体博物馆参观，那是领先国际先进水平的博物馆，3000多件人体各部位的标本令我们十分震惊。记得当时我们协会的名誉会长杨老师指着一个骷髅头笑着说：莎莎，别看你现在这般美丽，百年以后你也会变成这样，当然，我们大家也都会变成这样。我也笑，说：杨老师，您我都没有机会成骷髅了，百年之后只有一把灰，灰飞烟灭。杨老师那时已经得了前列腺癌，只是因为他乐观，情况尚好。但过了一两年吧，他也告别人世。待我再和大伙儿去祭拜他，就真的只有面对骨灰盒中的一把灰了。

宇宙的法则就是有生就有死，谁都违背不了。所以我们活着的时候，笑谈生死，但也珍惜生命，尽量延长它的长度和宽度，爱我们可以爱的人，尽我们应尽的职责，心向善良，不枉来人世间走一遭。

笑谈生死，所以过去害怕骷髅头的我，竟然也收藏了一款骷髅头外形的香水。从前，骷髅头代表黑暗、恐怖、腐朽；而现如今，骷髅头已经成为一种时尚元素，在年轻人中间大行其道。服装和饰品上有骷髅头图案，有的橱窗也以骷髅头或者骷髅为主题。它竟然成为一种不可阻挡的魅力符号，代表着现代、阳刚、叛逆。

这款意大利的银色限量版香水竟然叫做"警察"，难道想说警察这个职业是高危职业？它的气味并不是腐败的、压抑的、低沉的，相反是清雅和明快的花木香调，初调是佛手柑那让人有些振奋的芳香，连同常春藤富含阳光的气味弥漫周围，当初调渐渐散去，被西方称为"万能药"的鼠尾草，携着鸢尾草、白雪松聚集过来，浓烈而直入鼻息，会让人眼前一亮。最后牢牢地依附在我们身上的，是羊绒木、麝香、水晶苔的雅致气味。

香水的设计灵感来自于《哈姆雷特》中的台词："生存还是毁灭，这是个问题。"有时候生与死的确就在一念之间。如果一个成年人、一个心理健康的人，自己坚持选择死亡，必有他们的道理，哪怕旁边人不赞同，但也只能报以尊重之心。其实在我看来，选择死亡是比活着更加不易的一件事。所以，我还是选容易的做吧，为了自己的责任，好好地活下去。

"警察"限量版香水，适合有点叛逆、又追求时尚的年轻人，喜爱运动的人也可以选择它，春夏季与之更融洽。

骷髅头银色限量版「警察」香水

香思袅袅

乌兰老额吉

"千里之爱"在外观上就先声夺人，它用三种颜色的瓶子来作为符号和载体。不同颜色代表不同的毫升。

三只不透明的瓶身，包裹着神秘的香气——花香、茶香、草木香、动物香。那飞动的鸟的形状，不仅传达高田贤三（KENZO）一贯崇尚自然的风格，也叙述出一对恋人各自在遥远国度间行走，却能在千里之外记住彼此的味道的故事。

昨晚我又梦见了草原深处的乌兰老额吉。

何以解忧？唯有"千里之爱"（KENZO AMOUR）——高田贤三的一种淡香水。

我打开香水柜，一一拿出白、红、橙的三个瓶子，注视并不透明的瓶身，我仿佛有一双千里眼，看到了乌兰老额吉的一生。

"牵强附会，这有关系吗？"我脑海里的一个声音质问我。

"都是我的个人感觉而已。"我安慰自己道。

解忧，总得需要一种手段。以物——香水代人，大概就是我这香水痴迷者的特别之处吧？

"千里之爱"在2007年的菲菲奖（FIFI Award）中独得两项大奖，是有它过人之处的。否则，这一年一度的香水行业的奥斯卡大奖，不可能在众多的追逐者中向它张开怀抱。

"千里之爱"在外观上就先声夺人，它用三种颜色的瓶子来作为符号和载体。不同颜色代表不同的毫升。但我想，由于每个人对色彩的感悟是不一样的，所以每个人或多或少会展开不同的联想。在我眼里，白、红、橙代表了某些女性的不同时期。白，少女的纯洁年代；红，少妇的性感时代；橙，老太的温和境界。

三只不透明的瓶身，包裹着神秘的香气——花香、茶香、草木香、动物香。那飞动的鸟的形状，不仅传达高田贤三（KENZO）一贯崇尚自然的风格，也叙述出一对恋人各自在遥远国度间行走，却能在千里之外记住彼此的味道的故事。作为东西方文化交融的最佳典范，"千里之爱"不论是整体概念、香调或是瓶身设计，均传达出浓烈的东方味道，呼应了全球吹起的不可小视的东方潮流。

为什么这款高调的香水会让我不由自主想起草原深处的乌兰老额吉？她是一个看似完全和这洋气的香水没有丝毫联系的土得掉渣的老妈妈啊！但我觉得她的气质和她一生的境遇，与这香水有不谋而合之处。

那就听我说说她的故事吧。

"咳，咳咳……"

"咳咳咳……"

一阵沉重的咳嗽声响起，反反复复很多次，像一双手把村庄上空墨黑的天幕一下一下地慢慢拉开，露出墨蓝的另一层幕布。星星似水晶般挂在幕布上，像天上的眼睛遥望人间。大地上山丘、房屋、树木也醒来了，它们似乎用清水洗净了脸庞，并像女孩子描眉一样把自己的轮廓描深了、描清晰了。这咳嗽声也似一阵突如其来的秋风吹破窗户纸，钻进沉睡着的各种生命的耳朵里。

"咕咕……咕……"公鸡的耳朵最先听见这咳嗽声，于是扬起脖子打鸣了。

"汪汪……汪汪……"狗的耳朵也听见了，于是开始吠起来。

"啊……哈……"这是羊倌听见这咳嗽声、鸡鸣犬吠声，醒来一边穿衣一边打哈欠的声音。

让村庄苏醒的咳嗽声，是乌兰老额吉发出的。已经说不出这咳嗽声源于哪一年，反正这村庄已经习惯了这咳嗽声。有人开玩笑说，如果哪天没有了乌兰老额吉的咳嗽声，不知道公鸡还会不会按时打鸣，狗还会不会按时吠叫。有人还说，一辈子没听见乌兰老额吉说过几句话，只是每天早上都听见她的咳嗽声。很多人甚至都不以为这是咳嗽声，而是习以为常的一个早起的符号。

老额吉即老妈妈、老大娘之意，是内蒙古地区人们对老太太的称呼。乌兰老额吉虽然也是在自己的咳嗽声中醒来的，但她习惯在听到鸡鸣狗吠的热闹声之后才不急不慢地穿衣起床。她的家在村子的最后一排的最西头，羊倌是邻村的，他走进村子挨家挨户收羊去放要从村子最前排最东头开始，走到她家还得走上许多个S型，得好一阵子。

乌兰老额吉扣上黑布棉衣盘扣，开门走到院子，抱了一大捆柴火来到锅台，往大铁锅里舀了几大勺清水，拿过灶台上的火柴，"嚓"一声划燃了，柴火很干燥，好像很饥渴似的，把火当水立马就吸进自己的嘴里，"嗤"一下就点着了。乌兰老额吉一边"咔嗒，咔嗒"有节奏地拉风箱，一边往灶膛里面喂柴火。随着风箱的把手一进一出，灶膛里的火光开始映红了乌兰老额吉满是皱纹的脸颊。这张脸让人想起放久了的土豆，不但失去水分失去光泽，在褶皱间还有黑黑的洗不干净的灰尘。村里人似乎都没见过乌兰老额吉年轻时的模样，他们认识的乌兰老额吉从来都是这样一个灰扑扑黑黢黢的老太太。

水开始白气翻腾，接着"咕嘟咕嘟"地冒泡了，乌兰老额吉在一个黑瓷罐里抓起一把黑乎乎的茶叶末，往一个被摔得伤痕累累的搪瓷缸里一放，然后用水舀子舀了一大勺开水冲进去，盖上盖子。搪瓷缸虽然被摔得露出了很多黑色伤痕，但也还能看出原来的底板是白色的，还有两个红色字，应该是"为人"，后面的字体虽然已经看不清楚了，但能猜出来是"为人民服务"。大铁锅里还有余水，乌兰老额吉再把笼屉放锅上，又放上两个冷馒头，盖上锅盖。这才再次走到院子里，在饲料槽里放了些干草料，羊圈里的三只绵羊也就争先恐后地往槽子挤过来，享受它们的早餐。

等羊倌走到乌兰老额吉门口时，他的前面已经走着从各家各户收来的一大群羊，他就像一块吸铁石一样，用各种口令吸附着各家的羊只跟着他出去吃草。等乌兰老额吉家的羊融入这群羊的时候，羊倌就打着口哨加快了步伐。这时，朝霞已经浮现，天幕上的水晶似乎已经融化成水，把原来墨蓝的幕布晕染成了更浅的湖蓝色了。太阳就心安理得地把自己挂在了这干净的幕布上，享受所有生命对它的敬仰。它知道这个星系里的所有生命都是它的臣民，它是值得大家敬仰的。

乌兰老额吉并没立即进屋，而是目送羊群和羊倌一路走出村子。她也把自己的三只羊多看了几眼。那一大群羊有一百多只吧，除羊倌自己养了几只山羊外，这里一般人家都养绵羊，绵羊肉好吃，羊毛也好，且性格温顺，但绵羊是闷葫芦，无论遇到多大危险，都哑口无言。绵羊群中必须养几头山羊，山羊是预警羊，遇到危险，它会及时大叫报警。山羊肉不如绵羊肉受欢迎，但山羊的羊绒好。不过山羊有两个缺点，一是喜欢挖草根吃，对植被造成的破坏比较大，二是太不老实，上树毁枝，上房揭瓦，山坡陡壁，无所不及。所以在有些地区，山羊的养殖数量会加以限制。

乌兰老额吉的绵羊和她本人一样不显眼，在这个汉蒙混居的村庄，年轻人大都外出打工去了，剩下的中老年人都忙着田地上的活，谁顾得上去想一个孤寡的乌兰老额吉呢？

乌兰老额吉有多大岁数？七十？八十？抑或九十？没人能说清。但她手脚还比较麻利，还能在自家院子里忙活点葫芦、甘蓝、心里美萝卜、青麻叶（长白菜）之类的东西。她有块自留地，在村外比较远的地方，自己种不了，借给别人去种葵花籽了，别人丰收了，总会给她点回报。加上政府对孤寡老人的一点补贴，老人家对生活要求很低，日子似乎也过得去。

平时空闲的时候，乌兰老额吉喜欢在院子里坐着晒太阳，一边津津有味地用稀稀拉拉的几颗牙嚼着止痛片，一边喝着茶。她家常有大罐的止痛片，最便宜那种，以前出得了远门的时候，是她自己去镇上药店买，现在是隔壁邻居老张两口子顺路帮她捎带回来。吃止痛片是乌兰老额吉多年的习惯，反正每天周身都有不舒服的时候，吃几颗感觉心情就好一些。而且喜欢用茶水下药，也从没有不适感。

"你真是个死老头子！"隔壁张婶又在骂张大伯了，这骂声可比乌兰老额吉的咳嗽声响亮多了，不过是在白天，显得没那么让人注意吧。

"乌兰老额吉，你说这死老头子多么气人啊，自家的事情堆起不做，什么事都扔给我，却去帮外面的人一会剃头一会修鞋的，就会装好人，

那天还拿小毛孝敬我们的钱去接济过路的叫花子，给也行，两块三块也就行了，可他倒好，一下给了十块，十块呢，可以买几斤面粉了。想想那是儿子在北京建筑工地上日晒雨淋熬出来的呢。"张婶在院墙那边对着这边坐着喝茶的乌兰老额吉诉着苦。

乌兰老额吉只是微笑着，不说话，嘴巴蠕动着，似乎还在嚼着止痛片的余味。

"哎呀乌兰老额吉，还是像你这样一个人好，省心，你看我，不被那个死老头子气死才怪。"

乌兰老额吉还是不做声，仍旧微笑着。

"老额吉，和你说这个你也不懂，反正遇上这死老头子我这辈子是倒大霉了。"张婶唠叨着又忙活家务去了。

屋里张大伯出来也大声吼道："好好的家乡不老实呆着，好好的田地不种，非要去北京当什么城里人，你以为小毛那混小子在工地上当个泥水匠就成城里人了吗？辛苦都是他自找的。乌兰老额吉，你说那混小子是不是活该？！我看到他寄来的钱就生气，拿去接济叫花子我气顺一点。"

张家和乌兰老额吉家只一院墙之隔，院墙高一米左右，相互看得见各自的院子，平时要借个啥，从院墙上递来递去也就方便了。

不过以前张家和乌兰老额吉的关系没这么亲近，那时张家两口子人年轻，孩子一大群，白天晚上忙活辛苦啊，觉总是睡不够，被老额吉的咳嗽声惊醒总是不快活。加之他们吵架打架的时候，老额吉会来劝上一劝，他们就嫌孤老太太多事。有一次张婶还话语伤人说：你是个孤家寡人，哪里懂得什么两口子之间的事情呢？别瞎掺合，一边凉快去吧。老额吉听了这话也就不再去劝架了。俗话说：两口子床头吵架床尾和。也是，乌兰老额吉自语道：我这是操哪门子心啊？吵架也是有话可说呢，像我，找个人吵架也是找不着的吧。

两家关系的改善是因为张家小毛得病一事，那也是很多年前的事情了，有一天，还在上小学的小毛的右手食指突然又红又肿，疼得觉也无法睡，这在民间被认为是雨后用手指了彩虹，得罪了天神。红肿处连着一条细小血管，正常血管显示在皮肤上是青紫色的，可小毛红肿处的那

闻香识花妖

160

血管开始变得越来越红，像一条红线向胳膊方向延伸。传说红线延伸到了心脏的位置人就必死无疑，把张家人吓得要死。小毛是最小的儿子，张家喜欢得要命。都说皇帝爱长子，百姓爱幺儿么。

那时到镇上的公路还没有修好，去镇医院要走很远的路程，即使坐马车也要颠簸大半天，村里的赤脚医生是个北京城来的小知青，叫李红，一点办法也没有，只是说必须到镇医院去做手术。张家两口子都反对给孩子做手术，也没钱来做手术，小毛疼得已经在发烧了，食指肿得像个胡萝卜。

那时张家和乌兰老额吉家的院墙不是现在这个样子，那个时候墙很高，至少有两米，各自看不见各自的院子，只闻其声，不见其人。那个时候的乌兰老额吉虽然也是现在这个老太太模样，但尚能在田地里忙活，乌兰老额吉在田间听见有人喊"张家小毛要死了"后，赶忙放下手里的活，一路小跑回到家里，从箱子底下摸出一卷布，跑到隔壁张家。

"张小哥张小妹，如果信得过我老婆子，让我给小毛扎两针吧。"乌兰老额吉主动请缨。

"啊？你又不是大夫，你行吗？"不但张家两口子这么问，其他围在旁边的村民也抱着怀疑的态度，几十年了，村人得这个病都是去镇医院做手术的，没人找过平时默默无语的乌兰老额吉。

"试试看吧。"乌兰老额吉微笑着说。她展开布卷，里面露出了一排银晃晃的针。

"银针！"赤脚医生李红首先叫道。

"有酒吗？"乌兰老额吉问。

"有酒精呢。"李红打开红十字小箱子。

乌兰老额吉用李红递过来的酒精棉在针上消了毒，正要举起针，张婶突然用自己的身体挡住小毛："不要不要，你要扎伤了我家小毛咋办？"

乌兰老额吉在自己的左手虎口上扎下去，捻捻针，然后拔出来说："保你家小毛没事的，放心呢。"

众人就说："救人要紧，就让乌兰老额吉试试吧。"

张婶这才不甘心地让开。

乌兰老额吉重新用酒精消毒了两根银针，一针扎在小毛胳膊上，一

针扎在小毛虎口上。她捻捻针，观察了一下。"等一会儿，等这条红线慢慢退到食指处才可以取针。"乌兰老额吉平静地说。

于是，大家都目不转睛死盯着红线。有人逗小毛："小毛，你是不是用这个手指去指了雨后彩虹？看，得罪天神了吧。"小毛很委屈，哭丧着脸说："我没有，好长时间都没有看见过彩虹了。"就在众人说话间，只见那红线以蜗牛爬行之势慢慢从手腕处往食指方向回收。"短了短了，真的变短了。"众人叫道。大约二十分钟吧，红线收回到食指处不见了，但食指处反而更加肿胀，好像一个小小气球要爆掉。小虎又疼得哭起来。

"你看你看，肿得更厉害了呢。"张婶心疼儿子，也叫道。

乌兰老额吉对李红说："有消毒过的剪子吗？给我。"

李红递上剪子。只见乌兰老额吉接过剪子逗小毛一句："小毛啊，你看天上有什么？"趁着小毛好奇望天，她轻轻在小毛食指肿胀处一剪，"哗"一股脓顺势流出，滴落到床边铺的几张报纸上，脓滴完了才是血，满报纸都是。小毛先"啊"地叫了一声，但随这脓血的排出，他的眉头慢慢舒展开来。张婶忙问："血也流出来了，疼不？"小毛摇头，竟然咧嘴笑了。

"好了，没事了，把报纸放灶里烧了，把小毛伤口包起来吧，赶紧去镇上药店买一个干蜈蚣，拿回来捣碎，先用一半粉末敷一次伤口，包上三四天，用剩余粉末再换一次，再包三四天，以毒攻毒就好了。"

众人发出嘘声，都道："原来乌兰老额吉还藏有这一手啊！"赤脚医生李红抓住乌兰老额吉的手要拜师。乌兰老额吉憨笑一下："没事，改天我教你扎就是，其实小毛得的这个病也简单，就叫湿毒聚集。释放了湿毒，病就好了。"

多少年默默无闻的乌兰老额吉从此名声大震。能治病，简直是神医。那天她说的话好像也是人们认识她以来听她说得最多的话。

也是从这之后，张家两口子把看乌兰老额吉的眼神从以前的斜眼换成了正眼，首先是把两家院墙的高度削去一半，说这样好，既是两家人，又能有个照应。张家做点好吃的，也总叫小毛给乌兰老额吉送点，小毛也从来是翻院墙过来。两口子吵架打架也开始找乌兰老额吉去评理或者诉说了，而乌兰老额吉总是微笑，偶尔小声说一句：吵架好，有话说，有说话的人呢。

也是从这之后，乌兰老额吉那几乎没人进的院子有了人气，赤脚医生李红经常来学银针，乌兰老额吉教她用一本厚书练习扎针，针眼在厚厚的纸上不能歪斜，这可不是一朝一夕的功力了。

有个男知青叫苇子青，因为喜欢李红，也经常往乌兰老额吉家跑。苇子青本来想考大学，但"文革"一开始，应届毕业的学生都被要求上山下乡，他就和同学们一起来了内蒙古，人变得很颓废，除了劳动，只有酒和李红是他的精神寄托。

这一天，场部休息，他又犯了酒瘾，去镇上打了半斤散装烧酒，没瓶子装，那时还没有流行塑料袋，便死缠硬磨叫商店售货员给找了个装饼干的玻璃纸的纸袋，把酒装在里面，用绳子扎紧口子，拎着就来到了乌兰老额吉的院子门口，扯起嗓子喊了两声老额吉，见没人应声，也不进院子，把玻璃纸袋挂到门口一棵小杨树的干树桠上，在一个角上用干树枝扎个小洞眼，赶紧用手捏着。嘴巴对上去的时候，手松一下，一口酒就进嘴里了，然后又捏住口子。另外一只手在衣袋里面掏颗花生米放嘴里，嚼着。过上过下的村民见他这副馋酒的样子，个个哈哈大笑。比他年长一点的就吼："瞧瞧，看酒虫把这孩子折腾成啥样了。"

过了一会，乌兰老额吉和李红也回来了。"这孩子，怎么不进屋，看还用个玻璃纸袋，屋里有水缸子呢。"乌兰老额吉说。

苇子青咧嘴做个鬼脸，还想继续喝，肩膀上被李红一拍："还喝呀，留几口给乌兰老额吉做菜吧。"

他这才把玻璃纸袋从树上取下来，用不舍得的眼神看了看，跟着乌兰老额吉和李红进了院子。

此时正是初秋，秋高气爽，气候干燥，乌兰老额吉说："孩子们，今天帮我抬个木箱子出来晾晾霉气吧。"

两个年轻人忙在乌兰老额吉的指点下，在一堆破物件中找到那口老木箱，搬到院子里面来。"里面是什么宝贝啊，乌兰老额吉？"年轻人问。

乌兰老额吉没说话，眼神变得凝重起来，拿了抹布把箱子上面的灰

乌兰老额吉

尘轻轻擦掉，小心翼翼打开木箱，从一个发黄的本子里面取出几张照片，一张是一个十七八岁的大辫子姑娘。"是我当姑娘时照的，和你现在差不多大吧。"乌兰老额吉对李红说。

李红接过照片，不敢相信："呀，乌兰老额吉当年简直是美人呢。"

"岂止是美人，简直就是大美人。"苇子青啧啧赞叹。

"和现在是两个人了。"乌兰老额吉自言自语道。

"这里面又装的是什么呢？"李红好奇地拿起一个透明的空瓶子和一个不透明的空罐子问。

乌兰老额吉接过，看了看，叹口气答："原本是自制的香水和雪花膏，不过时间很久远了，香水早已经挥发了，雪花膏也干得没影子了。"

李红充满向往地望着乌兰老额吉，因为这个时候，一切美好的东西都给压制了，香水和雪花膏成了资产阶级的象征，只在姑娘们的梦中出现。

还有些老照片和旧东西，年轻人一一问了，老额吉一一答了。

……

日子仍在继续，乌兰老额吉的生活按部就班，知青们的生活也没有改变。只是从看了乌兰老额吉的老照片之后，苇子青像变了一个人。酒不见他再喝了，他的眼睛里面闪现的不再是醉意朦胧，而是神色凝重，甚至有一种使命感。劳动的空闲，他和李红拿起了过去的课本和能够找到的一些书籍，沉迷其中。

慢慢地，有些有点门路的知青被招工回城了，有的顶替父母工作也回城了，还有的当了工农兵大学生上大学了。李红和苇子青似乎什么门路和机会都没有，当大多数知青们以各种理由回了城，他俩还留在这大草原上，同时留在这大草原上的还有一些与本地牧民结了婚的知青们。一直到 1977 年春季，高考正式恢复，李红和苇子青才一起考上了大学，李红考上了中医学院，这和乌兰老额吉的指点有很大关系。苇子青考上了建筑学院，他们双双考回了北京城。临走的时候，他俩来和乌兰老额吉道别。苇子青紧握老额吉的手说："老额吉，我一定会回来的，一定要带好消息给你。等着我吧。"乌兰老额吉看似平静，但她的手在颤抖。她点点头，目光里有期冀。

时间对谁都是平等的，大家都一天天地过，但当回望过去，会有时间如白驹过隙的感叹。三四十年当真是弹指一挥间啊。当年的知青小姑娘们当了母亲，然后当了奶奶外婆，当年的知青小伙子们当了父亲，然后当了爷爷外公。大多数知青们是念旧的，开始从城里回到内蒙古牧场寻找当年的青春脚步，感恩那些曾经给过他们关怀和照顾的牧民们。

　　乌兰老额吉的生活和这个村子一样似乎没多大改变，水泥路倒是修到了家门口，但乌兰老额吉已经不能出远门，不能去远处的田地劳动了，只能在天晴的日子，顺着这水泥路在附近散散步。可她的咳嗽声，仍然是村子最早醒来的符号。

　　这天，村子的水泥道上走来两男两女外乡人，边走边东张西望，并指指点点着直奔乌兰老额吉破旧的院子，也不敲门，推开虚掩着的院子门，就进了房。大约是半个时辰之后，房内传出乌兰老额吉那比每天早上的咳嗽声更为声嘶力竭的哭声和喊声："三娃子啊，我这把老骨头终于等到和你见面的日子了……"

　　此时正是清明的午后，饭后打盹的人们一下被惊醒，能走路的都走出自家院子朝乌兰老额吉的院子涌来。隔壁的张家两口子更是首先跑过来问究竟。

　　这四个外乡来人正是当年的赤脚医生李红和酒鬼苇子青以及他们的一双儿女，在那次帮助乌兰老额吉晒箱子的时候，苇子青发现了箱子里有一张六个志愿军合影的照片和自己家里的一张一模一样，原来，自己的父亲和乌兰老额吉的丈夫是一个班要好的战友，都牺牲在朝鲜战场上，苇子青父亲去朝鲜的时候，他还在娘胎里，所以他是个遗腹子，没有亲眼见过自己的父亲。

　　乌兰老额吉是四川人，名字中有个"红"字，当年嫁给了一个身在四川的有一半蒙古族血统的青年，当中医的丈夫在抗美援朝中应征入伍跨过了鸭绿江，临走时许愿，等回来之后，一定要带妻子去内蒙古大草原看"风吹草低见牛羊"的美景，那瓶香水和雪花膏也是他自制的，为了妻子的美丽，他细心研究，专门研制出来了一种香水和一种雪花膏，并以妻子的名字"红"命名。可他这一去就再没回来。乌兰老额吉只身一人来到丈夫的祖籍安家落户，为的是那份心灵的相守，她知道蒙语中"乌兰"就是"红色"的意思，于是将名字改成乌兰其其格，意为红色的花。而她那手绝妙的银针活，也是从丈夫那里学来的。当她想念丈夫的时候，就偷偷闻闻这瓶香水，直到把香水闻成一个空瓶。

那天苇子青发现这个秘密后，就立誓有一天，一定要去朝鲜找到两个长辈的坟茔，要把坟上的土给乌兰老额吉带一捧回来。这个誓愿在立了40年之后的2011年得以实现，而乌兰老额吉也在等待了60多年之后，终于抚摸了来自异国他乡丈夫坟茔上的泥土。望着照片上那木牌子上丈夫的名字和牌子旁边疯长的野草，憋了60年的眼泪和胸中块垒啊，如脱缰的野马狂奔而出……

我现在恍然大悟，为什么我看到"千里之爱"总会联想到乌兰老额吉，原来这和额吉的丈夫为她研制的那瓶香水有关，因为额吉告诉我，丈夫在香水里面特别选用了她非常喜欢的白茶、樱花、香草。难怪额吉一辈子离不开茶叶。每天早上喝的那一大缸子黑乎乎的茶叶水，肯定也是额吉对丈夫的一种怀念吧。而"千里之爱"的中调正是白茶和樱花，而尾调的主打香中也有香草的芳踪。

乌兰老额吉的一生也和"千里之爱"三瓶香水的三色契合：少女时，额吉追求白色一般纯洁的爱；中年时，坚守自己的爱情信念，从千里之外来到丈夫的故土，心灵中有红色的赤诚；而到了晚年，看透世间苍凉的她，有橙色一样的心胸，如秋后的土地，收割了，满是草垛，却不凄惨。苦是有的，从年轻时代喜欢白茶开始，就品尝了略略的苦味，这一苦就是一辈子，苦中作乐，守护的是甜蜜的爱情。我甚至觉得"千里之爱"前调中的巴厘岛赤素馨、天芥菜所带出的粉柔奶香，也是隐约再现了草原牛羊的奶香。

哦，神奇的千里之爱！千里之爱！想到这些，我长长地吐出一口气，眼泪溢出眼眶，滴在了飞鸟似的香水瓶上。

以"千里之爱"为首的肯佐部分香水

"千里之爱"香水是对深刻爱恋的一种记录，凡是有过刻骨铭心的爱情的人，用这款香水蛮合适。对茶香、樱花特别迷恋的人，选择这款香水也是不错的。秋冬季节使用更好，因为它温暖香甜。

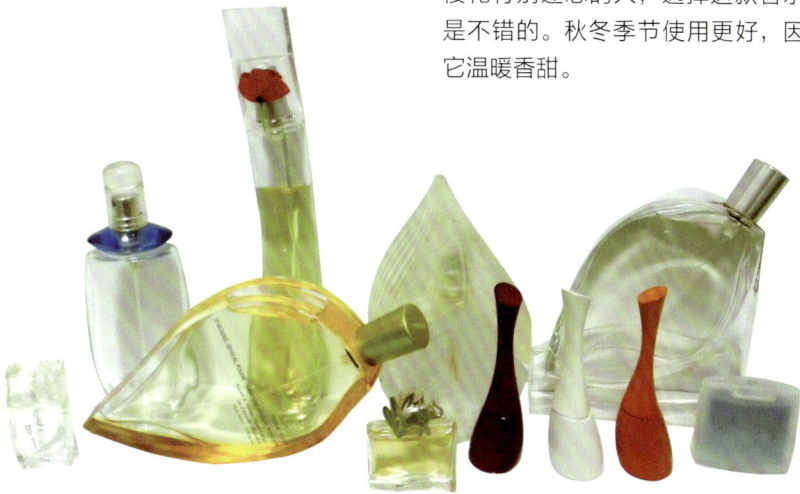

以"千里之爱"为首的肯佐部分香水

海之恋

"冷水美人"女香，用荷花、睡莲共同演绎出清冽通透的水生花香。更为奇妙的是，再加上闻到就生津的柠檬、山楂、覆盆子、黑莓等果香，让这款水生花香有了酸甜的气味，明晰的水变得扑朔迷离。这就像大海并不只是通透的蓝色一样，它还有梦幻的紫色、温暖的橙色、高贵的银色、威严的黑色……

我爱大海！

我知道爱大海的人远远不止我一个。以怎样的形式去爱？每个人都有自己的方式，亲近大海是一种方式，回忆大海是一种方式，把爱海之情深藏心里也是一种方式。然而于我，行囊里时时被"冷水"或者"冷水美人"香水占有一席之地也是一种方式。我很感谢"大卫杜夫"前后相隔八年打造了这两款水生花香型的男女香水，让我这样一些迷恋大海的人，随时随地可以闻到来自大海的味道。

"冷水"男香前调就是海水之香，开门见海，直接把一个海清新的香调送给爱海的你我。而随后涌来的绿植气息，薄荷、橙花以及天竺葵等，好似一个一个浪花翻滚，让海水的清透质感更加强烈。中调和尾调的檀香、烟草、雪松以及橡树苔等，又将海水香收敛，混合成一款沉稳大气的水生香香水。

八年之后，皮埃尔·波顿（Pierre Bourdon）再续辉煌，携手香水瓶设计大师皮特尔·施密特（Peter Schmidt），打造出"冷水美人"女香，用荷花、睡莲共同演绎出清冽通透的水生花香。更为奇妙的是，再加上闻到就生津的柠檬、山楂、覆盆子、黑莓等果香，让这款水生花香有了酸甜的气味，明晰的水变得扑朔迷离。这就像大海并不只是通透的蓝色一样，它还有梦幻的紫色、温暖的橙色、高贵的银色、威严的黑色……

"冷水"男香被香水界称做"海洋香型的里程碑"。这使我想起一个擅于画海洋的里程碑式的人物，他就是被伟大的俄罗斯画家克拉姆斯柯依称为"大海这一宽广空间的第一颗星星"的艾瓦佐夫斯基。同样伟大的俄罗斯作家普希金和作曲家格林卡称艾瓦佐夫斯基为"海洋的热情歌手"。而我的大海处女行竟然也是在这么一位伟大人物的引领下完成，这真是我人生的幸运。

　　在"冷水"男香尾调的淡淡烟草味中，我依稀看见拿着烟斗的艾瓦佐夫斯基坐在岸边的礁石上，他不慌不忙地吸着雪茄烟丝，目光落在不停拍打礁石的巨大浪花上。海之手好似在弹着礁石琴，那一簇簇浪花是绽放出的琴音，高低起伏的旋律让天边的残阳也得到力量，它也不失时机地给灰蓝的海水描上了几缕橙红。

　　一阵海风袭来，吹乱了贴在艾瓦佐夫斯基前额的如波浪般弯曲的头发，他没有理会，此时，他的眼睛像照相机一样，在拍摄着一幅幅海浪的姿态，这是他写生的方式，不用笔，不用颜料，用的是眼睛和心。正如他自己所说："画笔无法捕捉自然元素活的运动：闪电、风力、波浪的飞溅——这都是无法写生的……它们像是用一种交感性的墨水写在我的记忆中了，随着时间的推移或灵感的抚爱而鲜明地显示出来……"

　　艾瓦佐夫斯基不抽烟的时候，嘴角永远朝上，充满笑意，给人以亲近。是的，他总是微笑着面对生活，就像他的海洋画作，哪怕是风暴袭人，惊涛拍岸，而天边也总是有一丝需用心察觉才能发现的阳光。

　　他的鼻梁高挺，让眼睛看起来更加深邃。尽管他留着一圈密密的络腮胡，但他的肤色却是白里透红，白白净净的纤纤君子留着大胡子，让人觉得不那么协调，而更不协调的是，这么一个清秀书生挥笔而就的总是些暴风骤雨、惊涛骇浪的战斗场面。

　　艾瓦佐夫斯基在我出生之前的六七十年前就去世了，我只是有幸神游在他的《九级浪》《彩虹》《黑海》等海景画作中，它们是我对大海的最初印象。所以我说我的大海处女行是在他的引领下完成的。我喜欢大海的骇浪惊涛、波澜壮阔，我喜欢那种有颠覆性的英雄主义气概，虽

然平静如蓝色绸缎一般的大海我也是喜欢的，但我更愿意把海浪、天空、彩虹、落日、风暴、船舶、人们当作一个大家庭的成员在激烈对话，也可能我当时的心境太宁静了，需要这种波浪起伏的浪漫主义精神吧，孩童时代我更喜欢那种贯穿着史诗般情怀的大海画面。我幻想着自己也变成一只小船，起伏在那波涛中，与风暴逗趣。

艾瓦佐夫斯基是亚美尼亚籍，1817 年 7 月 29 日出生在原俄国南方克里木半岛的费奥多西亚市，这个城市靠近黑海，所以，是黑海给了他最初的滋养。他成名很早，艺术生命却很长，在八十三年的生命历程中，他画了五六千件作品，大多是表现海洋的。年轻的时候，他总是与大海为伴，大海的一切，包括波涛各时期的形状，海水透明的光感，各个季节和时间海面的光影，等等，都熟记在他的脑海中。而进入中年之后，他不再把时间花在观察大海上，因为大海的内涵和外延早已印刻在他的脑海中。当他进入创作的时候，他的画室里面不会悬挂任何有关大海的素描或者照片，他会任自己的思绪在空白的画布空间上驰骋，不受外界任何事物的干扰。此时他启动脑海中的电影放映机，那些储存的大海画面，会一一像放电影一样展示在他眼前；又顺着他的胳膊，输送到他的指尖，再直达画笔尖。

难怪我小小年纪就可以在他画笔的引领下，从他的画面上一个筋斗云翻进了我自己的思维空间。我现在可以肯定，当时才几岁的我脑海中那种信马由缰、那种自由翱翔，完全超越了一个孩童的智力和经历。这绝对是一幅幅神圣的艺术作品所带来的神奇力量。

大海是一个滋生和蕴藏梦的地方。这是我第一次见到大海画作时的想法，虽然那时我才几岁，还不知道"滋生""蕴藏"这样一些词汇，但艾瓦佐夫斯基笔下的大海让我开始走神了，不是离她越来越远，而是深入她的怀抱，我的脑海里会出现一些我似乎还没有经历过的事情和画面，但都与大海有关。那时不知道这是为什么，现在我知道了，那是梦，或者梦想，梦——前世发生过的？梦想——将来或许能实现？

我承认我中了俄罗斯艺术的毒，因为我后来又被俄苏著名画家雷洛夫的名画《蓝色的天空》所打动，这幅画表现的是一种童话般美好的海景，在波涛微澜的海面上，几只天鹅追逐着云彩，追逐着白帆，追逐着初升的太阳。那姿态优美的天鹅好像是从画外飞进了画内，让我张开双臂去欢送；而那涌动的海浪仿佛就要从画框中荡漾出来，让我敞开心怀去迎接。

雷洛夫的作品比艾瓦佐夫斯基的作品更具有雕塑感和梦幻感。他俩同是描述大海，着眼点不同，意境也不同，各有各的精彩。

再后来，我又看了一部叫做《红帆》的苏联影片，那些片段在我的脑海中更是挥之不去，我坚信它会像我的一位挚友，不求回报伴我一生。

记得那是个阴郁的秋天，街上的行人都把头蜷缩在衣领里，无精打采地行走在灰灰的雾气中。可就是这部片子，让电影院里的我们感受到阳光的气息与春天的味道。

影片的内容简单而明快，它讲述的是：有一个小姑娘，因为是个孤儿，从小被人看不起，她也生活得很不愉快。有一天，村子里来了一个老爷爷，他告诉小姑娘，等她长大了，会有一个白马王子驾一艘红色的帆船来接她。小姑娘心中从此有了梦想，虽然大家还是嘲笑她，虽然她很穷，但她不再痛苦，梦想使她快乐。她快乐地长到 18 岁，一边努力地干活，一边在干活的间隙去海边盼望红色的帆船。有位年轻的船长路过此地，听说了这个故事，心被女孩执著的信念融化了，他立即买下了镇上所有的红布，把自己船上的白帆换成红帆。在一个金色丝线绣满天空的早晨，英俊的船长驾驶着他的红色帆船，向美丽姑娘等待的地方开去。姑娘看到了她梦寐以求的红帆，眼里光芒四射，幸福地朝她的白马王子奔去。

我在这个故事中，感悟到人生中不可缺少的两点快乐原则。首先，人活着一定要有梦想，因为梦想是理想的雏形，是希望的开始。敢梦、敢想，才谈得上敢去争取、敢去努力。那位慈祥善良的老爷爷并不是算命先生，他只是用另外一种方式教会小姑娘敢去做梦。其次，帮助别人成就梦想也是一件快乐的事，就像那位年轻的船长，他成就了姑娘的美梦，也成就了自己的一段美好人生。

这个故事很美丽，但它绝不是童话，绝不是子虚乌有，生活中点点滴滴的温馨铸就了这个故事。这其实也是大海的性格，大海温柔却不乏

刚毅，伟岸又蕴含妖娆，她一会儿是掀起狂风的伟丈夫，一会儿是诉说柔情的俏娇娘，她博大的胸怀是梦想滋生的发源地。

后来我终于见到了真正的大海，她比演绎大海的艺术作品更加一望无际，变化莫测。无数次我投入她的怀抱，被她亲吻、被她拥抱，甚至还被她的巨浪吞没又抛起，我领略了她的柔情，也遭遇了她的严厉。她给过我甜蜜，也给过我教训。

记得有一次我们在海边采风，大喇叭里面已经通知了马上会有台风来临，一切船只禁止出海。但跃跃欲试的我们却心急火燎地打了擦边球，开船往附近的一个小岛上行进，凭着一丝侥幸，却拿自己的生命当儿戏。大海稍微教训了我们一下，虽然没有让我们的船只葬身鱼腹，却也把它腥咸苦涩的滋味灌满了我们的口鼻，在呼吸近似停顿的难受中，在海风中冻得快要僵硬的那些瞬间，我深深地忏悔了，爱大海就要尊重她，爱大海就要遵循她制定的规律，爱大海就不要只知道向她索取，更不要向她挑衅。

现在，面对那些围海造田、填海建城的所谓奇迹，我的心里一阵阵发紧。对海洋的征地扩张真的要适可而止，红树林、湿地要尽可能多地还给大海，因为天地的自然模样一定有规律可循，是最美的最适合人类和其他鸟兽居住的。人类的度假胜地不一定非要用毁灭湿地和红树林的方式去替换，否则大海将以海啸的方式席卷人类的贪心。

此时，我望着我手心里的"冷水"和"冷水美人"，更加明白一个道理：生命源于海洋，我们爱大海，其实是一种对生命的感恩和敬重。

闻香识花妖

大卫杜夫的"冷水"适合春夏用，如果您是 30 岁以上的沉稳、成熟、含蓄、内敛的男士，这款香水和您相配的指数就很高。

大卫杜夫的"冷水美人"适合 30 岁以上的成熟女性使用，它有水生花的清新，与春夏秋三季都协调。

"冷水"男香与"冷水美人"女香

以"冷水"男香与"冷水美人"女香为首的大卫杜夫部分香水

给鲁迅与许广平送一支"笔"

我收藏了一些笔形香水，每当拿出来欣赏、品味时，我竟然都有想送给鲁迅先生和许广平先生的冲动。我相信，如果时光穿越到上个世纪二三十年代，如果有这样一个机会的话，鲁迅先生不会驳我面子，因为他在生活中其实是一个很有情趣，很会享受生活乐趣，可爱而有点童真的人。他平易近人，不会把同样有点可爱有点童真的我拒之门外。许广平先生更不会拒绝，因为她是一个有广阔胸怀的人。自从和鲁迅先生生活在一起后，她总是在忙碌，我也真的希望，她能歇一歇，别那么累，别那么苦，能有空去享受一下生活中的安逸和轻松，比如在这笔形香水的海洋香调中神游一下，这支白色香的气味倒很像她的性格：柔中带刚、大气有承担。

　　我收藏了一些笔形香水，每当拿出来欣赏、品味时，我竟然都有想送给鲁迅先生和许广平先生的冲动。我相信，如果时光穿越到上个世纪二三十年代，如果有这样一个机会的话，鲁迅先生不会驳我面子，因为他在生活中其实是一个很有情趣，很会享受生活乐趣，可爱而有点童真的人。他平易近人，不会把同样有点可爱有点童真的我拒之门外。许广平先生更不会拒绝，因为她是一个有广阔胸怀的人。自从和鲁迅先生生活在一起后，她总是在忙碌，我也真的希望，她能歇一歇，别那么累，别那么苦，能有空去享受一下生活中的安逸和轻松，比如在这笔形香水的海洋香调中神游一下。这支白色香的气味倒很像她的性格：柔中带刚、大气有承担。

　　鲁迅先生的文笔曾影响了上个世纪二三十年代的整个中国，他的足迹也和他的文章一样，给广州带来了激昂的鼓点。1927 年，他来到了广州，曾在文明路的中山大学校本部办公楼旧址大钟楼工作和生活过。解放后这里辟为鲁迅纪念馆，复原了他当年的卧室兼工作室。

　　那是 1927 年 1 月 16 日，鲁迅先生登上由厦门开往广州的"苏州轮"；17 日夜船到香港，泊于海上；18 日下午抵达广州黄埔港口，住在旅店。当晚他就赶去北京路高第街看望自己的爱人。那时，许广平先生和她的两个妹妹住在一起。第二天，由许广平和孙伏园帮助，他就搬进中山大学，住所是文明路大钟楼的二楼。他写过一篇《在钟楼上——夜记之二》是这样说的："我住的是中山大学中最中央而最高的处所，通称'大钟楼'。一月之后，听得一个戴瓜皮小帽的秘书说，才知道这是最优待的住所，非'主任'之流是不准住的。但后来我一搬出，又听说就给一位办事员住进去了，莫名其妙。"这"莫名其妙"一词用在此处就很有趣，到底是说戴瓜皮小帽的秘书的话莫名其妙呢，还是"主任"之流和办事员都能住这个优待住所莫名其妙呢，抑或是优待"我"又优待办事员莫名其妙呢？总之这个"莫名其妙"让鲁迅先生更接近于生活中的平凡人，比高大上更生动。

鲁迅先生的住室下面就是著名的大礼堂，可容纳数百人，孙中山先生曾经在此发表演讲。1927年1月25日，欢迎鲁迅的大会也在这间礼堂举行。站在主席台上，鲁迅大声说道："广州这地方实在太沉寂了……有声音的，应该喊出来了。因为现在已不再是退让的时代。"3月11日晚，广州各界在大礼堂里举行纪念孙中山先生逝世两周年大会，鲁迅再一次慷慨激昂地站在这里发表演说。

1927年2月10日，中山大学任命鲁迅先生为文学系主任兼教务主任，同时讲授"文艺论""中国小说史""中国文学史"三门课程，每周各3小时，共9小时。

然而让他更加忙碌的是主任的工作，有资料记载，从2月10日至4月14日，鲁迅先生共主持召开7次教务会议，每次开会前，先由他自己恭读总理遗嘱毕，再行议事。教务工作，烦琐细致，诸如制订计划、发放通知、命题考试、试题难易、分配试卷、计分发榜、优待照顾、落榜补考、教员配置、安排课表等大小事务，均在其思考、协调与具体落实之工作范围以内。

对于教务主任一职的繁琐，我是深有体会的，因为我老爹就曾当过这个角色，那时还没有手机，所有事都靠腿跑。最记得一面墙的月课时表中的小布袋里，装着密密麻麻的小硬纸片，上面写着谁谁的课，光这课表的安排就很有讲究，颇费脑筋。

鲁迅先生到广州中山大学执教的这一年，国家出了大事，那就是蒋

介石变脸，在上海发动了"4·12"政变，进行反共"清党"。国民革命军总参谋长李济深与上海的蒋介石叛变革命的行为遥相呼应，在广州也制造了"4·15"惨案。200多名进步学生被捕，鲁迅多方设法营救未果，一些学生惨遭杀害。他在悲悼烈士的同时，亦无情地自我解剖。后来他辞职回到上海，彻底地与国民党政权决裂，选择了独立并边缘的斗争生活。

鲁迅先生在广州这段时间，写的作品不太多，除了中山大学的事务，他主要在香港和广州进行一些系列演讲，期间发表了很多重要的关于"革命"的观点。

一是大革命与小革命的区别。他认为小革命就是改良，大革命是短时期爆发的暴力斗争。他认为，人类社会的发展史不会停顿，所以即使一段时间中没有大革命，小革命也会进行。

二是鲁迅先生认为革命不能"止于至善"，应当不断往前走。所以对学生强调"进击"精神，尤其是革命已经到了危急关头，必须不断地斗争。比如他在3月1日中山大学的开学典礼上，就简短讲演了《读书与革命》的演说，鼓励中大学生"读书不忘革命，革命不忘读书"。4月10日他写的《庆祝沪宁克复的那一边》，发表在5月5日广州《国民新闻》副刊《新出路》（第十一期），其中这样写道："最后的胜利，不在高兴的人们的多少，而在永远进击的人们的多少。"有人说，这篇杂文是鲁迅革命思想和革命精神飞跃转变的见证，或许不无道理。

三是鲁迅先生提出革命与文学的关系，他认为当革命进行时，大家都在忙革命，没有革命文学。等革命成功之后，大家都去歌颂时，也不算革命文学。真正的革命文学，一方面要有颂歌，另一方面也要有挽歌。

鲁迅先生还是一个积极主张武装斗争的人，4月8日他到黄埔军官学校讲演《革命时代的文学》里说："一首诗吓不走孙传芳，一炮就把孙传芳轰走了。"当然他的意思不是说不要文学，而是说此时武装斗争更重要。

说到斗争，这里我想起一个小片段，历史学家同时也是革命者的尚钺在《怀念鲁迅先生》一文中说，1925年8月，鲁迅因为女师大学潮被免去教育部佥事一职。结果，鲁迅不再抽劣等香烟，反而抽起较贵的"海军"牌香烟。问其缘故，鲁迅说："正是因为丢了官，所以才买这贵烟。官总是要丢的，丢了官多抽几支好烟，也是集中精力来战斗的好方法。"这表明了他继续斗争的决心，也显示了他的幽默感。

由于鲁迅先生的观点具有强烈的批判性，还有他的特立独行，让一些人认为他很狭隘，不宽容，尖锐刻薄。但这也许正是他所追求的思想的严肃性、纯粹性和彻底性的表现。

有些作家写作起来文思如行云流水，口语表达却如江心巨石阻拦，流水不畅，而鲁迅先生则是一位天才的演讲家，他不仅仅是以笔为枪，他的声音、他的演讲，也是战斗的武器。

在广州期间，他除了演讲一些关于革命的题材，还做其他内容丰富的演讲，比如 7 月 16 日鲁迅到知用中学即今天的市 28 中学讲演《读书杂谈》，指导青年们如何读书，当中说："但专读书也有弊病，所以必须和现实社会接触，使所读的书活起来。"广州市教育局利用暑期举办"夏令学术讲演会"，聘请名流学者作专题报告，陈彦讲《传染病及预防法》，区声白讲《中国社会问题》，陈宗南讲《近代科学思想》，而鲁迅就讲《魏晋风度及文章与药及酒之关系》，分 7 月 23 日和 26 日两次讲完。这篇很有价值的学术论文，是研究魏晋时期文学思潮的重要文献，很大胆而有创见地为曹操翻案。

鲁迅先生的演讲也非常有趣，比如 1927 年 10 月 25 日，他从广州回到上海之后，在上海劳动大学演讲时说："我从前也很想做皇帝，后来在北京去看到宫殿的房子都是一个刻板的格式，觉得无聊极了。所以我皇帝也不想做了。做人的趣味在和许多朋友有趣的谈天、热烈的讨论。做了皇帝，口出一声，臣民都下跪，那有什么趣味？"这样妙趣横生的演讲，自然听者众多。

由于鲁迅先生的写作风格犀利辛辣，很多人以为他在生活中也是一个严肃古板的人，实际上并非如此。他有很多柔情的地方，比如他到广州来，就是为了自己的爱人许广平。许广平是广东番禺人，是他的学生。她在北平给鲁迅的第一封信还是师生之谊，但两年时间他们相互之间的

135 封信里，她对他的称呼由先生到小白象、嫩弟、小莲蓬，把鲁迅心中有如南极一般的冰山慢慢融化掉了；而他对她的称呼也不由自主从广平兄，转到 HM（害群之马的戏称）、小鬼、小刺猬、乖姑等昵称。

自他们二人从北京辗转南下，鲁迅先生去厦门大学教书，许广平先生回广州省女师任教，至此分别已达 4 个月又 18 天。鲁迅在厦门大学任教期间，为了排遣对许广平的思念，两人鸿雁传情，书信往来共计 80 封左右。他在给许广平的几封信中这样写道："来听我讲义的学生，一共有二十三人（内女生二人）。""听课的学生倒多起来了，大概有许多是别科的。女生共五人。我决定目不斜视，直到离开了厦门，和 HM 相见。"

45 岁的鲁迅先生，在空有婚姻头衔 20 年之后，终于从被动到主动，勇敢地接受了一个广东女子的爱情。一个怒发冲冠的斗士变成了柔情似水的爱人，而且终于来到爱人的出生地与她相守在一起。

鲁迅先生初到广州，如在厦门一样，最大的障碍还是言语不通，不过比厦门方便的是，有许广平先生陪伴在侧，了却了相思之苦。鲁迅在中山大学任教，许广平就当他的助教，一起并肩战斗。他在广州、香港作过多次讲演，由于他不会讲广州话，所以每次都由许广平担任粤语翻译。由于这一段时间他的心情非常愉快的，所以，也特别爱游览，爱请客。

鲁迅先生在许广平面前还特别爱表现大男人的豪迈潇洒作风。1927 年 2 月，鲁迅推荐了老友许寿裳先生来中山大学任教，因一时找不到合适的住处，鲁迅便安排他与自己同住一室。许寿裳到达的当晚，鲁迅就与许广平设宴为老友接风；次日晚又请他到国民餐店用餐；第三日又约他到陆园吃早茶，早茶之后一起到公园游玩，晚间又到大观茶店吃夜宵。期间，许寿裳多次想付账，鲁迅坚决不允，声称在女友面前不要驳他的面子，先由自己"埋单"十次再说。女友陪伴在侧，好友追随前后，鲁迅雅趣大增，便相约一起吃馆子、看电影、远足旅行，这样玩乐了十多天。在蒋介石叛变革命之后，许寿裳先生也与鲁迅先生一起辞职，抗议国民党反动派对进步师生、革命青年的迫害。他俩不愧是一对志同道合的好朋友。

抠门的男士最惹女人讨厌，所幸鲁迅先生不是这样的人，在女友面前，他要"先由自己埋单十次再说"，多么生动的表述啊。一个讨女友喜欢，不想让女友看低自己的男人形象跃然眼前。

鲁迅先生在广州时对茶楼十分感兴趣，他到过的茶楼饭店有山泉、太平馆、陆园、妙奇香、别有春、北园、一景酒家、国民餐店、陶陶居、拱北楼等。其中四家现在还是广州茶楼酒店的翘楚，一是离大钟楼很近的中山四路的妙奇香，二是小北路的北园，三是北京路财厅前的太平馆，四是西关秀丽一路的陶陶居。尤其是陶陶居，清朝已开设，康有为曾为它写招牌。

鲁迅先生是江浙人，江浙的茶点如浦江麦饼、八珍糕、马蹄酥、上海生煎包、金华干菜酥饼等都是赫赫有名的。而他到了广州之后，发现这里的广式茶点可以一解思乡之苦，自然喜欢得不得了，把当时有名的茶楼都吃了个遍。

鲁迅先生恋上许广平之后，确实像他之前在给她的信中所说的那样，对其他女生目不斜视。不仅在厦门是这样，在广州也是这样，甚至到了上海和她共同生活之后，对其他女性也多不正视。比如1928年7月7日，北新书局老板李小峰设宴招待鲁迅、林语堂、郁达夫、王映霞以及《绿天》的女作者苏雪林，现场对她很热捧，连林语堂等都对她赞美有加。当苏雪林热情地向鲁迅伸出手去，鲁迅却只是象征性地朝她点了点头，没有同她握手，连寒暄都没有，更别说追捧了。时隔多年，在鲁迅逝世后不到一个月，苏雪林就公开扯起反鲁大旗，执笔写下的《与蔡子民先生论鲁迅书》长达四千言，里面充斥着对鲁迅的唾骂："褊狭阴险，多疑善妒""色厉内荏，无廉无耻""玷辱士林之衣冠败类，二十四史儒林传所无之奸恶小人"，称鲁迅的杂文"一无足取""祸国殃民"。很多人怀疑是当初那次聚会鲁迅的冷淡惹的祸。

不过，有一个例外，那就是萧红。萧红在当年不是写得最好的女作家，也不是最漂亮的女作家，但她很有名气，这跟鲁迅的提携很有关系。可以说鲁迅对她是关怀备至的。

我在台湾作家叶翠翠写的《做鲁迅的女人难：许广平婚后得不到爱》

一文中，了解到一些信息：那时，萧红是鲁迅家的常客，尽管住得很远，也要经常坐车过来聊天，而鲁迅也很愿意与萧红聊天，有时，聊到半夜十二点，车都没了。他就去楼上披了袄子下来接着和她聊。而此时的鲁迅却不愿意把这些时间分出一些给许广平，连公园也不愿陪她去。他的理由是：公园嘛，就是进了大门，左边一条道，右边一条道，有一些树。

鲁迅胃不好，吃饭是比较挑剔的。许广平总是把最好的东西挑给鲁迅吃。萧红不大会做饭，勉强做出来的韭菜盒子，鲁迅却总是以鼓励的态度吃下好几个。有时还为了萧红把许广平说上一顿，毫不客气。

但许广平很大气，依然把萧红当姐妹。这真个是需要胸襟、需要修养的一件事。

我们不必纠结于这些文字与事实到底谁真谁假，因为伟人也是人，每个人的家庭生活其实都是琐碎而平淡的，更何况一个肩负着历史使命的男人，一个被病痛折磨得身体无比赢弱的男人，他能有多少精力和关怀给予身边朝夕相处的爱人？但是，他们曾经相爱过，这就足够了。

如今，广州图书馆前许广平与鲁迅的雕塑还依然挺立，我仿佛看到他俩的目光在几个地方游历，那是北平、是厦门大学、是北京路高第街、是大钟楼、是白云楼、是上海，这是他们爱情的路线图。

许广平先生是近代广州最显赫的家族许拜庭的后人，家族中人才辈出，不胜枚举。而她把自己交给了所爱的人，把自己放得很低很低，真的像张爱玲所说的那样：低到尘埃里去了。她一生都在为他付出。

鲁迅和许广平并没有结婚，只是同居，"为了伟大的爱而同居"，鲁迅的不离婚，是保全原配朱安，显示了在那个特定的时代里他的责任心和良心，他深深地知道，朱安这种旧式妇女本身就可怜可叹，而一旦离了婚，朱安又将会面临何等的不堪，那不是几个赡养费就能解决的。

广东奇女子许广平以她的独立坚定，和鲁迅一起，既坚守了爱情，也尊重了婚姻。

广东有很多奇女子，如坚持一统反分裂的冼夫人，在刑场上举行婚礼的陈铁军，等等。许广平和她们一样，有一个共性，那就是坚定、坚持、独立、崇尚自由、不守常规。

闻香识花妖

上世纪二十年代许广平先生发表的《同行者》和《风子是我的爱》中，就有"一心一意向着爱的方向奔驰""不自量也罢，不相当也罢，合法也罢，不合法也罢，这都与我不相干"。强烈的爱情宣言中，也彰显了她的个性。

我还在《长怀许广平先生》中读到一个鲜为人知的细节，作者蒋锡金先生这样写道：许广平始终把鲁迅收入和她自己曾经有的一笔收入严格地分开，这是她在广州教书时积蓄下来的三百元大洋，放在她自己的存折上。她是反对妇女婚后成为男子的附属品的，她说，当然，她不会和周先生分开，但也要设想，万一发生不得不离开的情况，她可以不依赖别人的资助，用这三百元维持自己几个月甚至半年的生活。

真爱是高尚的，但有时也是一种牺牲。鲁迅先生和许广平先生之间有 17 岁的差距，鲁迅先生的身体也长期受疾病折磨，她为了支持和帮助他，毅然决定不出去工作了，精心照料他的饮食起居。鲁迅先生生病，在楼上单吃，许广平每回送上楼的菜都是仔细挑选过的，素菜只要嫩叶，不要茎，鱼肉挑烧得软的，没刺的。来了客人，她要下厨房，鱼肉齐全，菜式丰富，少则四五碗，多则七八碗。鲁迅先生不陪的客人全由许广平先生代陪。鲁迅先生那时喜欢北方菜式，许广平先生就提议请个北方厨子，算了一下要每月十五元的工钱，鲁迅先生觉得贵，不愿意请。此后依然是许广平下厨。孩子的吃喝拉撒以及教育也是全由她拉扯。此外，她还要替鲁迅查找有关资料，抄写稿件，与他共同校对译著等，真正做起了他的助理、秘书、翻译、厨娘、生活保姆等等角色。这样的日子过了近十年，她真的算得上有三头六臂的超人了。

美国作家史沫特莱对鲁迅和许广平的生活甚为了解，说："她决不是他卧室里的一件安适的家具，她乃是他的共同工作者，在某些地方还是他的右手。离开她，他的生活便不可想像。"

都说鲁迅先生后期十年的著作成绩，超过了以前的 20 年，这和许广平先生默默无闻付出有很大关系。鲁迅也常对许广平说：我要好好地替中国做点事，才对得起你。他在发表自己的译作时，有时也特意用"许霞"、"许遐"的笔名。用爱人的姓氏，这是和爱人靠得更近的表现。无论是白色恐怖、兵灾战祸，还是被通缉的日子，许广平总是坚定地和鲁迅站

给鲁迅与许广平送一支「笔」

在一起。

那天，我在电视上看到鲁迅先生葬礼前后的回放，很是震动：那是1936年10月19日，鲁迅在上海逝世。各界献的挽词对鲁迅人品有了综合的评价，比如上海工人救国会的挽词是"民族之光"；上海丝厂工人的挽词是"我们的朋友"；上海烟厂工人的挽词是"精神不死"；全国学生救国联合会代表二十七学联全体学生的挽词是"鲁迅先生不死，中华民族永生"。22日，民众为鲁迅举行了极为隆重的国民葬，他的棺上覆盖着白底黑字的"民族魂"绸旗。有上万民众为他送葬，护送灵车的队伍长达一二里长。大家的腿上好像灌满了铅，使这数十里路足足走了两个多小时，"鲁迅先生精神不死"的声音也一直伴着民众们前行。

这些评价对鲁迅先生来说都不为过，但我最喜欢"我们的朋友"这个挽词。

在鲁迅先生生命的最后八年中，他一直倍受肺结核与肋膜炎的煎熬和折磨，体重降到不足76斤。不过，他的病逝，仍然让很多人难以接受。当时，上海就有人怀疑，是主治的日本须藤医生谋害，或者是延误所致。鲁迅的小弟周建人也在报上，公开对须藤的诊疗表示了质疑。这成为鲁迅生后的一个悬案。

鲁迅先生是位英勇的战士，尽管他不拿枪，也不在战场上。但他的笔就是枪，他的稿子就是他的战场。郁达夫先生曾这样评价他说："鲁迅的文体简练得像一把匕首，能以寸铁杀人，一刀见血。重要之点，抓住了以后，只消三言两语就可以把主题道破。"

鲁迅不幸病逝后，许广平担起了他的未竟之业。她将鲁迅1934年至1936年的杂文十三篇编成《夜记》，于同年4月出版。又以三闲书屋名义自费出版了《鲁迅书简》的影印本及《且介亭杂文末编》等书。1937年11月上海沦陷后，许广平不顾个人安危，留在上海未走，目的是为了保护鲁迅的全部遗稿及其他遗物。

1938年4月，她又编成了《集外集拾遗》。

为了出版《鲁迅全集》，许广平还丢下面子写信给被鲁迅生前骂作"焦大"的胡适先生，请他"鼎力设法"介绍《鲁迅全集》给商务印书馆。还好，

闻香识花妖

胡适先生不但没有为难她，反而颇为大气地"慨予俯允"，并在细心询问了版权事宜后，将他写给商务印书馆总经理王云五的亲笔信交给许广平。正是有了胡适先生的引荐，王云五才爽快地"表示极愿尽力"。

许广平先生还因为鲁迅而坐牢。那是 1941 年 12 月，珍珠港事件后，日军开进上海租界，在一个凌晨，寓所里的许广平被捕，被关押到北四川路日本宪兵司令部，后又被转送到杀人魔窟极司非尔路 76 号汪伪的特务机关"调查统计局"。

日本人之所以逮捕许广平，是因为她是鲁迅的爱人，与活跃在上海文化界的左翼名人都熟悉。他们妄想从她的身上打开缺口，将进步的上海文人一网打尽。敌人对她先软后硬用尽各种酷刑，把她折磨得死去活来。面对敌人淫威，这个奇女子用智慧、斗志和惊人的毅力与敌人周旋。敌人找不到真凭实据，不得不在关押了她 76 天之后，让内山书店为她保释。当时留在上海的进步文化人，没有一位因她的被捕而受到牵连。安全隐藏四年之久的郑振铎称颂她为"中华儿女们最圣洁的典型"。这一事件我们可以几句话就写过，但其中之苦痛与煎熬只有许广平自己知道了。

鲁迅过世后，许广平除了抚养孩子，还解决了鲁迅的原配朱安与鲁迅母亲的部分经济问题。她在困难的岁月里经常汇生活费给朱安。朱安去世前几年，曾拒绝接受鲁迅弟弟周作人的钱，却乐于接受许广平汇寄的生活费。她对人说："许先生待我好，她懂得我的想法，她的确是个好人。"后来朱安的丧事也是许广平汇钱办的。许广平不仅在经济上支持朱安，对她的身世也深怀同情。朱安去世一年后，许广平在一篇散文里写道："鲁迅原先有一位夫人朱氏……她名'安'，她的母家长辈叫她'安姑'。"可以说第一个在作品中为朱安留下姓名的是许广平。在朱安女士寂寞的一生里，与她有利害冲突的许广平却是第一个给她一份爱心、一份尊重的人。许广平的宽广胸怀，令人敬佩，这不是人人都能轻易做到的事情。

新中国成立后，许广平担任了全国妇联副主席等职，并把鲁迅著作的出版权上交给国家出版总署，还将鲁迅的全部书籍、手稿及其他遗物

捐赠国家有关部门。

今天，我又来到了广东省博物馆内的大钟楼，湿润的空气已将春困的树木激活，老树也发了新芽。我想，那些葱茏的树木一定见到过鲁迅先生并不高大的身影，但他们一定懂得由这个小个子内心散发的斗志和才情，以及对爱人的痴情。钟楼因楼的四面上方装置了时钟，故名为"钟楼"。它的外貌似"山"字形，其实鲁迅精神在人们心中何尝不是一座有分量的山？我猜想，鲁迅先生也经常伴随这钟声敲击自己的思想警钟吧，因为他是一个自觉、自省的革命战士。从 1927 年 1 月起，他先在大钟楼居住，后迁至白云路白云楼，在广州共住了八个月，在此期间，他写下了杂文 43 篇、译文 10 篇、书信 180 封，整理旧译作《小约翰》一部，旧作《野草》《朝花夕拾》各一部，校录《唐宋传奇集》上下两册。当我在陈列室看到部分鲁迅手稿时，我仿佛看到这位战斗在文化战线上的思想家，正昂首走在春天里。他把个人的人生体验同整个中华民族的命运联系起来，他有一颗真正的民族魂，他是人民真正的朋友，以笔为枪是他的招牌姿势。当然，旁边还有他的爱人许广平先生的身影，那是他战斗下去的力量之一。

闻香识花妖

这组笔形香水适合知性的人使用，春夏秋三季可以一试，办公室、课堂、图书馆等都是它散发香气的地方。

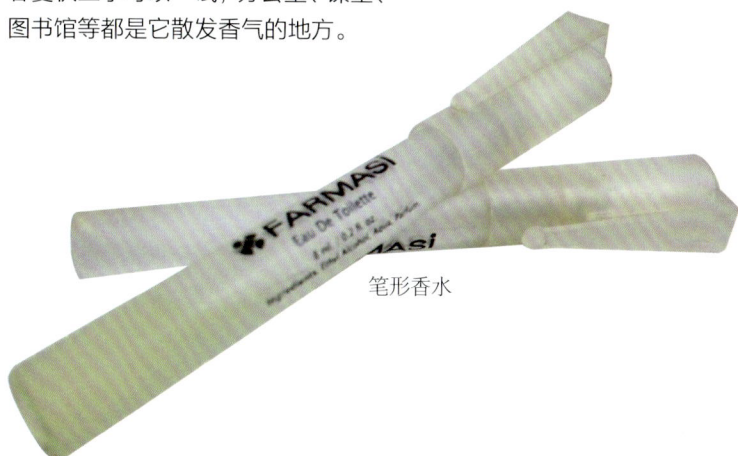

笔形香水

槐花几时开

　　"冰钻"的外观如冰一样透明，被切割成不同平面的菱形，就好像是一块钻石。它的奇特之处还在于瓶内没有塑胶管，直接靠空气压力喷出。梨子、黑醋栗、橙花首先亮相，然后是茉莉、赤色素馨花、椰奶、李子登台一展芳容，最后由洋槐把所有轻柔鲜亮的、甜美清爽的花香一起定格。

广州是一座四季盛放的花城，尤其冬天，当北国已经是一片银装素裹的时候，广州还铺着各种鲜花织出的地毯挂毯。

但有一种花在广州似乎很难见到，那就是槐花，一种成串结在树上的白花或者黄花，那是我们大西南常见的一种花。在槐花树下行走，仿佛游走在吐鲁番的葡萄沟里，那枝头上挂着的白色或者黄色的花朵，就好似一串串香甜的马奶子葡萄。说它香甜不是想象，它的花芯是可以用来吮吸的。伸手摘一串花朵，轻轻抽出花蕊，慢慢咀嚼品味。花芯的蜜也不放过，舔一舔吸一吸，清甜无比，让齿颊留香。它的花瓣也是可以用来炒鸡蛋或者做面食的，既可当菜，也可当饭。风大的时候，将一树槐花吹落，那槐花雨如同雪花一般，纷纷飘摇着洒向大地，给褐色的土地铺上了一层柔软的白棉絮。白居易有诗曰："袅袅秋风多,槐花半成实。"（《秋日》）

我问过广州本地出生的几位朋友，问他们见过槐花吗，他们都告诉我不知道槐花是什么样子。以至于我在微信上秀槐花，惹得他们一个个来问我：这是从哪里拍来的？

为了弥补我槐花的缺失，我常常喜欢使用一款叫做"冰钻"的香水，这款香是属于阿尔弗莱德·宋的品牌，它的外观如冰一样透明，被切割成不同平面的菱形，就好像是一块大钻石。它的奇特之处还在于瓶内没有塑胶管，直接靠空气压力喷出。梨子、黑醋栗、橙花首先亮相，然后是茉莉、赤色素馨花、椰奶、李子登台一展芳容，最后由洋槐把所有轻柔鲜亮的、甜美清爽的花香一起定格。

洋槐和中国槐虽然样子差不多，也属于一个大的科目下，但不是一个品种，可于我来说已经解了相思苦了。

正写此篇文章的时候，窗外飘来了唱粤剧的声音。广州人很会唱粤剧，不管是公园里的发烧友，还是KTV的麦霸，大都能来上几段粤剧唱段，而且对白部分也念得抑扬顿挫，像模像样。乡间祠堂前的盆菜聚会，离了粤剧表演，也是不成席的。

北京人和爱中国文化的老外对京剧则更是到了狂热的程度，每年都有票友大赛，上有八旬老人，下有三岁童子，个个唱得如痴如醉。

苏州人唱评弹、河南人唱豫剧、安徽人唱黄梅戏、湖南人唱花鼓戏、东北人唱二人传，这都是家喻户晓的。可我们重庆人唱什么在行呢？川剧吗？想一想好像不是。

川剧并没有人人皆知、容易上口的唱段，这和推广有关系，也和川剧中的"变脸"艺术太强大有关系，它完全抢了唱段的风光。一般人提起川剧，最先想到的就是"变脸"，以至于把唱腔忘到九霄云外去了。有时候"变脸"竟然成了川剧的代名词。

其实川剧唱段难普及还有一个原因，那就是川剧里面广泛运用"帮腔"的元素，即用高八度的女声在后台帮腔，舞台上的人物默默思考，用帮腔形式来表现人物复杂的内心世界。这是川剧的独创。可由于帮腔是高八度，没有几个普通人能吼得上去。所以也难普及。

但我各省份的朋友在一起聚会，大家说都来唱一个家乡小曲吧，那重庆人该唱什么呢？每当遇到这种情况，男声我会推荐"川江号子"，女生我会首推"槐花几时开"。"川江号子"表现穿恶浪、跨险滩的嘉陵江纤夫不屈不挠的精神，而"槐花几时开"则是一首表现柔媚女儿情的歌曲。

高高山上哟，一树哦槐哟喂，手把栏杆噢，望郎来哟喂。娘问

女儿啊，你望啥子哟喂，我望槐花嚓，几时开哟喂。

槐花五月哟，山上哦开哟喂，三月里头嚓，盼不来哟喂。痴心女儿啊，你望啥子哟喂，日夜站起嚓，眼望穿哟喂。

天光啊天三月四月五月，地光好似下雨无暖，世上星星点点心，槐花就早早醒来。女儿问娘啊，你问啥子哟喂，羞似槐花嚓，口难开哟喂。

这首歌非常有画面感，也非常有趣，一首女声独唱歌曲，却好似母女的表演唱，好似一来一往在对话。女儿望眼欲穿盼郎来，可是母亲问女儿在望啥子，女儿却王顾左右而言他，机灵地说是在打望槐花几时开。

重庆人的性格一般是敢想敢说敢干的，可这首歌却特别含蓄，一首思念情郎的情歌，里面没有一个"爱"啊"情"啊，只以槐花咏人咏心情。一个羞涩的少女就活脱脱站在那里了，我们好似看到了她红云般的脸颊。

母亲的话也很有意思，不点破女儿，顺着槐花说：这才三月啊，槐花是五月开，你日思夜想也暂时盼不来的。女儿的回答绵里带刚，说只要一天天盼，槐花也是可以早早醒来的，充分表现了一个女子对爱情的执著。

这首歌的曲调采自四川宜宾地区一种被称作"神歌"的高腔山歌，有川南地区山歌的空灵和婉转，很有穿透力和吸引力，好像在大山中绕山而行的云彩，久久不散。

前天游广州的华南植物园，在毫无准备的情况下，意外与几株黄槐相遇。已经不用问槐花几时开了，因为它们就灿然地开在我眼前。这样，我少女时代常哼的旋律便自然而然地款款走来。那吃槐花、赏槐花、唱槐花的情景，虽然事隔多年，这会儿也不失时机地穿越到我脑海中来。

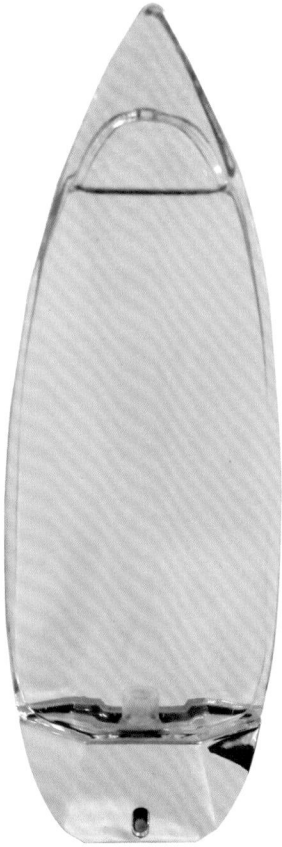

"冰钻"是四季都能使用的既甜美也清雅的一款香水，出门不知道喷什么，选它总没错。年龄、场合、穿着都没要求。

"冰钻"香水

醉在流溪河

"浅蓝"香水不止有嫩竹叶伴着白玫瑰和白茉莉的中调，它还有风铃草摇曳、柠檬和苹果笑意盈盈招手的初调，更有雪松的清幽、龙涎香的柔曼和麝香的沉稳作为尾调压阵。

在不少现代人都克制食欲、大刀阔斧地减肥之时，我却自毁形象在从化的吕田大快朵颐。那色泽红艳、肥而不腻的吕田焖大肉实在让我欲罢不能。在白云点缀的蓝天下，在知了助威的竹林旁，大碗喝酒、大块吃肉，我感觉时光机将我带回到了4000多年前的新石器时代，我已经变身为从化吕田狮象岩一带的一位彪悍的农人。白天我和同族的父老兄弟或者用打磨得很锋利、精致的石戈、石镞、石箭头去林中狩猎，或者用石锛、石斧从事农业生产劳动；夜晚，伴着流溪河的涛声，用陶罐和山上采来的香叶煮肉，用姐妹们从竹叶中抽出的嫩芯泡茶。我也学着兄长们用灰岩打磨成石环，送给我心爱的女人当手镯，爱美之心也是古人类所拥有的。

我喝醉了吗？流溪河畔的清风一缕缕飘来，我分明闻到了嫩竹叶和白茉莉柔美的芬芳，我还听到了春笋破土而出的笑声，还有那幽林深处的禾雀花正挣开树妈妈的怀抱振翅欲飞的叫声呢。

我没有喝醉。因为我清楚地看见了，这年轻得如同美少女般的流溪河畔竟然在4000年前就有古人类居住，就在这狮象岩的周围，在那一片平缓的旱坡地，叫做狮象草埔河谷，它是流溪河源头最主要的河谷。河谷的东边，发现了一批新石器时代晚期的石锛、石镞、石环等各类磨制石器，以及可复原的罐、釜陶器、支座、纺轮等。遗址中的文物涵盖之广泛，超出了我们的想象。其中颇具北方风格的石戈呈斧状，尾部有圆孔，形状和工艺都与史书记载的春秋战国时期中原普遍使用的戈相似，据说这样的兵器在岭南十分罕见，这就留下了南北方文化交流的迹象和可能，这更让人雀跃。

或许我也有些微醺了吧，因为听考古专家们说，不但在这岩高八十余米的狮象岩发现了4000年前古人类的遗址，而且在狮象岩遗址以东的吕田新联还发掘出7000年前左右的石器物件。这真是广州地区目前发现的所知年代最早的人类文明遗址啊。从化的土地上深深地印着7000年前古人类活动的足迹。可以说，从化是岭南文化的发祥地之一。这还不值得多喝两杯吗？！

4000年前的中原又是什么模样呢？那该是公元前2000年左右，是夏朝。禹建立的夏禹国，起初建于中岳嵩山南麓的阳城（今天的河南登封），后迁于今天的河南禹州和偃师。夏是文明时代的第一个王朝，那时，由于人类活动加剧，森林被大量砍伐作为建材，引起气候变暖、冰川融化。由于洪水泛滥，大禹治水三过家门而不入的故事被世代传诵。

那么7000年前的世界又是什么样子呢？那时的中国和世界都还没有朝代，属于原始社会，只有小的部落群散落其中。世界目前已知的最早的王朝政权是5000多年前的埃及王朝。中国最早的古王朝，典籍记载的是前面提到的4000多年前的夏王朝，有考古证据的是3000多年前的商王朝。中国7000多年前，整体处于新石器时代。华北地区代表性的为磁山文化，华东地区为河姆渡文化。

而地处南粤大地的从化，与我国中原和世界同步，都是有原始人类部落群活动。它的新石器时代晚期遗存，同时具有珠江三角洲和粤北石峡文化特点，这对研究两个区域史前文化的交融，价值和意义都非常重要。

今天，我接着吕田的地气，借用吕田的美食、吕田的好酒，将我这颗新客家人的灵魂出窍，与岭南先人的灵魂碰撞，我看到了先人们的勇敢与智慧、勤劳与开拓。在那些出土的文物中，战国时期的水波纹陶缶，汉代的细方格纹陶罐、陶壶和唐代的青釉四耳罐，证明着从化是一块人杰地灵之处，这里各个历史时期的人类生活就如同那历史悠久的名

菜——吕田焖大肉，火而方正，香而色红。

我的思绪从远古的流溪河走向眼前的流溪河，此时正值春天，人们走进森林，与"岁寒三友"中的竹子同乐，竹林探幽，竹海寻宝，观赏竹景，遨游翠湖，赏花踏青。竹子内心谦虚根底坚固，经霜雪而不变色，其竿直志不屈、虚心劲节、坚韧挺拔的品格不正是代表了岭南人民的精神气节吗？

不知谁吼了一声："三桠塘幽谷"到了！这可是广州地区首个亚热带山地雨林幽谷啊，著名的"流溪山竹园"主园区就位于这里，十万亩竹子，有的已经生长百多年，是广州地区最大的竹园，毛竹、粉单竹、篱竹、根竹……名字多得您叫不出来。它们与溪水相伴，更显飘逸挺拔；与岩石并肩，又显得玉树临风。片片竹海，层层竹浪，让流溪河穿上了绿色的纱衣。

聪明绝顶的岭南先人们，早就发现竹子是宝。不但能吃，能编日用品，还能造纸。在从化吕田镇沿河荆棘藤蔓密布处，常常隐藏着"溪纸"制作工场的遗址，那是两列规格划一的浸竹池，长约三米，宽约一米半，深约一米，当地称之为"抄纸池"。据说在古代，吕田被称为"纸峒"，就是因为这里盛产竹纸。由于当时制作工艺和设备所局限，这种纸质较为厚实而粗糙，一般拿来包装物品或祭祀用，古称为"溪纸"。看来竹子从古到今都与流溪河相伴而生啊！

竹子？且慢，我今天喷的香水，不正是杜嘉班纳的"浅蓝"吗？这是一款中调带着竹叶清香的香水，是有意为之，还是无意巧合？我自己也弄不清楚了。想想看，这"浅蓝"香水的外观，和我心中的吕田真有许多相似：浅蓝色的瓶盖，与吕田清透的蓝天合拍；中间的银色瓶颈，我把它比喻成银子般珍贵的古老文明遗址——等等，为什么不说金子？我觉得金子太皇家气，太贵族气，而吕田，是百姓的，是大众的，是更纯洁的，因此，银子在这里更接地气；而那磨砂乳白的瓶身，我则把它当成竹林中冉冉升腾的晨霭与暮霭，让这吕田格外迷人而醉人。

"浅蓝"香水不止有嫩竹叶伴着白玫瑰和白茉莉的中调，它还有风铃草摇曳、柠檬和苹果笑意盈盈招手的初调，更有雪松的清幽、龙涎香的柔曼和麝香的沉稳作为尾调压阵。"浅蓝"香氛的三调，如同这热闹的流溪河：春天，她翠竹生辉；夏日，她繁花似锦；秋季，她红叶满天；冬日，她梅花三弄。"浅蓝"香氛淡雅清俊的外形，如同沉静的流溪河：静谧之时可以听到吕田遗址中那些飘荡了几千年的远古之声。那些声音厚重、低回、多情，如同这片深沉而多情的土地。

今夜，我醉在了竹枝摇曳的流溪河！也醉在了"浅蓝"香水那爽洁的竹叶清香中！

"浅蓝"香水从 2001 年诞生至今仍非常受欢迎，是四季皆宜的一款女香，也欢迎喜欢竹子的男士们试用。它的花果香调虽然偏向年轻，但对中老年人一样很适合。它是一款有质感并令人想象的独特香水。

"浅蓝"女香

水乡的气味

一开始，莲花、甜瓜、玫瑰、仙客来、小苍兰悉数到场，尤其莲花带来飘逸的水生花清香；然后登场的是百合、牡丹、铃兰和康乃馨的复合香味，我好似看到这些花儿正被朝露亲吻着；最后上来的是压轴好戏，桂花牵着晚香玉，雪松、麝香、龙涎香携着异域木材，它们悠然起舞，将花香沉底，让洁净流畅的泉水之香发挥余韵。这款 1994 年菲菲大奖的获得者，让我身在水乡万般自如。

太阳就要落山了，刚才还着白衣的云彩，不动声色地换上了渐变的金红衣裙，且随微风舞出了袅娜的步态与身姿。湖水将地平线上的景色，包括山峦、树木和夕阳复制到她的怀抱，这样，一幅倒影清晰的粉彩山水画就诞生了。此景让我有些恍惚，我甚至一度怀疑是天上的夕阳之门被打开，流泻了一湖的金子。

这只是水乡里水的一个再普通不过的傍晚，而我们这些所谓大城市来的人，却将之视为稀罕之物，啧啧赞叹。

来前我曾徘徊在我的香水柜前，心想着到底该用哪种香水才配得上水乡的气息，在我收藏的几千瓶香水中挑出一种，还着实不易呢，我左挑右捡，抽出了三宅一生的"一生之水"。

选择它，是因为它是最早的一款水生花香型的香水，一开始，莲花、甜瓜、玫瑰、仙客来、小苍兰悉数到场，尤其莲花带来飘逸的水生花清香；然后登场的是百合、牡丹、铃兰和康乃馨的复合香味，我好似看到这些花儿正被朝露亲吻着；最后上来的是压轴好戏，桂花牵着晚香玉，雪松、麝香、龙涎香携着异域木材，它们悠然起舞，将花香沉底，让洁净流畅的泉水之香发挥余韵。这款1994年菲菲大奖的获得者，让我身在水乡万般自如。

在里水水乡的气息和"一生之水"的气息蜿蜒交错中，我越更恍惚，恍惚中，我却清晰地想起一个人来，一年前和他认识的场景翩翩而至。

"哇，汤先生，您的姓名里面三个字都有水啊。"我接过他的名片一看，马上忍不住叫出来。

"作家就是不一样，会发现细节。"汤先生笑。

"这里一定有故事，可以说来听听吗？"我一向喜欢刨根问底。

"故事很普通，我家兄弟五人，父母分别以鑫、森、淼、焱、磊为我们命名。后来我发现，我其实应该和我的磊弟互换名字，因为他一直在水乡工作生活，而我总是被派往山区或沙漠。"汤先生无可奈何地耸耸肩。

"那也可以理解成你工作的环境缺水，所以有水的名字就伴你。"我却是另一番理解。

"也有道理。"他点点头。

那时我们正置身阿联酋首都阿布扎比的海边，说话的时候，汤先生的眼睛就一直没有离开过海水。尽管此时周围美女甚多，包括穿着黑袍子、眼睛却顾盼生辉的西亚美女。

阿布扎比，号称一半是沙漠一半是海水，而汤先生的工作地点恰好是在沙漠部分，他每周五休息时会专门开车过来看海。

汤先生作为国内一家贸易公司派驻阿联酋阿布扎比的代表，在海湾地区已经工作十二年了。他的祖籍是佛山里水汤南古村，虽然他从小随父母搬迁到大城市生活，但过年过节总要回到祖居地探亲访友。

"我就是一个地地道道的水乡人。"他总是这样给自己定位。他有一句话像刺青一样刺在我记忆里："每天早晚洗脸时把脸浸在洗脸池里，我就幻想着是在老家的水塘里潜泳，我甚至闻到了水乡的气味。"

阿布扎比贵为阿联酋首都，石油储备比迪拜多十倍，这里的人比有钱，不是看房子车子多少，而是看院子里面的树种了多少，因为淡水贵如油。

"想起我们水乡碧绿的草木、幽蓝的湖水，和阿联酋人比，我简直就是大富翁了。"汤先生哈哈大笑。

是啊是啊，那两百多年的卧龙古榕和一百多年的古龙眼树古木棉树，海湾人见了不知该发出怎样的惊叹声呢？

因为工作太忙，几个春节汤先生都在异国他乡度过，但 2010 年，当汤先生听说汤南古村被评为"南海区十大古村落"和"南海区十大最美乡村"时，特别破例请了十天假，飞回故乡庆祝，并为此自掏腰包请了很多次客。他把这种夸赞又带回到阿联酋，逢人就竖起大拇指夸："我那气味芬芳的水乡！一级棒！"

我也由此想起许多年前，我在寒冷的西伯利亚的一所俄罗斯大学当汉语老师的情景。那时，每当周末晚上，班里的学生喜欢来我宿舍聚会，我们一起唱歌、讲故事，我还做中国菜为他们解馋。

我的拿手好戏是做汤圆，这是我从小练就的本领，因为作为重庆人，以往春节前夕家家户户都要泡糯米磨汤圆面，以便在初一早晨全家就能吃到汤圆。我将猪油熬化，加上花生碎、芝麻粉、核桃碎、糖冬瓜碎、白糖、腌制的陈皮桂花玫瑰花一起拌匀，自然凝固，然后把它们一块块包到汤圆面中。煮熟后轻轻一咬，浓浓的油汤便满口生香。学生们不知其中奥妙，纷纷发表自己的"高见"。红头发的维克多观点最新颖，他竟然说是用粗管的注射器将油汤注射进汤圆里的。

刚开始接手这个班的时候，学生们发音很不准，对平仄四声尤其头痛，常常把"看书"说成"砍树"，把"皮肤"说成"屁股"。但他们十分好学，在我的指导下，几个月之后，就可以抑扬顿挫地朗诵唐诗中的七言绝句了。比如王之涣的《凉州词》、刘禹锡的《乌衣巷》等等。每当我听到他们摇头晃脑地朗诵"黄河远上白云间，一片孤城万仞山。羌笛何须怨杨柳，春风不度玉门关"，或者"朱雀桥边野草花，乌衣巷口夕阳斜，旧时王谢堂前燕，飞入寻常百姓家"，我心里就特别舒坦，其实这些诗词也是对我远离故园之心的一种抚慰吧。

就在我的生日快要到来的时候，一股寒流将我击倒了，我连着高烧了好几天。病中的我开始疯狂地思念家乡重庆，思念亲人，思念我从前闺房窗外日夜流淌的嘉陵江水。我竟然把一脑门一手心的汗水当成是嘉陵江上的水雾，幻觉中情绪时而异常兴奋，时而异常低落，这下可把学生们急坏了。

闻香识花妖

生日这天一大早，睁开惺忪睡眼的我，突然眼前一亮，我看到了一大束怒放的石竹花，花的旁边还有一张靴子形的生日卡，上面写着："老师：生日快乐！请让我们早日听到您穿着大皮靴踩着积雪的欢快声响。愿您的心情如这花儿般灿烂！"我感到有两行热泪从我的面颊滑落。

孩子们真有心，他们记住了我曾经说过的话：因为我老爹特别喜欢种石竹花，所以也影响了我。为了减轻我的思乡之苦，他们共同凑钱为我买了一大束石竹花作为生日礼物。

俄罗斯的习俗是，送玫瑰，一朵就好；送石竹花，则多多益善。而且花朵要单数才吉祥。

我曾无数次设想过第一次收到花的场景，送花人自然是我假设的某位英俊潇洒的男士。但学生送花的这个场面，却从未出现在我的设想中。可我不仅没有一丝遗憾，反而更加感动。我看重并珍视这束石竹花，因为它反映出人与人之间的关爱，这种关爱没有国籍。作为一个老师，能收到学生们送的花，也该是一件终生难忘的幸事。

这一束石竹花也暂时解了我的思乡之渴。它们散发的娓娓香气，把我带回到了梦里的嘉陵江。

其实我的名字中也和汤先生的一样，不仅有水，还有水草。故园水乡的气味，时时刻刻都深深地萦绕在我们的心间和身边，只要用心感受，就会闻到那一缕清雅的芳香。

水乡的气味

"一生之水"女香是水生花香调的领军香水，因为太成功，竟被假香、仿香争相当做目标。所以不建议经常使用，以免撞车。如果去沙漠，或久困钢筋混凝土办公室，喷一喷它也可以得到一池莲花般的安慰，更适合夏秋两季。

三宅一生的"一生之水"香水

丝路花雨三重地

Bellagio 的男女款香水，最具特色的设计亮点在于一款香水分为两个香水瓶，分别设置在一个廊柱造型的塑料瓶身的两头，三部分共同组成一瓶完整香水；女款的廊柱上有仕女图案，男款的则是拱门图案；磨砂瓶的两部分，可以分别拧出来使用。造型的与众不同，让人联想到米开朗基罗付出心血的罗马西斯廷教堂和圣彼得大教堂的廊柱。

香水是我眼里的宝贝，因为我收藏它，如收藏岁月、收藏人生、收藏情谊般痴迷。在我最喜欢的香水中，有一个意大利系列是以欧洲文艺复兴三杰之一的米开朗基罗（Micaelangelo）名字命名的时尚品牌，被归为奢华类。其实，并不是说它们价钱有多么昂贵，而是指从原料的选择到瓶子的设计都近似于苛求。

其中有一对叫做 Bellagio 的男女款香水，香水瓶设计由著名德国皮特儿·施密特设计集团（Peter Schmidt Group）操刀，瓶身的流线造型，虽是雾面质地，却可以透视内在。最具特色的设计亮点在于一款香水分为两个香水瓶，分别设置在一个廊柱造型的塑料瓶身的两头，三部分共同组成一瓶完整香水；女款的廊柱上有仕女图案，男款的则是拱门图案；磨砂瓶的两部分，可以分别拧出来使用。造型的与众不同，让人联想到米开朗基罗付出心血的罗马西斯廷教堂和圣彼得大教堂的廊柱，体现了设计者的良苦用心。

香水是丝绸之路带来的东西方文化的产物。香水的制作最早起源于古埃及，繁盛于法国和意大利，而香水的原料许多来自于东方，尤其是中国。当然，西方的植物也是由丝绸之路传入东方的。比如这款米开朗基罗的 Bellagio 女香，前味散发着红醋粟、青苹果的果酸之香；中味由雅致的香柏、苔藓、茉莉花和檀香木为主角；固香的尾调则由麝香和香草担纲。

拿中调的香柏来说吧，它产于中国湖北西北部、陕西南部、甘肃南部、四川、云南及西藏等省区海拔 2600 至 4900 米的高山地带，是很纯粹的中国植物，但传到西方，被西方香水业广泛使用。

而红醋栗又是纯粹的北欧植物，尤其是芬兰和瑞典，大面积栽培，产量也占世界首位。在芬兰，孙儿因扁桃体发炎感冒了，老祖母会赶紧热一杯红醋栗汁给他喝。"扁桃体"是芬兰人对红醋栗的爱称，他们认为这种小浆果能治疗扁桃体发炎、化脓带来的一切感冒症状。的确，红醋栗里面维生素 C 的含量相当高，是柑橘类水果的三到四倍。

现在醋栗栽培也传到我国黑龙江、吉林、内蒙古和甘肃等省区，据说也有 80 多年的种植历史了。

丝绸之路不仅带来了香水业的繁荣，还带来了诸多方面的交流和发展。关于丝绸之路，也让我想起去过的并且是记忆犹新的咱们广东的三个重要地方。

光孝寺，中印佛教文化交流之殿

我无数次对着这圣洁的殿堂顶礼膜拜。我的目光穿过岁月的风云，搜寻它的前尘往事。光孝寺，此时，我就在你怀中。

"未有羊城，先有光孝。"是广州民间的一句俗语，这不是指光孝寺的历史真的比广州城还要悠久，而是强调光孝寺的厚重历史和崇高地位。光孝寺被誉为岭南第一名刹，在中国佛教史上具有重要地位。

在广州越秀区光孝路上，光孝寺静静地立在这里。它最初是西汉初年南越王赵佗（公元 220 年—265 年）的玄孙赵建德的住宅。三国时代，吴国贵族虞翻被贬降职后，来这里居住。这个喜欢植物的人，在园里讲学并种了许多频婆树和诃子树，其叶花的芳香淡雅宜人。他去世后，家人把宅子施捐出去改为庙宇，命名"制止寺"。东晋时期，西域名僧昙摩耶舍来广州弘法时，在此建了大雄宝殿。唐宋时期，该寺改为"报恩广教寺"。而"光孝寺"这个名字是明代才改的。

历史上先后有许多名僧也来这里传教。例如东晋时期高僧昙摩耶舍来寺扩建大殿并翻译佛经，后来天竺（印度）高僧求那跋陀罗在寺中传授戒法。南北朝梁朝时代（公元 502 年），印度名僧智药禅师途经西藏来广州讲学，并带来一株菩提树，栽在该寺的祭坛上，加强了中印两个文明古国佛教文化之间的交流。20 多年后，达摩携带释迦的衣钵到达广州，曾在此传授禅宗的学说。武则天时期，宰相房融曾在光孝寺内与印度僧人合作翻译《楞严经》。今天寺中的笔授轩、洗砚池就是当时的遗迹。这说明中印的文化交流不是一时，而是源远流长的。

公元 676 年，高僧慧能曾在这棵菩提树下受戒，剃发为僧，当时的住持法师印宗把慧能的头发埋在这里，后来建了一座塔来纪念。光孝寺最著名的传奇，也正是六祖慧能在这里以"风幡论辩"，引起世人瞩目。他开辟佛教南宗，称"禅宗六祖"，为光孝寺增添了一抹耀眼的光彩。

"风幡论辩"是一个有趣的故事。相传六祖慧能第一次到光孝寺，正赶上寺院法师在讲经。当时一阵清风袭来，睡佛阁顶上的旗幡随风飘动，印宗法师便向众僧发问："这是什么在动？"一僧说："这是幡在动。"另一僧说："这是风在动。"慧能上前插话："这是心在动。"这句话一出口，印宗法师立即觉得慧能是高人，随即走下坛来，拜慧能为师。从此慧能开坛传法，后人把睡佛阁改称为"风幡堂"。现在堂前依然挂着巨幡，迎风飘扬于粤海星空下。

为什么心动比风动更高明？这是因为慧能透过事物的现象，看到了事物的本质。

后来唐代高僧鉴真第五次东渡日本时，遭遇了飓风，被吹到了海南岛，然后他从海南岛来到广州，也在光孝寺住过一个春天。

我站在光孝寺寺院中，就被它雄伟的气势所震撼，殿宇结构的威严壮丽、建筑规模的宏大有序，都居岭南丛林第一位。中国南部的许多寺院都是仿照它的样式建筑的。

始建于东晋的大雄宝殿作为光孝寺最主要的建筑，构筑在高高的台基上，钟、鼓二楼分建在殿的左右。殿内是新修建的三尊大佛像，中为释迦牟尼佛，左右分别是文殊菩萨和普贤菩萨，三尊佛像合称为"华严三圣"。

光孝寺现存有我国最古老、最大而且最完整的东西铁塔，有很高的艺术价值。其他珍贵的佛教遗迹遗物在光孝寺也有所保存。

"光孝菩提"曾是宋代"羊城八景"之一。如今寺庙内不仅菩提繁茂，还有那株千年诃子树，是当年虞翻亲手种植的，更是千古遗珍呢。至于那些频婆树，虽然已被岁月的风霜所掩埋，但那素雅的香气仍旧在我的幻梦中时隐时现。光孝寺的土壤中一定有它们的 DNA，它们大概是以另一种形式在享受着佛光的照耀吧。

广州是中国的"南大门"，更是一座有2200多年悠久历史的文化名城，这些人文历史既凸显岭南特色，又充满中西结合的情趣。岭南特色是因为中国文化博大精深，而中西结合是因为广州是海上丝绸之路的重要一站，中外文化有了很深的交融与碰撞。光孝寺，又为海上丝绸之路增添了一抹浓烈的色彩。

上川岛，洒着青花瓷碎片的小岛

它就那样沉稳而不失韵味地横卧在广东台山市西南部的南海之中，这个被称做"东方夏威夷""中国布吉岛"的美丽岛屿，它的大名叫做上川岛，是广东沿海最大的岛屿。

上川岛和香港、澳门、台山是邻居，岛上几乎没有工业，居民大都是以捕鱼为生，过着悠闲自得的生活。这里同时也是海防前哨，驻扎着南海舰队的官兵们，渔船与军舰的风姿辉映在同一港湾内。

岛上有一个奇特的海滩，当地人称之为"花碗坪"。当我一踏上这个海滩之后，耳边突然想起周杰伦唱的《青花瓷》旋律：

> 素胚勾勒出青花笔锋浓转淡，
> 瓶身描绘的牡丹一如你初妆，
> 冉冉檀香透过窗心事我了然，
> 宣纸上走笔至此搁一半，

釉色渲染仕女图韵味被私藏，

而你嫣然的一笑如含苞待放……

　　虽然我认为周杰伦是个才子，也喜欢他的歌，但我并不是他狂热的粉丝，那么这旋律为什么此时来牵引我的听觉呢？这是因为不少的青花瓷碎片散落在沙滩上，我每走几步就会与之相遇。其实不仅在海滩上有，老乡告诉我，不远的山上也到处是青花瓷碎片。我那光脚丫在这海滩上漫步的幻想立即破灭了，但好奇心又升腾起来：是谁把这么多青花瓷打烂在这里的呢？多么可惜啊！

　　原来，花碗坪遗迹的青花瓷器碎片，是在明朝正德九年（公元1514年）至明嘉靖三十六年（公元1557年）之间遗留下的，它们竟然还是著名的景德镇的民窑产品呢。43年的时光，能让一个刚出母腹的婴儿变作不惑之年的成人，而对于形成于秦汉时期、发展于三国隋朝时期、繁荣于唐宋时期的海上丝绸之路来说，43年只是小小的一段，仿如只是一个感叹号般大小的脚印，但，少了这个感叹号，就少了一点精彩，少了一点味道。

　　明初郑和下西洋时，海上丝绸之路发展到巅峰。而郑和之后的明清两代，由于实施海禁政策，我国的航海业开始衰败，这条曾为东西方交往做出巨大贡献的海上丝绸之路也逐渐消亡了。

　　从明太祖洪武三年（1370年）发布第一个禁海令，到明穆宗隆庆元年（1567年）废止海禁时止，期间接近200年之久，这段时期正值葡萄牙、西班牙、荷兰、英国等西方海上强国开始大肆航海。1521年葡萄牙人企图以武力入侵中国，强逼中国开放国门通商，从而爆发了屯门海战、西草湾之战。葡萄牙人还开辟了从好望角到日本的贸易航线，而上川岛正处于该航线的中间地带。1548年，明朝荡平了葡萄牙人在浙江近海的贸易据点后，上川岛很快发展为中国与西方之间的商品交流中心。

　　其实在这之前几年，航海技术发达的葡萄牙商队就到达上川岛，在此立下一个"发现碑"，当地人称这个碑为"石笋"。上川岛成了葡萄牙人走私贸易的一个据点，成了海上丝绸之路的一站。这些青花瓷碎片，就是当时中葡走私贸易的遗留物。因为走私的青花瓷器太多了，有些打碎了，有些运不走，经过风吹、雨打、雷击、动物踩踏和时间的侵袭，即使是好的青花瓷器皿，也破碎了。据专家们认定，在这个区域分布着长达230多米，中心区域近100米的瓷器残片堆积区呢。

上川岛，是在明朝海禁政策之下，天高皇帝远般地打着"走私"烙印参与了这一庞大的事件，成为海上丝绸之路演变的"海上瓷器之路"不可抹去的重要驿站。当时，对于明朝政府来说，它有一段名不正言不顺的历史，但现在看来，它对于中西方文化交流还是有着积极的意义，至少它也是一个让西方人见识瓷器大国之民聪明才智的窗口。

到了清朝光绪十九年（1893年），上川岛作为海上丝绸之路的驿站地位更加重要。

曾经热热闹闹的驿站，如今貌似只剩下这些碎片了，好像一切归于平静，归于沉寂。但是，随着海上丝绸之路学说的兴起，这一站一定会被载入历史史册，说不定还将牵引出更为有价值的发现呢，一切皆有可能。

上川岛这条海上瓷器之路，不仅仅为货品的贸易提供方便，也为中外文化交流提供了方便。它是一个较早接受西方文明的地方。

有个叫方济各·沙勿略的人，就到这里传过教。他是上川岛商业繁荣的最好见证者。他也是最早来东方传教的耶稣会士。

沙勿略出生在西班牙。他的父亲是国王的私人顾问，母亲出身名门，家里很有钱。他自幼生活在城堡中，尽管他经常接触到那些习武的骑士们，但他却对枪炮不感兴趣，18岁时，他进入巴黎的圣巴尔贝学院，接受一种全面的教育。由于他的学业优异，22岁就成为哲学讲师。

后来沙勿略成为耶稣会的首批传教士，奉教廷之命前往东方的印度、日本等地传教。他认识到日本的文化深受中国的影响，而中国则是一个物产丰富、文明昌盛的国度。因此沙勿略萌生了到中国传播福音的想法。

当时，外国传教士要进入中国是一件非常困难的事情，可不像现在国内到处都是外国人。那时除了官方正式派遣的使节外，中国明朝政府禁止一切外国人进入。沙勿略天真地想，只要能获准进入中国，获得参见皇帝的机会，就可以说服皇帝，得到在中国传教的资格了。在商人朋友的帮助下，他很快组织了一个赴中国的使团，但事情远没有预期的那么顺利，1552年4月他们抵达马六甲时，使团被扣留下来，沙勿略的计划失败了。

失败反而更坚定了沙勿略进入中国内陆传播福音的决心，他把距离中国海岸很近的上川岛作为基地，开始探索新的入境方法。1552年8月，沙勿略带着两个仆从，历尽千辛万苦，乘"圣十字"号冒险抵达上川岛。他来到岛上后，便在山坡上搭建了一个草棚，作为临时的教堂使用。每天做弥撒，救助病人，结交当地朋友，一方面为村民传教，一方面精心安排秘密潜入中国内地的计划，同时考虑好了一旦他的计划不能实行时的应急措施，即想在第二年当暹罗（泰国）向中国派出进贡使团时，他想谋求一个席位与这个使团一起进京。

计划没有变化快，或许是水土不服，沙勿略不幸染上疾病，由于岛上缺医少药，他于1552年12月初去世，年仅46岁。他被葬于上川岛象鼻山上，后来遗骨移到印度。他到死都没能进入中国内地传教，但他的努力激励着后来者。在葡萄牙人抢占澳门之后，耶稣会士开始以澳门为据点，慢慢向中国内地渗透。

1869年，为了纪念这位被天主教誉为"最英雄的先锋战士和最伟大的传教士"的人，岛上建了方济各纪念墓园，白色的西班牙古建筑墓堂挺立在高高的小山丘上，那里有教堂、纪念碑、石像，还有一口小水井，距离大海不到一米，被称做"中国海边第一井"。这口井的井水当年沙勿略用它来做过弥撒，也饮用过。传说，就算潮水高过井面时，圣井里的水也清甜可口，丝毫不受咸涩海水的影响。

岛上还有一座山叫棋盘山，为什么叫棋盘山呢？原来山中有许多千姿百态的山景石林，就像棋盘上的各个棋子一样，是神仙在此娱乐吗？这里不但可以登高览胜，还可以访古寻宝呢。真有宝贝吗？传说广东沿海著名的劫富济贫的侠盗张保仔，在这山中藏存有大量的金银财宝，您信不信呢？如果您信，就到处寻寻吧。反正我走马观花地没有寻到一颗珠宝。不过我见到一座更大的宝藏，这就是上川岛本身。

闻香识花妖

上川岛除了有不能光着脚丫走的花碗坪，更有很多迷人的海滩，飞沙滩、金沙滩、银沙滩最为著名，沙质洁白细腻，像少女的肌肤。沙滩向海里延伸百多米，水深不过一米左右，没有污染、没有鲨鱼，可以放心大胆地在沙滩做沙雕，到浅海里游泳。

有一座露天的乐川大佛还会笑眯眯地望着您，同时还有妈祖阁、八仙过海、宝鸭女神等人文景观，是寻仙拜佛的人们最好的去处。

这里还是广东省五大渔港之一，还可以在港湾抓螃蟹呢。提上小红桶，拿上小铁撬，眼睛要紧盯着不断被海水拍打的小石穴。有时螃蟹会探出眼睛来，这个时候眼疾手快的话会很有收获。

上川岛上还有两处让人心旷神怡的森林，一处是位于岛内最北端的沙螺湾原始次生林，浩浩荡荡三万亩，山上沟壑幽深，怪石林立，溪水潺潺，林深树密，叶茂枝虬。5000多只猕猴在这里生生不息，其他一些珍稀动物也栖息在此，这是一个动物和人的乐园，因为妙趣横生的探险和"森林浴"让人们也享受到这片世外桃源的清新美丽。

另一处是在大湾滩涂上保存的数百亩红树林，涨潮时分，它们的树干沉入潮水里，只露出翠绿的树冠随波荡漾，婆娑起舞，有水鸟展翅其间，成为壮观的"海上森林"。海潮退去，那些被海水浸得更绿的血性之躯，更加挺拔，狂风惊涛也敬它们三尺，那是一支摧不垮的团队，是一部华美而深沉的海上史诗。

红树林家族是海滩上唯一能耐海水浸渍的树木，是沿海防护林的第一道屏障，那些横陈的枝桠、磐固的根系，拦截泥沙河水与有毒物质，稳固着沙土和堤岸，抵挡来犯的海啸，可以说是人类海边的安全卫士。真的值得庆幸，上川岛没有因为开发海滩而破坏这些宝贵的红树林。

在上川岛的东海岸有一个神秘的地方，叫"茶湾"，它的名字来源于这里生长的一种野生白云茶。大概是被清甜的茶水滋养的缘故吧，这里的村民男女老少都会唱山歌，上山唱砍柴歌，出海唱打渔歌。这个山歌之乡隐藏在有着"植物王国钻石"美誉的竹柏林中，70多户360多人面对这大自然馈赠给他们的20多公顷的竹柏林，怎能不笑逐颜开地歌唱生活？如此之大的野生竹柏林在国内实属罕见，竹柏叶似竹，茎却好像柏，叶色墨绿且闪光，四季常青，树形挺拔多姿，是一种观赏性极佳的植物。茶湾村的村民却天天面对这美景，难怪长者多长寿。

上川岛，有着 600 多年的人类居住史，那一道一道闪过的旖旎风光和那一曲曲海上瓷器之路的辉煌史歌，让这颗南海明珠更有厚重感。

却金亭碑，静立闹市

我终于来到这块石碑前，其实，之前无数次来东莞，都错过了和它的会面，今天，终于看到它的真容。朋友不解：一块石碑，有这么大的魅力需要你专程来看？

这块碑叫做却金亭碑，默默地立在东莞老城区的光明路与教场街交叉的街角处，古朴的亭子内，石碑高 1.84 米、宽 1.02 米。碑的底座为红砂岩材质，碑身为青石，顶部呈弧形，雕刻着精细的云海花纹，花纹间是古篆体的碑额；碑面刻着楷体碑文，字迹至今仍清晰可辨。

此地，不管是过去还是现在，都人潮拥挤，但匆匆而过的人们似乎谁都不来注意这个亭子和亭子里面的石碑。是啊，如今人心多浮躁，操心的事情太多了，即便有点空闲，总是忙着去外地旅游，哪有闲心关注身边这块默默无闻的石头呢？熟悉的地方无美景嘛。

亭碑现在确实不起眼，但它是很有故事的。

却金亭的"却"字，是推辞、拒绝之意；所谓"却金"，也就是推却馈赠、不受酬金的意思。这座立于 1542 年（明嘉靖二十一年）的却金亭碑，在 460 多年前就给我们讲述了关于一个清官廉政的生动案例。

明朝嘉靖年间，海外一些国家与明朝政府间进行的以朝贡为名的海路贸易已经十分繁荣。当时东莞以出产香料闻名于世，这些香料称为"莞香"，经现时的石龙、香港等地输出海外。当时广东一带有些地方对外通商秩序混乱，贿赂和乱罚问题严重，甚至还有对外商拉差、劳役的现象；有些官员经常向外商随心所欲地敲诈勒索，中饱私囊。

兼管口岸的番禺县令李恺上任后，对外商实行"不封舟者，不抽盘，责令其自报数而验之。无额取，严禁人役，勿得骚扰"（不封船，不抽分，令商人自己上报货物数量而由官司进行检验，不征收金额，不役使商人，不许骚扰）。这样一来，既缩短了外国商船在港口停泊的时间，又大大减少了外商的额外负担，便利了他们的自由贸易。外商见李恺如此秉公办事，感激不尽。

暹罗（今泰国）来华首领的名字翻译成中文很有趣，叫做奈治鸦看，他邀集一些外商，筹了一百两白银送给李恺。李恺是位清官，一身正气，面对诱惑，不为所动，坚决不收礼金。奈治鸦看又无法再将银子退回给外商，就到广州找到李恺的上司——巡按王十竹，请求将这笔钱建个亭子，以表彰李恺的廉政。王十竹也想邀功，自己手下有清官，总是一件让自己脸上有光的事情，于是欣然同意。得到批准后，奈治鸦看便在当时东莞最热闹、人流最集中的地方之一的演武场（即教场）南，建了却金亭和却金流芳坊。第二年又立碑为记，便是却金亭碑。

1592年至1599年（万历二十年至二十七年间），当时的广东监察御史刘会曾经重修却金亭及却金亭碑。重修时，没有立重修碑，只在原碑碑文后磨出两行，刻上"赐进士第文林郎、巡按广东、监察御史、闽惠安刘会重修""东莞知县侯官李文奎督修"以作记录。今碑上磨去的痕迹宛然可辨。

据说该碑底座建造得非常坚固，在清代时，曾经有人想拿石碑去铺路，用镐头去刨也不能将其刨倒，只好作罢。

当年，处于闹市的这个碑亭相当气派，碑上有亭，亭上有匾，匾前还有牌坊。只是在漫长的岁月中，却金亭屡遭磨洗，亭、匾、坊早已不见其踪影，如今只留有一块石碑。直至1997年却金亭碑被列为东莞市重点保护文物后，市政府才依原样修复了亭子。后来，却金亭碑不但被列为广东省省级文物保护单位，还作为明代文物，被国务院批准列入第六批全国重点文物保护单位名单，成了真正的国宝。

却金亭碑如今是东莞市一处独具特色的人文景观。这座460多年前由外国商人竖立的石碑，不仅记载了明朝时期东莞给外商创造良好投资、贸易环境的史实，也反映了当时东莞市民风淳朴、文明廉政的形象。

却金亭碑的故事，深深地告诫我们，在新的历史时期，人民公仆要

真正做到道德高尚、清正廉洁，千万不能摇身一变成"人民公菩"，要百姓来跪拜。

却金亭碑是一座有风骨的纪念碑。它不仅仅是莞城的，也是全国唯一的，但它现在却一直默默沉睡在东莞市井中。其所在地是一块10平方米的地方，在街角一隅显得十分拥挤。一个清官的10平方米！我不胜嘘唏。

却金亭碑对研究我国明代对外贸易及涉外税制改革方面具有重要的历史价值。同时，却金亭碑文行文流畅，纹饰精美，书法别具一格，是研究我国明代书法和石刻工艺的艺术瑰宝。

却金亭碑还是东莞古县城的历史地理坐标，是我国海上丝绸之路的重要文物，同时也是我国人民对外友好往来的历史见证。

离开却金亭碑了，我再次回头，那座亭碑已经化为番禺县令李恺的形象。我在心中祈求：真的希望咱们国家能再多出些为民谋利的清官！

热爱艺术的人都可以使用"米开朗基罗"的香水，无年龄限制，无性别限制，日间用、夜宴用皆可。它们的瓶子本身就是艺术品，可以收藏欣赏。

"米开朗基罗"之众香

致敬，灯塔

印象中的灯塔都是高高在上，它用锐利的目光横扫黑暗，给航行中的船只带去慰藉。江河大海中与风浪搏击的人们看到它，会有一股暖流涌上心头，提到嗓子眼的心，才会慢慢放回胸腔。灯塔，既是大海也是心海的定海神针。

一

　　到南沙去采风的作家们，在一群肥大的既像鹅又像鸭的家伙们面前驻足，纷纷猜测它们到底是鹅还是鸭。赞成是鹅的作家们的理由是：它们个头大，且会咬人。赞成是鸭的作家们的理由则是：它们头上没有大鹅冠。我则更是想当然：该不是鹅和鸭的杂交品种？不是早就有驴马杂交成骡子，虎狮或者豹狮杂交成虎狮兽或豹狮兽吗？

　　回来搜百度，又在微信朋友圈咨询，原来这些家伙叫做雁鹅，虽然名字中有个"鹅"字，实则和鹅没有多大关系，是鸿雁分离出来的。我为自己"鹅和鸭的杂交品种"的念头哑然失笑。

　　有首内蒙民歌叫《鸿雁》，是我最喜欢的歌曲之一，当这首乌拉特民歌还叫做《天鹅》的时候，我就喜欢上了它的旋律和内容。后来这首歌经过作曲家张宏光重新编曲、词作家吕燕卫重新填词，把它作为电视剧《东归英雄传》的插曲，并改名《鸿雁》，它才在全国流传起来。

　　然而经常唱这首歌的我，当鸿雁家族的成员站在我面前，我却不认得。真是汗颜。

　　让我汗颜的事情还不止这一件。比如说起关于广东的灯塔吧，我也犯了类似的错误。

当初在为广东教育出版社写青少年文化读物《至好景——岭南胜景》一书的时候，关于灯塔我选了硇洲灯塔来写，理由是它矗立于一个大约20至50万年前由海底火山爆发而形成的海岛上，那也是我们中国的第一大火山岛，岛上的硇洲灯塔，是世界目前仅有的两座水晶磨镜灯塔之一，也是世界目前著名的三大灯塔之一，另两座是伦敦和好望角的灯塔。写作的时候，我完全不知道在省会广州，还有两座属于自己的标志性的灯塔，即南沙的金锁排灯塔和舢舨洲灯塔；也不清楚祖国大陆最南端的琼州海峡上，还有一座滘尾角灯塔。硇洲灯塔非常值得写，但如果在文后的小链接中，补充进广州最早的航海灯塔——金锁排灯塔和舢舨洲灯塔以及祖国大陆最南端的滘尾角灯塔的资料，就更完美了。看来写作真是遗憾的艺术。

印象中的灯塔都是高高在上，它用锐利的目光横扫黑暗，给航行中的船只带去慰藉。江河大海中与风浪搏击的人们看到它，会有一股暖流涌上心头，提到嗓子眼的心，才会慢慢放回胸腔。灯塔，既是大海也是心海的定海神针。初秋，我站在南沙虎门大桥附近观广州第一座航海灯塔——金锁排灯塔，此时已经看不到它当初的高大威猛、一枝独秀了，因为虎门大桥的一个桥墩就建在它所在的礁石上，大桥的雄姿已经远远将灯塔的风采淹没。由于桥梁的遮挡，金锁排灯塔已经完成了它的历史使命。停止使用多年的它，如今已经成为广州航海史上的文物被世人瞻仰。它现在更像是虎门大桥的桥墩护卫者，与大桥一起同呼吸共命运。

1906年，当时是清光绪三十二年，这一年中国发生了很多事，就交通和对外贸易与联络来说，有日本交还奉新铁路；京汉铁路全线正式通车；德国在青岛的胶澳总督府竣工；清廷派出大臣赴万国农学会考察；滇督丁振铎奏请修建腾越缅甸小铁路；陕甘总督多罗特·升允与德商订立建造兰州铁桥合同；主要股东为袁世凯、周学熙、孙多森的启新洋灰公司创立。这一年飓风还袭击了香港和澳门，死伤十余万人。也是这一年，金锁排灯塔由广州海关建造起来，航海人欢欣鼓舞，如吃了定心丸；老百姓看它如看西洋把戏，也难怪，新生事物嘛。它作为广州灯塔的里程碑，为航海业服务了 87 年，直到 1993 年才退休。

而比它晚九年建造的舢舨洲灯塔，也在风浪中挺立了 100 年，至今仍然在尽职尽责地指引着进出广州的船只。历经百年风霜，什么看不清？什么不明白？它的心中，明镜似的。

　　舢舨洲在珠江口和伶仃洋交汇处，远远望去，确实像大海中的一叶舢舨，它的地理位置非常重要，广州港主航道由此经过，其上游四海里处便是虎门要塞。就是在这个广州主航道的喇叭口上，有众多的险滩、暗礁，近处至少有两艘沉船残骸，在水底哀叹着。因此这地方有"龙穴之口，虎门之喉"的称号。在高高的岩石上，白色的舢舨洲灯塔昂首挺立着，主体高五层的灯塔，虽已是百岁之身，且还有当年日军飞机留下的侵华证据：铁护栏有四根被子弹打弯，一枚子弹至今仍嵌在铜门上不能拔出。但它依旧坚固扎实，像刚刚进入壮年。由于是法国设计师设计，灯塔的建筑结构和外观都有着欧洲特色，但它是由中国人自己用双手建造起来的。

　　这颗"珠江口上的夜明珠"照耀之下的航道，就是著名的古代海上丝绸之路，也是近代和现代的国际航道。有多少船只和水手们记得它，有多少人受过它的恩惠，这不得而知。可迄今为止，但凡夜间从公海驶向广州航道的船只，都需由舢舨洲灯塔指引，方能安全通航。凡是乘船从国外来广州的旅客，当视野里出现舢舨洲和金锁排这两座灯塔时，就意味着广州到了。这两座灯塔可谓是广州近代灯塔发展史的微缩博物馆，更是广州海上丝绸之路上的重要见证。

　　我喜欢搜集一切与灯塔有关的纪念品，感觉中它们能给世界光明，能让我目光看得更远，比如灯塔模型、灯塔餐巾纸、灯塔型的香水瓶、灯塔的绘画作品、摄影作品等等。

　　世界上第一座灯塔建造于公元前约 270 年，它叫法罗斯灯塔，也叫亚历山大灯塔。建立灯塔的起因源自于大约公元前 280 年秋，一艘埃及的皇家喜船，船上满载皇亲国戚以及从欧洲娶来的新娘，可是船在驶入亚历山大港时，不幸触礁沉没了，船上的人无一生还，全部葬身海底。这一悲剧，震惊了埃及朝野上下。当时的埃及王托勒密二世，下令在亚历山大港口的入口处，修建导航灯塔。由希腊建筑师索斯特拉图斯设计，经过 40 年的努力，一座宏伟的灯塔竖立在法罗斯岛的东端，成为了古代世界的七大奇观之一。它日夜不熄地燃烧了近千年，既为活着的人指路，也为那些海中的亡灵祭奠，但后来它却毁于一次大地震，成了江湖传说。

广州南沙的两座灯塔，在世界灯塔史上虽算不得什么奇迹，但它们是世界第一座灯塔的承接。这一舶来品，象征着各国人民的友好交往，是航海、贸易、海防瞭望、人文地理坐标的见证者。

如今，金锁排灯塔和舢舨洲灯塔以不同的姿势，屹立在羊城南大门，它们继续记录着广州南沙的发展变化，铭记新丝路的繁华。

二

我还觉得有些汗颜的是，对于风景，我也常常舍近求远。

我到过亚洲大陆的最南端——马来半岛的马来西亚柔弗州的丹绒比艾，我也到过非洲大陆最南端——南非开普敦的厄加勒斯角，可我们中国大陆最南端的湛江徐闻县角尾镇，我 2014 年 11 月份才随着"文艺家下基层"活动第一次来。感谢省作协的领导们给了我和湛江再一次握手的机会，弥补了我本早就该来而迟迟未来的缺憾。

湛江我倒是来过很多次，我喜欢这里的海，喜欢这里的海鲜，喜欢这里的菠萝的海，喜欢这里似海的湖光岩玛珥湖，喜欢这里的乌石天成台的海边夕阳。但让我最为震撼的是这里的两座灯塔。

记得是经过了几个小时的车上颠簸，由于台风摧毁了公路，我们采风团奔一条泥泞小路来，才终于看到了屹立于祖国大陆最南端的这座灯塔——滘尾角灯塔。迎接我们的是狂风暴雨，伞是无法撑开的，即使勉强撑开，整个人会像抓着降落伞一样被风刮走。我只好围巾裹头冲进雨中。风像刀片打在脸上感觉火辣辣的，但豆子大的雨点又立即来进行"抚慰"。我努力睁大眼睛，看见那蓝白相间的塔身，好似一个身着海魂衫的战士，在灰暗的天空中显出一抹亮色。是啊，进出琼州海峡西口的船只，只有看见它才会气定神闲，才会胸有成竹。它高高在上的目的，不是为了接受众船只的膜拜，而是为了给众船只以光芒，指引航向。而眼下，我千里迢迢奔来，是为了向它行注目礼，表达心中的敬意。

据我之前查阅资料，得知滘尾角灯塔经历过五次大变身，第一个铁架结构的塔始建于光绪十五年（1893年），服务了三四十年，结果在二战中被炸毁，炮弹炸弹的轮番轰炸，纵使是铁塔也成为一堆废铁。后又在原址上重建木质灯桩，灯器为煤油灯，但依然为航海人带去光明。1953年，海边的潮湿空气和多雨的气候，使木质灯桩腐朽不堪，于是，又重建铁架结构的塔。20多年后，铁架被风雨侵袭也慢慢锈蚀。1979年进行重建，改为石砌塔身。随着航运事业的蓬勃发展，原来低矮陈旧的桩身已不适应航海保障的需要，1995年又重建一座新塔，就是现在我们见到的样子。不过第四代塔还忠诚地陪伴着它，就像一个父亲，身姿虽然佝偻，但仍然守护着儿子，不离半步。

据说天气晴朗的时候，人们在海边可以看见琼州海峡与北部湾分水洲的海水，在这里形成独特的十字浪。因我们去那天，台风大作，海浪冲毁了海边的公路，使我们错过了永不停息的两水相拥。但我们看到了计划外的一栋用青石块砌成的红木窗小楼，那是解放军解放海南的指挥部。当年，解放海南岛的时候，解放军就是从这里过海的，如今小楼旁边还立着一块纪念解放海南的壁画，在壁画的下部刻着"解放海南，功在徐闻"八个字，与滘尾角灯塔身上的"中国大陆最南端"七个字遥相呼应。

滘尾角灯塔虽然经过五次改装，但万变不离其宗，作为一个百岁老人，它见过太多的风雨和阳光，已经处变不惊了。

三

本文开篇我提到过，曾经受广东教育出版社之邀，我写作《至好景——岭南胜景》一书，坚持把很多人并不知道的硇洲灯塔写了进去，因为这座灯塔着实太值得一写。

对于硇洲岛，我已经是三进三出了。

位于湛江东南角海上的硇洲岛，不说不知道，它竟然是我们中国第一大火山岛，它是一个大约 20 至 50 万年前由海底火山爆发而形成的海岛。那是一场怎样惊心动魄的水火之战？没有人当观众，无从知晓。仅凭我们的想象，仅凭我掌握的为数不多的词汇，什么火光冲天、浊浪排空，什么地狱惨笑、浓烟四起，等等，是无论如何也形容不出它的壮烈的。

又过了若干万年，各种生命向这座火山岛游来，于是，它也有了植物、动物和人类。

岛上有座灯塔叫硇洲灯塔，它也让我惊叹，因为它如我前面所说，是世界目前仅有的两座水晶磨镜灯塔之一，也是世界目前著名的三大灯塔之一，另两座是伦敦和好望角的灯塔。我不得不说，湛江怀抱有无数的珍品，值得向国人向世界展示。

历史悠久的湛江是粤西地区最大的城市，因靠海，是绝佳的深水良港，地理位置得天独厚，所以近代被西方列强盯上了。那是 1899 年，湛江市区被法国打着"租借"的名义强占了，成为殖民地。当时它叫"广州湾"。1943 年，广州湾又被日军占领，对外贸易曾繁盛一时的它，在日寇的铁蹄下逐渐衰落。1945 年抗战胜利，广州湾回归，从此定名为"湛江"。

1899 年，法国殖民主义者强租广州湾，出于他们军事、经济的目的，在硇洲岛的马鞍山上，建起了硇洲灯塔。其实在这之前，这里已有一座石塔。法国人派劳工将原石塔拆掉，建起现在这座灯塔，用了两年零两个月的时间。这座塔由广州湾法国公使署主持设计，而承包和主持该塔建筑工程的则是硇洲岛名工匠招光义。所以这座灯塔也融入了中国工匠们的智慧和辛劳。它至今都是国际著名航标灯塔之一。

23 米高的硇洲灯塔由麻石一块块叠起来砌成，石块与石块之间非常吻合，浑然一体，几乎都不用泥浆粘连。塔顶部是鼓圆凸出于塔身的灯座室，灯座室的外围建有了望台。有幸能够上塔的人，极目远眺，茫茫南海，烟波浩森，水天一色。壮丽海景，尽收眼底，心胸会豁然开朗，烦恼尽消。

灯塔建好后主要作为法国军舰和商船进出广州湾的航标。1945 年中国收回管理权。至今它仍作为中外船舶来往湛江的灯塔。

灯塔属于舶来品，世界上第一座灯塔亚历山大灯塔，如前面所述是在公元前270年左右，托勒密二世委派希腊建筑师、尼多斯的索斯特拉图斯，在法罗斯岛东端建造的，它既为进入亚历山大港的船只指引方向，又成为展示复兴的埃及君主显赫名声的巨大标志与立体广告。随后古罗马人建造了一系列灯塔，从而创建了最早的灯塔网络体系。

秦汉时期，随着海上丝绸之路的兴起，我国也逐渐建造了很多座灯塔。各国人民的智慧向来是人类共用的，就像我国古代的四大发明，也照亮了世界各地的天空。硇洲灯塔虽然有着一层殖民色彩，但它仍旧是中国工匠们的智慧与劳动结晶。何况我们知耻而后勇，国力逐渐强大，现在法国和日寇这些当年的殖民者也不敢再小觑我们。

在硇洲灯塔还没落户于硇洲的很多年前，大约是南宋景炎三年（1278年）三月，初春的南国已经百花齐放，但有一行人却没有心情来欣赏大自然赐予的美景，他们是名相陆秀夫、张世杰等，还有他们护卫下的端宗赵昰、卫王赵昺兄弟。这一行人为了躲避元兵追赶，迈着沉重的步履，从东南沿海逃到硇洲岛开设帝基，建造行宫营房，准备重整江山。今天岛上的宋皇村遗址还在继续讲述着这个凄美的传说。

相传宋军刚到硇洲岛时，由于淡水供应不上，一匹饥渴难耐的老战马，不断地用马蹄在地下扒土，也不知扒了多久，马蹄下竟然涌出了一缕清泉。人们蜂拥而来，经过挖掘，打出了一口优质的淡水井。此井后来被称为马蹄井，井水终年不枯不竭。当然那匹老马也享受到"神马"的待遇。大家认为苍天不绝宋室，指引神马送生命之水来了。

距马蹄井不远还存有宋元古石道、翔龙书院、明代"祥龙小学记"碑等遗址遗物。据说对于宋代遗址群这段神秘的历史，引起不少史学家们的争议，也给我们留下一个谜：宋朝的末代小皇帝是否真的曾落脚于硇洲岛？

硇洲岛埋葬着一位鸦片战争时期的英雄倒是真的。这位英雄叫窦振彪，听名字就感觉是一位威风凛凛的人物。他1785年出生在这个岛的那甘村，从小就熟悉水性，是个浪里白条。1840年他55岁时出任广东

闻香识花妖

水师提督，后来调任福建水师提督。当年英国发动鸦片战争，在虎门受挫后，军舰沿我国东南沿海北上入侵，窦振彪义愤填膺，率领手下水师抗击英军，以其落后的装备，硬是在梅林、穿山、虎屿等处洋面截击并击毁那些北上的英国侵略船舰，屡立奇功，名动一时。

1850 年窦振彪任职期间去世，由于他积极维护国家民族的利益，也为巩固清廷做出了贡献，清廷诰封他为"振威将军"，在他出生地硇洲岛上建墓安葬他。墓园内原排列石翁仲（即石雕人物）8 个和石马、石狮等 8 个，这是帝王和大臣才享有的高规格，在粤西实属罕见。

现在墓园完好，但石人石兽的头都没有了。在半个世纪以前，附近村庄闹鬼，当村人抓鬼时，鬼跑到此墓地就不见了，人们就认为这鬼是石像变的。怕石像显灵，变成人调戏妇女，变成动物祸害庄稼，就把石像头都打掉了。将军的英灵是否因这些愚昧和迷信的行为而得不到安宁，只有天地知道。但连无语的石像也都被冤屈砍头了，这确实是一场文化的灾难。

不过墓地围墙外开满野花，墙柱和墓旁贴有红纸，坟冢前还有酒瓶、残香和蜡液，说明经常有人前来这里祭拜这位英雄。

英雄耐得住寂寞，英雄也不会寂寞，因为英雄有灯塔相伴。硇洲灯塔和滘尾角灯塔现如今仍然如战士一般，并肩注视着英雄曾经坚守和奋战过的南海。我想起一句歌词，用在这里也很合适，"朋友来了有好酒，若是那豺狼来了，迎接他的有猎枪"。那灯塔的眼睛，一定能区分出什么是朋友，什么是豺狼。

无论是湛江的硇洲灯塔和滘尾角灯塔，还是南沙的金锁排灯塔和舢舨洲灯塔，它们以各自的方式继续在粤海夜空中见证着奇迹。

致敬，灯塔！

四

当我远离灯塔又想念灯塔的时候，我会把注意力转移到我收藏的一些瓶子似灯塔形状的香水身上。比如蒙塔娜香水，瓶身旋转，和小蛮腰

广州塔好似姐妹塔。航海需要灯塔，芳香世界中，也有灯塔。在我心中，真正能受得起香水界灯塔之誉的，当属娇兰家族和佛罗瑞斯家族。

巴黎香水在世界上首屈一指，而缔造这辉煌的非娇兰家族莫属。娇兰公司成立于 1828 年，旗下有 300 多款香水先后问世。

"奇迹"（Jicky）是娇兰家族创造的第一个著名香水品牌，被称为划时代的杰作，是世界上第一瓶由人造合成香料调配出的香水。

娇兰的创始人皮尔·弗兰索·巴斯卡鲁·娇兰（Pierre Francois Pascal Guerlain）是拿破仑三世的宫廷调香师。他的两个儿子都子承父业，热衷于香水制造。"奇迹"香水便是其子埃森·娇兰于 1889 年创造的，距今已有 100 多年的历史，仍是世界上最畅销的皇牌香水。

"Jicky"也被意译为"掌上明珠"，所以，有人就把这款香水称之为"捧在掌心上的奇迹"。它是为颂扬一个新纪元的开始而研创的革命性产品。它与差不多和它同时代建成的艾菲尔铁塔一样，是超时代的。它的幽香配方内率先采用了香水制造史上从未用过的人造合成香油，赋予香水一种晶莹剔透的新感受。

早在公元前 2000 年，西亚的亚述人就掌握了用草药制造香脂的原始技术。此后，在中东和远东，尤其是古老的埃及和中国，人们也学会运用香料的芬芳来实现对美的追求。公元前 1500 年，香水的使用已日趋普遍，但都局限于单一的天然香料。香水一般由植物和鲜花的精华油溶入酒精中制成。直到奇迹香水的诞生，才结束了这一状况。它是以两种人造成分为主的配方——香豆素（蕨的香味）和吲呢拿豆香。人造合成香料的出现，奠定了现代香水工业的基础。

皮尔·娇兰的孙子杰克·娇兰在父辈的影响下，也成了著名的香水大师。他在 1919 年和 1925 年分别制造出两款全新的香水，一款是"蝴蝶夫人"（Mitsouko），一款是"一千零一夜"（Shalimar）。"蝴蝶夫人"香水的灵感来自经典歌剧《蝴蝶夫人》，以桃子为主香，属苔藓型香氛，是专为厌战和渴望重返和平的妇女们设计的。当时，第一次世界大战刚刚结束，人们历经战乱的艰辛困苦和颠沛流离，渴求宁静祥和的生活，这款香氛正好抚慰了妇女们破碎的心。它以剧中女主角为名，正是显示了当时世纪初由日本人带出的时髦潮流。

在 20 世纪 20 年代，巴黎已经成为一个盛极一时的大都市，它象征着上等生活和上流社会，而"一千零一夜"香水正是这喧嚣疯狂激荡出的豪华反响。由于巴黎也是东方品味新潮流的发源地，因此这款香水富含东方韵味，它的成分由香子、灵猫香（埃塞俄比亚的野生灵猫的幽香分泌）、檀香及香根草组成，名字取材于印度克什米尔的斯那加市的一千零一夜园子。

在"奇迹"香水诞生之后的第 100 个年头，也就是 1989 年，娇兰公司又推出了"圣莎拉"（Samsara）香水，它以檀香、茉莉花为主要原料。香水瓶身以浓重的红色与金黄色为主色调，造型与色彩都蕴含着浓厚的东方韵味。圣莎拉香水的特别之处，是将檀香的芬芳混合于茉莉花的清香中，它的东方琥珀香调，反映了一千年来茉莉与檀香木的盟约，为源远流长的古旧魅力增添一层清幽的气息。

20 世纪 80 年代，"女超人"的观念已出现，娇兰预见了 90 年代作为主流的这种精神魅力，为了顺应这种魅力，娇兰推出了"圣莎拉"香水，它是东西方文化交汇的成果。它的名字在印度梵文中解为"轮回"之意，借着这个轮回再生的意念，使圣莎拉在喧闹的世界中捕捉到永恒的宁静。

继"圣莎拉"之后，娇兰公司又推出其新版"圣莎拉"香水，取名为"飘逸圣莎拉"（Un Air de Samsara），除保持其原有的基本香味特色及形象外，较以前的"圣莎拉"更为清淡飘逸，以顺应 20 世纪 90 年代中后期淡香水的潮流。瓶身包装也改为淡黄色与白色的主色调，柔和而清雅，瓶身整体更显修长朴素。

"奇迹""蝴蝶夫人""一千零一夜"和"圣莎拉"香水，从诞生至今始终畅销不衰。有的虽已百岁高龄，却依旧魅力无穷。

上述四款香水不仅是娇兰最具代表性的杰作，也是世界香水宝库中的经典之作。

而英国的佛罗瑞斯家族（Floris of London），虽然不如娇兰在民间那么出名，但他竟然比娇兰还早近百年，是英国皇室御用的奢华品牌传奇！

佛罗瑞斯一开始并不是直接生产和制作香水的，而是一个理发店。1730 年，佛罗瑞斯的创始人 Juan Famenias Floris 在英国伦敦开始了理发店生意及发梳制造，此后他的子孙以精巧的手工、优秀的技术，带来剃须刷、发梳、剃刀皮带、整理假发等各种美容周边配件，在当时的时尚潮流中，受到皇室贵族及名人的青睐。1814 年，以龟甲发梳品牌轰动欧洲，同时用传统制法、高档香料推出的玫瑰、天竺葵香水与肥皂，获得爱美人士的青睐，香水品牌中的地位从此建立起来。

1820 年，佛罗瑞斯家族因骄人业绩，被乔治四世封为王室御用理发师及香水商，之后乔治五世和伊丽莎白一世等也同样看重他们。连现在的伊丽莎白二世与查尔斯皇太子也被俘虏，授予他们王室御用许可书。在佛罗瑞斯所有产品的包装上，都印刷了伊丽莎白二世与查尔斯皇太子的印章。对一个香水品牌而言，皇室贵族的青睐无疑是一块金字招牌，佛罗瑞斯这一为英国王室服务了八代的香水世家，虽然在革新方面不一定能超越其他时尚品牌，但是在传统的承继上却有着过人之处。作为英国老牌香水中的翘楚之一，佛罗瑞斯意味着历史悠久和品质无可挑剔。这一百年老店的名号绝非虚得，其推出的香水的香味以严谨内敛的风格著称，是品位高雅的最好证明，因而被诸多皇室和社会名流推崇。像他家 1901 年生产的"爱德华花束"女香、2000 年生产的"中国玫瑰"女香、1993 年英伦风尚 JF 男香，都是高大上的作品。

不管是辉映粤海夜空的灯塔，还是世界香水领域的灯塔，我向你们致敬。

佛罗瑞斯的英伦风尚 JF 男香

娇兰家族部分香水

　　"家族"和"佛罗瑞斯"的这几款老牌香水，40 岁以前的男女最好别染指。只有经历过风霜，又保持高贵心灵的人，才能把这几款香水的深刻内涵表达出来。

　　佛罗瑞斯的英伦风尚 JF 男香是 1993 年推出的一款西普香调香水，展现典型的英国风尚男士，彬彬有礼、气度非凡、充满阳刚魅力的一面。首先扑鼻而来的是令人为之一振的佛手柑、柠檬、朗姆酒和清新甘橘，蒿草、胡荽与鼠尾草的浓郁芬芳也随后登场。杜松子、松柏、茉莉和苦橙叶为中调所带来的阳刚气息，在琥珀、雪松、青苔与麝香的尾调之中获得了强化。

塔造型的香水瓶

收藏澳门

　　我珍藏着一瓶纪念澳门格兰披治大赛车的香水，是一个赛车手送我的礼物，本来是男黑女红一对香，但有个去德国定居的女友非要那款红色的女香，那年又正好是她30岁生日，人生有几个30岁呢？人比物更重要。所以这对香水就一中一德分居两地了。

　　我珍藏着一瓶纪念澳门格兰披治大赛车的香水，是一个赛车手送我的礼物，本来是男黑女红一对香，但有个去德国定居的女友非要那款红色的女香，那年又正好是她 30 岁生日，人生有几个 30 岁呢？人比物更重要。所以这对香水就一中一德分居两地了。

　　首次开赛于 1954 年 10 月 30 日至 31 日的澳门格兰披治大赛，是世界上最古老的街道车赛，也是世界上唯一同时举办汽车比赛和摩托车比赛的街道赛事。至今，全球现在仅剩下澳门及摩纳哥设有赛车街道赛，可以算是绝版了。澳门弹丸之地，寸土寸金，市区街道狭窄而多弯，最窄处仅仅 7 米。开赛前的个把月，工作人员就要在 6.2 公里的街道两旁编织高高的防护墙了。

　　我经常行走于澳门，常见到街边那些编织的防护网和宣传墙，却一次也没有亲历大赛。赛车是刺激的，但危险也颇多，开赛几十年来常有严重事故出现，赛车手在大赛中丧命的情况也时有发生。我自认为我的小心脏不能迎面承受起这么严酷的打击。

　　但大赛车博物馆是我喜欢去逛一逛的地方，还经常得意地和那里的工作人员聊天：看看你们的纪念品中竟然没有赛车香水，我有。望着他们惊讶的表情，我洋洋得意。

　　澳门格兰披治大赛车博物馆于 1993 年 11 月 8 日正式开放，这是为纪念大赛车举办 40 周年而成立的，博物馆里陈列了几十辆车坛名将的战车，有方程式赛车、摩托车，还有老爷车。那些与大赛车有关的奖杯、照片、文章和车手们用过的物品，以及大赛时的模拟场景、赛时的录像等，都向游人诉说着澳门格兰披治大赛车的辉煌历史。

最近这十多年来，我亲切地把澳门当成我的后花园，频繁的时候我每周末都会来这里闲逛。我喜欢澳门，因为它古朴与繁华兼具，既孕育着浪漫的田园情调，又显现出大都市的豪情。这里还可以看到，在宁静而温柔的海韵声中，激昂的战斗随时都在进行——娱乐场里的人们永远情绪饱满地在战斗着。

娱乐场是刺激的，但我更喜欢在那些不知名的小街上转悠，也许不经意间就会发现一处积淀着岁月风尘的古迹，或者处于潮头浪尖的流行时尚。最让人惊喜的是那些规模并不大，甚至很小巧的博物馆，蕴含着惊人的历史厚重感。我把看博物馆作为我每次到澳门必须的内容。我也去过一些国家和地区，也在祖国各地采风，但这么小的城市里潜伏着如此多的博物馆，我感觉这现象并不多。博物馆是文化的一种体现，因此澳门是一个注重文化含金量的地方。

这个曾经的小渔村，还是辛亥革命的摇篮，因为孙中山先生不但在这里生活过，还在此酝酿和构建了推翻帝制、建立共和的早期革命思想。作为孙中山先生发动辛亥革命的策源地之一，澳门的历史记忆中闪烁着星星般久远且无法磨灭的光芒。还记得 2011 年，当我又走进回归 12 周年的澳门，走进博物馆参观纪念辛亥革命 100 周年的多个展览，立即联想到孙中山先生在中山、广州、武汉、南京等地的革命足迹，不禁感慨万千。

我至今不清楚是因为参观海事博物馆，就要去拜一拜对面的妈祖阁，还是因为要拜一拜妈祖阁，就要去对面看看海事博物馆。总之它们都是澳门这座海边城市的特色，让我多次流连其中。让我尤其感到有趣的是，同处东亚的澳门和济州岛，对女人与海的关系有着不同角度的阐释。韩国济州岛是绝对不允许女人上船出海的，女人是祸水，女人登船会让男人感到不安和不吉利，有些过激的男人还会把登过女人的船只烧掉。丈夫在出海打鱼遇风浪死掉的女人叫海女，为了生存的海女，只有趁月黑风高潜水摸鱼捞海产品来养家。有个海女村的村长因此练就了潜水18分钟的当年吉尼斯纪录。可是澳门不同，一个女人，被同为渔民的男人们奉为神灵，出海前拜一拜，归帆时拜一拜，节日中也要拜一拜。这个女神在渔民心中成了定海神针。尽管社会发展到今天，渔民的人数有很大的缩减，但妈祖阁依然香火鼎盛，前来祈祷祈福的又岂止是渔民？连我们这些匆匆过客都会时不时来拜上一拜。入乡随俗的态度中是对一方风土习俗的尊重。

龙环葡韵——住宅博物馆也是我喜欢去的地方，它是澳门土生葡人之家。那些长着欧洲面孔的人，是他们征服亚洲征服中国的先辈在这块神秘土地上的结晶，他们只能从上一辈人的言谈中遥想他们根的发祥地，或许他们一生都无法企及那个源头，但他们的血缘中、面貌上却永远打上了那个叫做葡萄牙的印记。就像成吉思汗率众踏平东欧留下一部分黄皮肤的士兵和当地人结合产生的后裔一样，认祖归宗已经成了奢望。我似乎读到了他们眼里潜藏的某种忧伤：有根似无根。我为此想起了电影《马可·波罗》的一个片段：马可·波罗来到中国一个乡间，竟然在都是黄皮肤黑眼睛人的村子里发现了一位白皮肤蓝眼睛的美丽姑娘，她的眼里也满是忧伤，因为周围都是和她不同脸孔的人，她不知道自己是怎么来到这个地方的，直到她见到马可·波罗，她才知道，还有一个和她长得很相似的同类，她才知道她的根在一个遥远的无法企及的地方。

住宅博物馆前面是一条叫做"海边大马路"的小道，当年，这里是大海的边缘，而现在却是一片荷花池塘，曾经波涛翻滚的海水已经被日益增多的泥沙围成了一个死水微澜之地，让我再一次感受到沧海桑田的力量。

澳门并不产茶，却有一个茶文化博物馆，踏上那块茶马古道的地图，我就想起自己曾经走过的那些茶马古道。开门七件事：柴米油盐酱醋茶，澳门人也同样离不开。虽然澳门并不在茶马古道的路径中，但澳门也一直在弘扬着茶文化。我的收藏中就有一些普洱砖茶是澳门多年前包装的，它们沐浴着澳门半岛的海风，不急不缓地度着时光。

在回归博物馆里，我从各省送给澳门的回归礼物中，看到了祖国的博大，看到了祖国文化遗产的丰富。我的家乡重庆赠送的三峡石雕塑，仿佛让三峡的奇雄风采再现；青海的冰糖玉雕让我立即联想到昆仑山的伟岸；广西的39种宝石画屏风，让我又神游了那里的山水风光……

澳门除了公立博物馆，还有私人博物馆，比如草堆街上的留声岁月音响博物馆，就是由澳门本土较具规模的太平电器公司所设立。其最主要的原因是因为公司老板是一个音响超级发烧友，他从世界各地淘来各种留声机和音响设备。为了将自己的心水收藏与诸同好共享，于2002年12月4日开放了这间留声岁月音响博物馆。

参观这间小型博物馆需要事先电话预约，预约之后第二天，我们来到位于太平电器公司二楼的展馆，公司专门派了一个熟悉展品和留声机历史的帅哥为我们讲解。很清楚地记得那天，整个展室就我们两位客人，帅哥却不厌其烦地为我们作详细介绍。

我们在第一层的电力音响设备中，看到了投币式点唱机、旋转式球型萤光幕电视机、真空管收音机、原子粒收音机、手摇式电话等。第二层的阁楼上则收藏有古老的手动音响设备，比如第一代滚筒式留声机、世界第一部卡式录音机、二次大战时的录音机、胶木78转唱片、座台式手摇风琴、手摇式音乐盒、播放黑胶唱片的影碟机等。这些古董可以在没有任何电源和光源的情况下，以手动方式运作。记得有个洋娃娃，帅哥说她已经90多岁了，身体里面藏着一个录音机，录有哄小孩子睡觉的歌曲，是当年欧洲人常使用的东西。还有那些夸张得能装下我的大喇叭，不仅可以播放手摇出的百多年前欧洲合唱团的音乐之声，还是当年的录音设备之一。欧洲音响设备从手动发展到电能发动，历经百多年，而我们每人只花了30元澳门币，就大致了解了世界音响设备发展史，是一件赚翻了的事情。

临别时，我们感谢帅哥的专业讲解，并告诉他还将带亲友来听那百多年前的优美之声。因为我听那声音之时，突然臆想那声音是当年我自己唱出来的。这是无法解释的异想天开。

除了有形的博物馆，还有无形的博物馆，在我心中这无形的博物馆是一个叫做陆艳虹的"的姐"——一个 50 多岁的"的士"女司机。

　　大家都有无数次打的的经历，大多数"的姐""的哥"都是无声地把你送到目的地，收钱开车走人（据说北京"的姐""的哥"比较能侃）。而这个陆"的姐"，简直是一位超级称职的澳门解说员。

　　那是一个夏天，我和家人走出葡韵龙环——澳门住宅博物馆，招手打的，一辆车就停在我们面前。上车，发现是一位大姐级别的女司机，烫着齐肩卷发，戴着摇滚式样露手指的皮手套，穿着大红的 T 恤。从我们上车开始，她就义务地为我们讲解澳门的古今、澳门的风土人情，还讲到了她自己。她说自己没有本事去写字楼工作，只能开车养家糊口，但她很热爱这一行。除了工作，她就带家人到世界各地旅游，内地她也常去。她说最近这次烫发，被儿女很不看好，说像被狗咬的，儿女甚至拒绝和她出去吃饭。说到这里，她自己先哈哈大笑起来，然后说：不愿意出去吃，正好省钱在家吃了，节省下来的钱就去内地旅游。她的社会知识异常丰富，这是在社会这个大学学到的，她又毫无保留地把它介绍给我们，让我们在打的中享受到一次风趣幽默的特殊行程；也让我们感到，她是一个热爱澳门、对澳门充满希望的人。

　　澳门的博物馆收藏了珍贵的人类和自然文化遗产，我也把澳门收藏在我的心中、我的热恋中、我的记忆深处。

格兰兹披治赛车香水

如果您是热爱运动、充满活力、性感外向、有乐观精神的男士或女汉子，那就尽情享受赛车香水的动感之香吧。

香港的标志

以数字为名字的香水很多，德国皇家青睐的著名古龙水"4711"、梦露的睡衣——风华绝代的"夏奈尔5号"、内敛经典的"夏奈尔19号"、优雅清秀的"赛露迪1881"、文静却偶闪娇媚之影的"212"等等。但这款"1997"不一样，它是那个特殊日子的纪念，是我国的领土香港结束英国殖民地统治回到祖国怀抱的日子。

终于可以说说国产香水了。

这是一个很尴尬的话题，我们中国是一个香料王国，很多可以作为香料的花卉、水果、树脂香、动物香都原产和主产于我国，如名贵花种鸢尾花、老鹳草、丁香花、木兰、郁金香、桂花，还有桃子、橘子、广藿香、沉香等等。我国的香道艺术发端于春秋时期，到了宋代，已经远远把世界各国甩在后面了，文人雅士用香木与花卉或者水果自己蒸制的层次感分明的馥郁香料，比现在欧美的香水三调不知要自然和谐多少倍。可惜元军的进犯，不但灭了南宋，也把炉火纯青的香道艺术连根拔掉。明清虽然用香也十分流行，但再无宋代的深入骨髓的优雅气质，单一的香品只流于一种形式，而非刻在精神里。

新中国建立后的三十年，尤其是"文革"十年，香道更是作为封资修的余孽被批判，香文化与那些凝结着民间工艺家智慧与心血的香炉艺术品一起被砸碎。

近三百年来，世界香水领域里几乎找不到咱们中国香水的身影，实在是用香王国的悲哀。

最近我收藏了一瓶名不见经传的国产香水，收藏它是因为这个令人振奋的数字：1997。

以数字为名字的香水很多，德国皇家青睐的著名古龙水"4711"、梦露的睡衣——风华绝代的"夏奈尔5号"、内敛经典的"夏奈尔19号"、优雅清秀的"赛露迪1881"、文静却偶闪娇媚之影的"212"、富丽华贵的爱马仕的"法布街24号"、沉稳雅致的"纪梵希π"男香、成熟自信的"古奇3号"男香、中性入门香CK的"One"、柔和清爽的"360度之蓝"等等。但这款"1997"不一样，它是那个特殊日子的纪念，是我国的领土香港结束英国殖民地统治回到祖国怀抱的日子。正如伟人所说，主权问题，不是谁高兴不高兴的事情，也不是谁愿意不愿意的事情，是必须收回的。

这款"1997"女香，瓶身一眼看出是用了维港中银大厦的样式，中银大厦由华裔建筑大师贝聿铭先生设计，外型像节节高升的竹子，象征着力量、生机、茁壮和锐意进取的精神；基座的麻石外墙代表长城，代表中国，代表华夏。香水瓶也用三菱柱造型，节节上升的几何线条，寓意回归的香港正以一个名正言顺的身份走向真正的繁荣。

这款香水的初调，运用了丁香花、木兰、铃兰、橘子、香柠檬、菩提叶的花果清香，在朝露中摘下的花果，带来希望之感，似乎也让我们闻到了早上七八点钟阳光半含半露的气味。中调把保加利亚玫瑰的沁甜和紫罗兰的甘醇作为骨干香味，又混入桃子、晚香玉、肉豆蔻，将青春的自然娇颜表现得淋漓尽致。尾调运用原产中国的名贵花种鸢尾花，再加上神秘的琥珀、檀香、麝香等幽香成分，使得这款香水不但有朝气，还增添了大气、典雅、脱俗的气质。咱们中国拥有丁香属81%的野生种类；木兰也是原产我国中部的植物；铃兰主要分布在北半球温带地区，我国的东北华北有广泛的分布；中国也是橘树的主要发源地之一，更是桃子的故乡。这款香水很恰当地把咱们中国的香料与欧美以及亚洲各国的香料如保加利亚玫瑰、欧洲南部的紫罗兰、东亚的菩提树叶等等糅合在一起，很好地体现了香港这个国际化大都市中西合璧的特色。

我常常在香港行走，中银大厦自然是它的标志之一。但是，我觉得更能代表香港特色的，还有一个已经被拆除多年的城中城——九龙寨城，它位于香港九龙城东头村道和东正道交界的地方。著名影星成龙主演过一部老电影叫《重案组》，就是上个世纪80年代在九龙寨城拍摄的。

也许您看过呢。现在想要重温九龙寨城的神秘，怕也只能从成龙这部电影里来看了。

对于九龙寨城的拆除，许多人痛心。美国一位漫画家曾说："我宁愿他们当年拆了埃及金字塔。"我个人觉得，就算为了民众安全把黑势力铲除，拆除九龙寨城的大部分，也应该保留一小部分作为古迹留给后人。毕竟实物和照片相去甚远，少了身临其境之感。

如今九龙寨城的位置上建起了九龙寨城公园，在拆除旧城中发现的九龙寨城南门遗迹和九龙寨城衙门已经成为香港的法定古迹了。

九龙寨城既是一个让我们骄傲的地方，同时也是一个让我们叹气的地方。

为什么骄傲？因为在香港历史上，九龙寨城是唯一没被割让或租借给英国的香港领地。

为什么叹气？那是因为它的过去成了西方人眼中末日版未来的真实写照，西方和日本的很多关于科幻、恐怖和灵异题材的小说、漫画、电影、游戏中出现频率最高的贫民窟，就是过去的九龙寨城。从恐怖电影《鬼域》，到火爆全球的欧美游戏巨作 PS3 游戏《使命召唤之黑色行动》，从《街头霸王 II》，到在日本被评为"最佳邪典游戏"的《九龙风水传》等等，都以九龙寨城为背景。

九龙寨城真有这么可怕吗？就让我们来慢慢了解它的历史吧。

九龙寨城早在宋代就有了，是当时管盐的官兵驻军的地方，面积0.026平方公里。到了清朝，清政府觉得这里的位置非常具有战略性价值，于是兴建了一座炮台。在 1841 年香港岛被英国占领，1842 年即成为英国殖民地。清政府于 1847 年将九龙寨城扩建，并调兵在此，成了清政府监视英属香港的一扇窗户，以抗衡对岸的维多利亚城。那时的九龙寨城已经扩建得很大了，由坚固石墙、6 座瞭望台和 4 道城门围着。里面有衙门、民居、士兵营房、火药仓、军械库等建筑物。

英国人在 1899 年 5 月下令入侵寨城，赶走城内的清朝官员，最可恨的是竟然将城寨的南北两扇大门盗走，并运送到大英博物馆，这完全是有预谋的文物抢劫。后来寨城一度荒废，几乎无人居住，无人管理，成了一座空城。

1941 年日军在占领香港期间，又拆毁了全部城墙拿去扩建启德机场。日本投降后，大量无家可归的流浪者开始在九龙寨城聚居，慢慢地，地处边界的九龙寨城成了贫民区，黄赌毒盛行，黑帮势力壮大，成为"三不管"地区——中国政府不能管，英国政府不想管，香港地方政府不敢管。

当时这里非法建了很多握手高楼，24 小时不见阳光，集中了三教九流。城中有东、西两区，东区是黑色地带，"黄赌毒"聚集其中。据说有 6 岁就被卖到城中做妓女的，到了 60 多岁还在接客，她一辈子的路线图，大概就是自己的蜗居，客人的蜗居，吃饭，睡觉，接客。西区则是善良人家居住的地方，有不少做正经生意的人，比如原住民经营的理发店、水产加工、杂货店。由于这里毗邻广东，因此许多贫穷的中国人来香港讨生活都会选择在这里安家。因此这里出现了许多无牌照的中国牙医及中医诊所。西区有路可通到贾炳达道，一些居民便不经过东区了。为了让下一代不再受污秽环境的影响，很多居民拼命工作，努力存钱，到城外置业，或送小孩到城外读书。还是以中国古老的传统为准则，读书改变命运。

有的人一辈子都未走出寨城去见城外的世界，所以对于寨城的拆除，他们是非常恐慌的。这寨城就仿佛是缅甸女人脖子上的金属圈，拿下来就会要他们的命，所以有的人在寨城拆除前就自杀了。

上个世纪八十年代的寨城是世界上人口密集度最高的地方，占地面积只有 26300 多平方米，却塞满了至少 3.3 万人。肮脏的房屋、狭窄的通道，有些地方终年不见阳光，卫生状况极为恶劣。城外的公益人士也会进到这个围城里来帮助城中城的这些人，但不是所有人都会打开心扉接受外来事物。寨城里的繁杂景象和维多利亚海湾的清新完全是两个世界。

九龙寨城经过 40 多年的揉捏、掺合，成为一座大多数中国人闻所未闻，却享誉四海的传奇贫民窟。

一直到了 1987 年，港英政府与中国政府达成清拆寨城的协议，迁徙居民，并在原址上兴建公园。而公园将尽量保留寨城一些原有的建筑物及特色。

在清拆期间，一些寨城的遗迹被古物古迹办事处发掘出来，最大收获是两块在寨城南门（即寨城的正门）出土的花岗岩石额，它们分别刻有"南门"及"九龙寨城"字样。这两块石额是第二次世界大战期间，民众为了使它们不被日军破坏，将它们拆下来埋在寨城内泥土中的。其他的遗迹还包括原来寨城残存的城墙墙基、东南两门墙基、寨城内墙排水沟、石板街、三座炮、石梁、对联等。这些文物都安放在公园"南门怀古"景区。过去的衙门，修复和重建后成为展馆，陈列了与寨城历史有关的石碑、历史图片等。

今天的九龙寨城公园已经是一座漂亮的江南园林。90年代出生的香港年轻人大多数已经不知道它的前身了。

我在九龙寨城公园里遇到一场豪雨，青砖的回廊，从窗户望出去，瀑布雨把嫩竹子都打断了，没断的也被打得上下乱颤，使我想起杜甫的一句诗"绿垂风折笋，红绽雨肥梅"。我在想，这雨要是在还未拆除的九龙寨城里下着，那些住在底层的贫苦百姓的蜗居里，又将上演水漫金山的戏了，这中间凹陷的九龙寨城在雨中的景象，就是一个泡在汤中的大月饼。

九龙寨城没有了，那些曾经的居民现在搬到哪里去了呢？在午夜梦回处，他们是否还在怀想那个虽然肮脏、贫穷，却也自在、悠闲的地方？

有的地方存在的时候，希望它快点拆除掉，一干二净，一砖一瓦都不剩下。可是当它真正被扒得无影无踪时，我们又会怀想它，追忆它，因为那里的一草一木是与我们的生命紧紧联系在一起的。

部分以数字为名字的香水：非凡人物 360、纪梵希 π、赛露迪 1881、212、古奇 3 号、CK one、夏奈尔 5 号、法布街 24 号

国产女香 1997

"1997"女香，没有季节和年龄的特别限制，尤其对数字敏感的人，可以常备之。

"赛露迪 1881"女香，四季皆适合，如果您是文静知性的书香型女子，选它没错。

"法布街 24 号"是爱马仕的经典香水，它温暖浓郁、香气饱满，适合秋冬季节成熟的气质女性使用，日间、夜宴皆可。

数字趣谈

中国红梅限量版香水的包装可圈可点，盒子旧旧的，好像宣纸的颜色，国画手法的红梅花树占据了盒子的主要部分，汉字"六吉六"一下抓住了我的心。类似于鼻烟壶的香水瓶，呈暖粉色，也以红梅花为图案，有剪纸的味道。瓶口的红色珠子吊坠，让人想起古代女性腰间的环佩玎珰。

　　我的手头把玩着一瓶美国出产的"幸运数字6"——中国红梅限量版香水，香调属于中规中矩的温暖花香型，初调是梅花、荷花、百合，梅花的主题相当鲜明却不喧闹。中调是茉莉花、荔枝，又混合了荷叶香。尾调是苏合香、檀香压阵。其香气淡淡的，似有若无，有时已经忘记它的存在了，而它又伺机钻出来给人以抚慰。这让我想起一些童年的旧时光：一个周日的下午，老妈买了新花布，正用缝纫机给我做新衣服，我坐在老妈背后的小凳子上，用她剩下的布头，笨拙地给我的布娃娃缝一条小裙子。一束阳光透过玻璃窗户照进屋子，定格在木地板上，我家那叫做"乌云盖雪"的小花猫，就蜷缩在这光影里打着盹，老妈踩踏的均匀的缝纫机声音，成了小花猫心仪的摇篮曲。

　　这款香水的包装可圈可点，盒子旧旧的，好像宣纸的颜色，国画手法的红梅花树占据了盒子的主要部分，汉字"六吉六"一下抓住了我的心。类似于鼻烟壶的香水瓶，呈暖粉色，也以红梅花为图案，有剪纸的味道。瓶口的红色珠子吊坠，让人想起古代女性腰间的环佩叮珰。

　　在香水世界中，我们中国的登台之作少而又少，而仅有的几个牌子，比如在香港太古商场有一席之地的"上海滩"，香水外观完全没有中国元素。相反是美国、法国、意大利等国把中国元素当成必不可少的设计题材，比如太极图、脸谱、旗袍、双喜等不断出现在他们的香水设计中。

这个现象让作为中国人的我，实在感到非常汗颜。我们的优秀文化不被自己的很多同胞看重，别国却在闷头学习和运用我们的文化精华。

我赞成世界文化的交流利用和共享，不厚此薄彼。比如这阿拉伯数字，其实也不是阿拉伯人发明的，而最初是由印度人发明的，后来由阿拉伯人传向欧洲，之后再经欧洲人将其现代化，才被国际通用。

数字本身没有优劣和好坏，但一经和各国文化与习俗挂钩，就有了所谓幸运数字和忌讳数字。

欧美国家对"13"的反感，已成为国际交往中必须注意的事项之一。传说耶稣同他的弟子们一起吃晚餐，前来参加的第13个人是犹大，就是他，为贪图30枚银币，将耶稣出卖了，致使耶稣被钉死在十字架上。当日又逢13号。因此，"13"被认为是不幸的象征。另一种说法来自古希腊神话传说：著名的"英灵之宴"，本来有12位天神来参加，但来了第13位不速之客——灾难与吵闹之神洛基，他的不请自到，使天神的宠爱者柏尔特神送了性命。由于这些传说，西方国家的人们忌讳13日出门旅游，忌讳13人坐在一桌吃饭，影剧院内没有13排，而13号楼、13号房门和13层楼都已用12A代替。随着中外文化交流的增多，以至于在我们国家的大中城市的国际酒店和高档住宅，13层也有了替代数字。

在我们中国，"3""6""8""9"等数字几乎是人见人爱，因为它们代表了"升""顺""发""久"之美意。所以老美出品这款"幸运数字6"的香水，避免不了有讨好中国香水迷之嫌。这种讨好在我看来是明智的，我们中国的顾客是香水世界的主要购买力量之一，抓住了我们的心，何愁一款香水不红？

不过我不知道这款香水在荷兰的卖座率高不高，因为"6"在荷兰语中与"性"的发音相近，荷兰著名的红发妓女们和花街上一些色情服务电话也都喜欢使用"6666"的尾号。基于这个理念，这款香水会不会被荷兰人认为是一款催情香水呢？

无独有偶，"6"和"9"对于法国人来说也是神奇的数字，因为"6"的发音也和"性"类似，而"9"又和"新"的发音类似；其次，6和9的形状很像代表男性和女性的符号，而6和9在一起就表示性、和谐和

生命的轮回。从这个意义上来说，69很像我们中国的太极符号，阴阳和谐，生生不息。多情而喜欢浪漫的法国人，对这款香水一定是非常喜欢的。我甚至想象到了他们拿到香水时狡黠而暧昧的眼神。

不过，这款"幸运数字6"的香水，在泰国一定会遭到冷遇，因为"6"的泰语发音是"浩"，与泰语的"下坡路、不好"是同一个音，泰国人不到万不得已，绝不会选择"6"这个数字。但这个数字一倒过来就不同了，泰国人最喜欢的数字是"9"，因为其发音"告"与泰语的"上升、发展、进步"是一个音。据说泰国陆上交通厅每半年都会在全国拍卖一次"吉利车牌号"，带"9"的车牌号总是最先被抢光，如果是"99""999"之类的重叠牌号，则更能拍到相当于人民币五六十万元的价钱。这让当地中国人大喜，一分钱不用花就能拍到心水数字。于是，人们会发现中国驻泰国的六家新闻媒体里，每家的公车牌号都有个6。

数字的单双数在我国也很有讲究，比如我国各地林立的古塔，据统计，现存的大约有2000多座。尽管塔的种类和样式纷繁复杂，但除了北京房山的6层宝塔和云南大理崇圣寺的16层千寻塔外，其余塔的层数几乎都是奇数，并尤以7至13层居多。如杭州灵隐寺的7层石塔、西泠社的11层华严经塔、云南大理的17层南诏塔。广州著名的六榕寺花塔，外观9层，每层皆有暗层，内里共17层。

我国古塔的层数多为奇数，这与古代的阴阳学说有关。我国传统重要经典著作之一的《周易》上说，"阳卦奇，阴卦偶"。在许多领域里，"阳"代表白天，"阴"代表夜晚。人生属"阳"，人死属"阴"。佛教的许多形象和活动也都采用奇数，以此表示清净、上天或吉祥之意。古塔层数大多为奇数，也是出于这个道理。

但是，在民间的喜事上，双数似乎更让人们喜欢，在内地，喜庆之日送贺礼要送双数，如"4"就是吉祥数字，它代表四季平安、事事如意。可在广州，"4"却不大受欢迎，原因是它与"死"音相同。"6"和"8"就成了香饽饽。

在国外，除了欧美人对"13"的忌讳之外，其他各国人对数字也特别小心。比如日本人忌讳"3"，最害怕三人合影。他们认为，三个人一起照相时，中间的人被左右两边的人夹着，是不祥的预示，所以要千方百计避免。若遇三人合影，则总是要找位长者凑成四人，用以把灾难化解了。

韩国人却非常热爱"3"，认为它是完美、最高、稳定、神圣、福气之意。他们同广州人一样，也忌讳"4"。在韩国，医院、饭店、旅店、汽车牌、电话号码都尽量避免与"4"打交道，因为他们的"4"也与"死"的发音相近。特别是老年人都不愿与"4"沾边。如果避不开，也尽量取有别于"死"的音来念"4""14"这样的数字。

而意大利人不喜欢"17"，因为17在罗马数字中写作ⅩⅦ，将这个词的字母换个顺序后就变成了ⅥⅪ。而这个词在拉丁语中是"活着"的完成态，也就是"活完了，活够了"，继而引申出"结束生命"的意思。所以"17"中枪，成了意大利人的忌讳。阿根廷人也讨厌"17"，认为是不幸的数字。

我个人喜欢"7"，视它为吉祥幸运数字，这是因为我多次与"7"打交道，都带给我快乐。记得有一次我们在中山水乡玩猪赛跑游戏，由于之前1号猪次次都是冠军，所以大伙都选它为幸运猪。而我非要选从没有好成绩的7号猪，遭到大伙的嘲笑。结果十头猪一放出来，都在往目的地奔，我选的7号猪在奔跑的过程中，竟然回头吃跑道边的一丛青草。哎呀，咋和我一样馋嘴呢！但是我不放弃，在终点大吼着：7号，加油！7号，我的冠军！好像一瞬间7号猪听懂了我的呐喊，也或许真是道边的青草给了它神力，它飞也似的奔跑起来，竟然和常胜将军1号猪取得了并列冠军，为我争得一件可爱的T恤。

听说7对于法国人和美国人来说也代表着幸运和祝福。在圣经中，上帝创世在第7天进行休息；每个星期有7天，因此7代表着轮回、生命力和改变。

人们对数字的讲究，源自于"图个吉利"的心态。但所谓的吉祥数字绝不是万能钥匙，它打不开通往平安、财富的所有大门。拿我曾采访的一个毒贩子来说吧，她的手机号码是168、小轿车的号码是888、店铺的号码是998，但最终也没逃过法律的严惩。

如我前面所说，数字本身是没有好坏善恶之分的，它所寓意的吉祥与灾难也大都是人们强加给它的。但数字与我们的日常生活又紧密相联，它的心理暗示的作用是非常强大的，也因此常常左右着我们的行动。我们一方面该尊重习俗，一方面也不要被数字彻底阻碍生命的进程。让这些神秘而有趣的数字伴随我们快乐地生活吧。

幸运数字 6 中国红梅限量版香水

　　如果您今天穿中国传统元素的服装，比如汉服、旗袍、刺绣裙、绣花鞋、肚兜裙等等，不妨喷一喷这款"6 吉 6"女香。它更适合秋冬两季，年龄在 30 岁以上的成熟女性。

名不惊人死不休

篡改杜甫的一句话作为此文的标
题，说的是那些有着奇葩名字的香水，
它们的香调或优雅、或甜美，或文静、
或妖艳，但名字却反其道而行之，目的
为了吸人眼球、吊人胃口。

　　篡改杜甫的一句话作为此文的标题，说的是那些有着奇葩名字的香水，它们的香调或优雅、或甜美，或文静、或妖艳，但名字却反其道而行之，目的为了吸人眼球、吊人胃口。

鸦片

　　伊夫·圣·洛朗在 1977 年研制的"鸦片"（Opium）女香，属于剑走偏锋之作，上市后虽然非议不断，但近 40 年来却一直畅销不衰。

　　鸦片，是毒品的一种。最近我看到一个令人震惊的数字报道：我国每 100 个人中就有一个人吸毒，可以说是反义的"百里挑一"。不知道林则徐活着，会有怎样的感叹？！我在广东省内采访缉毒的过程中，也了解到毒贩子和吸毒者除了使用以罂粟等毒品原植物再加工的鸦片、海洛因等传统半合成类毒品外，更多使用一些服食方便的所谓新型毒品，它们是通过人工合成的化学毒品，如冰毒、摇头丸等，所以又叫"实验室毒品""化学合成毒品"。传统毒品破坏人的内脏器官，而新型毒品伤害人的中枢神经系统。鸦片、海洛因等传统的麻醉药品对人体主要以"镇痛""镇静"为主；而新型毒品对人体则主要有兴奋、抑制或致幻的作用。

戒毒、缉毒看来是一场旷日持久的战争，需要整个社会的正能量来监督、解救、帮扶、打击。

当然，"鸦片"香水与毒品无关，它其实是一款充满神秘和诱惑的东方辛香型女用香水，它以辛辣的丁香、肉桂、没药和檀香为骨干香料，糅合西印度月桂叶、海狸香、芫荽、康乃馨等庞大的香料组合，却仍旧有序、有层次感、有质地感，您不会觉得它是故意在堆砌，故意在造势。"鸦片"女香的早期瓶身被设计成鼻烟壶型，色彩也用我们中国人喜欢的大红色，有古典精致的线条与轮廓，很像一位东方美人以妩媚的眼神望着您。而男用香水，以大茴香、四川辣椒、西洋杉脂为主要香料，长方形瓶身均为黑色调子，再配以金黄色的饰边，尽显华贵而典雅的气韵。

"鸦片"香水正如其大胆的命名，引人进入无法自拔的梦幻般的香调中，有着难以抵御的销魂魅力。而"鸦片"香水的旧版广告宣传也十分成功，极力表现表面害羞的东方女性内在所特有的热情与奔放。宣传海报以紫、红两色为主，营造出色彩斑斓的视觉效果，以表达"鸦片"香水所带来的强烈震动感。

"鸦片"香水实在不适合日间使用，不适合办公室、图书馆、学术研讨会、博物馆等场所，它只适合星光闪烁的晚会和夜间聚会。我曾经在"SARS"（即我们说的"非典"）前后，经常流连于酒城，那时，我们有两个大哥是广州小北路著名的巨人酒城的老总，一周有三四晚都为我们这帮兄弟姐妹留一个房间，我们则轮流买单，在那里喝酒聊天，聊八卦，也聊些工作方面的合作。我的包里就放着一瓶"鸦片"香水。我拒绝真正的毒品鸦片，但"鸦片"香水是我那时候最喜欢的夜场香水之一，用完好几瓶。

"鸦片"香水的名字虽然有颓废堕落之感，但香水的气息是热烈有生气的。开场出来的佛手柑、柑橘、李子的酸甜果香，有上午阳光刚照射出来的味道，随着月桂叶、茉莉、芫荽、胡椒、丁香的加入，让人头脑更加清醒。中调以强烈的花香为主，玫瑰、铃兰、康乃馨热闹非凡，但多而不乱。随着各种根部植物和膏脂类香料的加入，如鸢尾根、防风根、妥鲁香膏、劳丹脂等，脂粉气渐渐浓厚，呈现一种野性的妩媚。

"鸦片"属于伊夫·圣·洛朗，也属于热爱它的每一个香水迷。

伊夫·圣·洛朗不仅仅是一个著名的时尚品牌，还是一个赫赫有名的设计师的大名。在过去60年中，大部分经典的时装形象，都出自于伊夫·圣·洛朗（Yves Saint Laurent）的手笔。是他开创了成衣界的时装潮流，成为全球成衣设计师们的先驱。

伊夫·圣·洛朗19岁时，就是设计大师克里斯汀·迪奥（Christian Dior）旗下的设计助理。当1957年迪奥与世长辞后，21岁的伊夫·圣·洛朗就成为这家全球最有势力和声望的时装公司的总设计师。然而，对于一向端庄持重的迪奥顾客来说，他的设计过于新潮前卫。于是，在1962年，他脱离迪奥，建立起属于自己的时装店。

猎装、女性西裤套装、小晚礼服、水手外套和风衣是伊夫·圣·洛朗的经典之作。他不但发明了棒球装，还使喇叭裤、黑色性感透视、超大蝴蝶结成为时尚。1968年，他塑造了一个上身一丝不挂、只穿透视裙的女性形象，开创了T形舞台上裸露的先河。他设计的东方主义时装系列更带动了70年代嬉皮士的潮流。1996年他又创造出中性形象。还第一次把黑人模特引上时装舞台。因这些举世瞩目的成就，他被称为时装界的"太阳之皇"。他以令人眩目的光辉，照耀整个时装界。

毒药

迪奥公司旗下可以说是"五毒俱全"了，自1985年出品了紫色"毒药"（Poison）女香，就开始有计划地"投毒"至今：1994年诞生了"绿毒"（Poison Tendre）女香，1998年"红毒"（Hypnotic Poison）女香又问世，2004年"白毒"（Pure Poison）来袭，2007年"蓝毒"（Midnight Poison）驾到。

1985年，"毒药"（紫色），这个带有强烈听觉震撼力与视觉冲击力的名字，以其浓厚的挑战意味进入到热爱香水的人们尤其是女性的生活中，它带着一点挑衅、一点放纵，宣扬着自由、狂放、慷慨、平等的理念。在那深邃的紫水晶中，隐藏着一股玄妙的力量，召唤着女性以最富魅惑的姿态，踏入那神秘的异域风景，开启心门，重塑一个自己。

这款东方花香型的浓郁香水，以芜荽、野莓、柑橘、夜来香、防风根等为主要香料，把炽热而进取的女性形象表达出来。

如果说紫色"毒药"是一位霸气十足的妖姬，那么时隔9年后出生的"绿毒"女香，则完全是一位清爽如风的春姑娘了。柑橘花香替代了东方花香，从娇艳走向温柔，从醇厚走向轻快，从神秘走向明朗。柑橘、白松香、小仓兰、橙花、檀木、绿植香草等香料，表达着优雅、欢欣、自然、惬意而率性的女性风格。

此后的"红毒"更具有侵略性和迷惑性，马来西亚胡椒、铃兰、肉桂、桔花蜜、黑醋栗、卡他夫没药、龙涎香和黎巴嫩蔷薇，组成了一款发挥到了极致的辛香花果型香水，它是带着面纱的神秘女郎。

到了2004年，"毒药"家族又诞生了一位新的成员，"白毒"，也叫做"冰火奇葩"。一袭银白色的外衣，即使在黑暗中，依然闪烁剔透。它传达出新世纪的女性们，即使在黑夜与白昼交替之间、在冰与火的对撞之间、在梦想与现实的矛盾之间、在坚强与脆弱的纠结之间，依然不改纯真、妩媚、真诚、感性。由茉莉、甜橙、佛手柑、西西里柑橘、橙花、栀子花、檀香、白琥珀和龙涎香等香料共同打造的这款东方花香调的魅力香水，延续了"毒药"20年的魅惑传奇，是"毒药"魔法的综合、变奏与升华。

2009年的"蓝毒"是专为酷爱蓝色的夜宴女性而设计的，她好像穿着蓝色衣裙和水晶鞋的灰姑娘，在深蓝色的夜幕下展现梦幻诗意与诱惑魔力。在天竺葵、薄荷、蓝色妖姬玫瑰、黄金琥珀等香料的簇拥下，一款闪闪发光的、变幻无穷的、不可捉摸的"午夜奇葩"诞生了。她灵动而清新，如诗、如梦、如歌。

在我的生活经历里，第一次有真正"毒"概念，是小时候我所在的演出队里的一位男演员离团引发的，这位男演员在舞蹈《洗衣歌》里跳过班长一角，而我跳过小卓玛这个角色，因为与班长一角有对手戏，所以和这位男演员比较熟悉。她妈妈到郊区游玩，私自采回来许多漂亮的蘑菇，煮了一锅爱心蘑菇汤，自己没舍得吃，全部留给她丈夫和儿子吃，结果把两个男人给毒倒了，幸好抢救及时，没有生命危险，但他吃得最多，神经被麻痹了，影响了肢体语言，不能跳舞了，只好离开了演出队。她妈妈自然是后悔不迭，肝肠寸断。这是我第一次知道好吃的蘑菇有的也有剧毒。从此也不敢随便在野外摘蘑菇了。同时我也明白了，光有爱心不够，无知也能害人。

第二次印象深的毒，来自我高中的一个同桌，叫做霞的姑娘，我俩刚认识的时候一起比岁数大小，两个人竟然都是4月份出生的，我想我是2号的生日，基本算是老大了。没想到她坚持自己才是老大，结果她是1号生日，比我大一天，非得让我喊了她一声姐姐。高中毕业成绩本来很好的她竟然没有考上大学，也没有继续补习，就到一家商店当了营业员，再不愿意和同学们来往，后来恋爱的对象家里也坚决反对，她一时想不开，就喝了敌敌畏。我的同桌就这样轻易地用一瓶毒药灭了自己，在20上下的美好年华里。她的父母白发人送黑发人，遭遇的痛苦可想而知。不知道在以后的岁月里，他们能不能从女儿的死中悟出些什么来。

前不久，贵州毕节4名留守儿童服食农药自杀的消息，更是让我心痛不已。这计划了很久的自杀，不是因为经济贫困，而是因为缺少爱，这不是一个家庭的问题，而是千万个家庭的问题。农村家庭或坚守土地，或进军城市，但如何让家庭不支离破碎，已经成为社会问题，需要我们各阶层人们的关注与思考，并想出可以较好地解决问题的实际措施与办法。

我们现在面临的毒药还非常之多，物质的，精神的，有形的，无形的，防不胜防。要练就百毒不侵之身、之心，看样子是一辈子的事情。

嫉妒

在我们的口语中，"羡慕嫉妒恨"现在成了时尚语句。嫉妒之心人皆有之，因嫉妒而自我发奋，因嫉妒而完善自己，因嫉妒而赶超别人，这种嫉妒之心是上进心的原始材料，无可厚非。反之，因嫉妒而排挤别人，因嫉妒而整治别人，因嫉妒而伤害别人，这个则不可取，是丧失道德的表现。

古琦公司针对人类这一根植在心底的心理状态，以"若要让别人嫉妒你，你就该拥有一款'妒嫉'"为口号，在1997年推出了一款表达时尚、现代、性感、干练、冷静之特点的女香"嫉妒"，确实让其他一些牌子对它心怀嫉妒。

"嫉妒"女香由只有6月一周花期的葡萄藤花、闻风即开的风信子、先开花后长叶的木兰花与生命力旺盛的香草组成前调，表现女性的幽姿淑态与自信旷达。中调用铃兰、茉莉及紫罗兰，把女性别具风情的美展露出来。尾调则由蓝鸢尾花、木香及麝香组成，表达现代女性干练、专注的气质。

"嫉妒"女香的瓶身流畅、简洁、修长、透明，有现代摩天大楼的利落、洗练，是古琦公司贯有的大都会风格。

嫉妒和羡慕往往像一对好姐妹结伴而来，嫉妒的对象也一定是羡慕的对象。

回想我的前半生，我是否嫉妒过别人的拥有呢？有，那些生了女儿的人都是我羡慕和嫉妒的对象，呵呵。我曾经渴望和我爱的人生个"妈妈的小棉袄"，我会把她打扮得像一株清新的荷，培养她琴棋书画诗酒花香，给她置办一间温馨的书房，让书香熏蒸出她的气质，带她去旅行，去叩拜大自然，去强壮筋骨，去认识奇人奇事，去增添一些社会责任感。当她需要我的时候，我是她坚强的后盾，同样，当我需要她的时候，她也能挽着我的胳膊说：妈妈，有我呢。

可是，这一切没有如愿，所以，我想这辈子如果能为女人——别人家的女儿们写几本书，让我的嫉妒心转换成创造力和正能量，那么我就不那么遗憾了。

人活在这个世界上，总是被人嫉妒和嫉妒别人，但愿这嫉妒之心最终都能转化为积极生活的动力。

脏话

竟然有一款香水叫做"脏话"，这么明目张胆，谁干的？呵呵，当然是老美干的。这是美国加州的一个时尚品牌"橘滋"（Juicy Couture）公司旗下第一款男香水。它明显也属于标题党。

香水瓶的外观可不脏，橘子色的长方瓶身，好像一个特别阳光帅气的小青年，瓶盖是古铜色和银色的链子缠绕造型，还配有皮带子系住的皇冠和辣椒的金属饰品，好似这小帅哥戴着西部牛仔皮帽、颈部系着粗粗的项链，吹着口哨走在同样橙色的沙漠边缘，有点叛逆，有点调皮，并且坏坏地笑着。

"脏话"香水的气味更不脏，相反它富有青春朝气，有着迷人的木质辛香调。首先飘出来的是柑橘和卡拉布里亚佛手柑的清甜，中国胡椒、蓝色丝柏木、小茴香、小豆蔻也接踵而至，微微的辛与苦，让香气更加灵动。墨角兰、黑皮革、白檀、北非雪松和香根草，作为中调也不失时机地上场了，它们响亮而狂野地把男人身上小小的"坏"和大大的诙谐表现出来。固香的尾调则是沉香木、黑檀木、黑色苔藓、琥珀和麝香，把一个敏捷、现代、磁性、性感，又有一点小小的危险诱惑的男人气味营造出来。

不是说男人不坏，女人不爱吗？这种坏指的还是情趣与生动。也包括语言的生动，在两个人的世界里，生动的语言也包括了脏话，当然这种脏话是以不侮辱人、不侵犯人为界标的。底线是对方能否接受。

想想看，谁没说过脏话呢？程度不同，对象不同。有侮辱人，也有不侮辱人，纯属语气词的。比如遇到小偷偷了我们东西，我们会气愤地骂一句：狗日的小偷，去死吧！小偷纵然应该受到法律制裁，但往往大多数罪不至死。可气愤填膺的我们，常常忍不住会诅咒他们。情急之中，这种脏话貌似也情有可原。又比如我熬夜写了几个月的书，终于写完了，我有可能给自己来上一句：奶奶的，终于解放了！这个时候，一句脏话没有侮辱到别人，没有在大庭广众下说，最多算自我放逐的一句自嘲话，有缓解压力的作用。

各国有各国的国骂、省骂、市骂、县骂。以我对世界脏话片面的了解，我觉得我们中国人的脏话是最为丰富的，因为疆域辽阔，人口众多，各民族大融合，民族语言本来就多姿多彩，也增加了脏话的丰富性。

以前有一个段子，是这样说的：一个四川人、一个东北人、一个广东人聚在一起，由于都喜欢说脏话，大家就规定谁说脏话要重罚。于是大家克制着，努力做文明人。四川人没忍住，首先开口说了一声"日"，广东人和东北人就一起指向他："罚！"四川人狡辩："我没有说脏话，我是在唱歌。""你唱的什么歌？"广东人和东北人不服气。四川人灵机一动就唱道："日落西山红霞飞，战士打靶把营归。"

不久广东人也憋不住了，说了一声："丢（屌）！"四川人和东北人齐声说："罚！"广东人想了想说："我也是在唱歌。""你又唱的啥子歌？"四川人不服气。广东人绞尽脑汁，终于唱起了："丢手绢，丢手绢，轻轻地丢在小朋友的后面，大家不要告诉他。"

过不多久，东北人也粗声粗气地说起："我操！"四川人和广东人也一起说道："罚！"东北人眼睛骨碌一转，说："我也在唱歌。""那赶紧唱来！"四川人和广东人说。东北人很有气势地唱起来："我操起了三八枪，我子弹上了膛，我背上了子弹带，要勇敢上前方。"

这个段子反映了各地人的机智，但这些脏话也带着各地方特点。脏话除了问候对方祖先、问候对方家中女性、把自己说高一两辈、以占对方便宜为乐，还有说对方命该绝的。比如我小时候不听话，老妈就骂我："你个砍脑壳的！"我朋友听到这，说我妈算客气的，她妈就骂她："你个挨千刀的！"哎哟，千刀万剐的刑法都用上了。其实，爹妈生气骂人是许多家庭的常事，绝对不可能真想孩子去死，气话而已。还有一些夫妻，明明是亲亲热热的，却要说反话，以"死老头子，死老婆子"互称，把爱用恨的方式表达出来。

人的一生，在气愤的时候，在不平的时候，在委屈的时候，在被欺骗的时候，总是要骂两句脏话，这个可以理解，也是自我解气的一种方法。但在大庭广众之下，必须有所顾及，不文明用语只能让环境更糟糕。

恶棍

恶棍的含义很广，对一切作恶多端、丧失道德规范的家伙们都可以这样称之，哪怕他们以鲜亮外衣作为伪装。一个真正法制的社会，恶棍们都应该得到严厉的惩罚。

最近有一些中国小恶棍在美国犯了事：为了一些生活小事，还是花季年龄的几个女学生，就用剪发、烧乳、殴打等恶劣手段对待一个和她们一般大的女同学，还要求别人作伪证。家长们不但不管教自己的孩子，居然还敢贿赂法官。子不教父之过，这些家长们和他们娇惯的孩子们一起，将面临终身监禁和高额罚款。

还有偷盗和伤害小孩子的人贩子，是恶棍中的恶棍。20年前，我的一个姓冉的童年伙伴，就住在我家隔壁的一栋楼，剖腹产生下一个男孩，满月后，自家妈妈在农贸市场上找来一个保姆，第二天那保姆就把孩子偷走了，全家哭得死去活来，我听说后顿觉咽喉发紧、腿脚打闪。这种痛不欲生会在一个家庭中持续几代人啊。而许多家庭从此破裂，许多家庭从此抛弃其他理想，决绝踏上寻子路。

这款叫做"恶棍"的香水自然另当别论，这是克里斯蒂安·奥迪吉旗下，在2011年为现代女性推出的一款甜美花果香型的香水，大名叫做"恶棍埃德·哈迪"女香，名字也属于正话反说。

以红色为主调的"恶棍"女香，用圆柱铁罐银色身红色盖的外包装，金属摇滚风格体现得淋漓尽致。瓶子和外铁罐的主题图案都利用风情万种的美人鱼来展现，那瓶上的浮雕很有触感，仿佛一条美人鱼从大海深处真的游过来。这是一个什么样的恶棍啊？高举的胳膊、撩人的体态、S型的腰身，尽显性感风韵，金色圆形瓶盖似乎是她托起的一枚耀眼珍珠，所有一切都淹没在她的光环之下。难道她是莱茵河唱翻渔船的女妖吗？

一开场，西瓜、柑橘、荔枝等亚热带水果端上来，多汁饱满的清甜立即显现，中调再配上水生睡莲、玉兰花、玫瑰、小苍兰等怡人花香，如夏日吹来阵阵凉爽清风。尾调用黑森林蛋糕、鸢尾花、檀香等组成极富创意的香气，甜美而不腻人，温暖而不失清透。这是一款所有场合都适用的时尚而诱人的甜美花果香，与"恶棍"一词实在是没有什么瓜葛。

「嫉妒」女香

「脏话」男香

「鸦片」女香

"紫毒"女香

"恶棍"女香

紫毒红毒蓝毒白毒绿毒女香